新內閣報到 「武林高手」登閣揆

如同武俠小說過關斬將，將扛下行政院長的劉兆玄面前，橫擺著重重關卡，大陸開放的尺度拿捏、國家財政的破碎、國庫嚴重的虧損……，一身傲骨的他將祭出什麼蓋世絕招，改變台灣？

三十幾年前拿到博士後回清華大學教書，在保守的校園裡，他是第一個教授穿著喇叭褲站上講台，學生稱他「喇叭褲」教授；進交通部，他堅持電信自由化，打破中華電信壟斷；接任華人科技界組成的玉山科技協會，他第一個率團訪問中國大陸；進入外雙溪東吳大學，他不從流俗，把東吳定位爲「教學性」大學，而不是熱門的「研究型」大學……。

五二〇後接任行政院長，大陸諸多政策開放多少？產業政策如何？政府管多管少？不得而知，但從劉兆玄過去經歷看來，可以知道劉兆玄會創意不斷，帶出嶄新局面。不管你同不同意他。

有人批評這次內閣年齡過大，老面孔過多。但六十五歲的他，健康佳。而有豐富部會首長經驗，熟悉行政程序，對開創新局，應該是正，而非負。劉兆玄在交通部長任內，規劃亞太營運中心，主導中正機場第二航廈興建。愛台十二項建設，他也參與甚深。在野期間，劉兆玄更與華人科技界建立深厚關係，除了開放與中國經貿、政治關係，很多人期盼他能以台灣高科技和基礎建設，爲台灣未來展開新局。

劉兆玄和大多數的武俠作家一樣，
他喜愛武俠文學，
也投入武俠創作的行列，
或者，他只是將武俠視為他的「少年英雄夢」，
而成長之後，還有更重要的夢想該去達成。
上官鼎的「鼎」，另有一個「調和鼎鼐」的功能，
這與他目前所擔任的「行政院長」職位，
或可密合無間了。

林保淳

九萬兆／劉兆玄武俠精神文人風骨
幫古龍代筆是金庸上賓
政治中心／綜合報導
準總統馬英九上任後，將要擔任第一任行政院長的劉兆玄，其實
政治資歷相當豐富，當過行政院副院長、國科會主委、交通部長，在
教育界資歷則當過清華大學和目前擔任的東吳大學校長
上官鼎與武俠小說
在台灣武俠小說發展史上，「上官鼎」是一個很特殊的名字。
「上官」複姓，在百家姓中居於「司馬」和「歐陽」之間，並不
但卻是武俠小說世界中顯赫的世家，饒具古典、俠義
上官爲姓，是非常符合武俠小說情味的。

上官鼎 精品集

長干行

(一)

英雄鑄情

【導讀推薦】

武俠傳奇與憂悒美學

——上官鼎的《長干行》

著名文化評論家、聯合報主筆
陳曉林

古龍的《劍毒梅香》由上官鼎接手續完，由於當年這部書在武俠小說讀者圈中的反應相當熱烈，上官鼎成爲繼古龍之後又一位受到矚目的新星，於是，在出版社的敦促下，他以獨立作者的姿態出現。不過，既然《劍毒梅香》受到好評，由他接著撰寫《劍毒梅香》的續集，顯然是順理成章之事。而上官鼎也不負讀者所盼，推出了既具《劍毒梅香》的俠情意趣，卻又能自出機杼另闢新徑的著作《長干行》。

既輕快，又沉重

從台灣武俠小說發展史的角度看，《劍毒梅香》可謂是古龍、上官鼎交會時互放的光亮，早期古龍的構思、文采與伏筆不時閃現於其中；而《長干行》則標誌著上官鼎個人風格的凝塑。這是一種揉合了武俠傳奇與憂悒美學的寫作風格，既輕快，又沉重，提供了另類閱讀趣味。

《長干行》的內容，涵蓋了三代武林人物間錯綜複雜的恩怨情仇，但敘事繁而不紊，情節嚴密銜接，頗有舉重若輕之感。以上官鼎當時只是大學二年級生的新手而言，殊堪稱為「早慧」作家，一出手就越過了青澀期常見的枝蔓與拖沓，而展現出不徐不疾的明快節奏。

全書的情節，當然是以年輕一代的主角高戰所目擊身歷的種種事故作為主線，因此，在一定程度內可作為某種「成長小說」及「啓蒙小說」來解讀。而高戰與同輩的少年俠士如李鵬兒、辛平等人之間互相扶持、肝膽相照的情誼，以及他們在面臨諸般挑戰或危機時各自不同的人格特質，亦確實有其可觀之處。

事實上，眾所週知，由於約定俗成及讀者年齡層的緣故，武俠小說一般皆以抒寫年輕俠士的傳奇事蹟，及他們與異性的情感軌跡為主流。故《長干行》所表述的傳奇俠情故事，環繞著高戰如何歷經打擊與淬煉，以「天將降大任於斯人也，必先苦其心志，勞其筋骨，餓其體膚，空乏其身，行拂亂其所為，所以動心忍性，增益其所不能」的成長模式，逐步向天下第一高手之路邁進，乃是題中應有之義。上官鼎的風格獨特之處，在於他的敘事基調一方面輕快而悠揚，另一方面卻不時洋溢著一股憂悒與無奈，從而交織出悲劇俠情的敘事魅力。

既豪邁，又憂悒

「關中霸九豪，河洛唯一劍，海內存七妙，世外有三仙」，這是古龍在《劍毒梅香》中設定的高手名人榜；上官鼎不但以之作為續寫該書的主要伏線，而且沿用到《長干行》中，將七妙神君、世外三仙、恆河三佛等都列為第一代超級人物；而將梅香神劍辛捷、河洛一劍之子吳凌風、少林奇才孫倚重、天魔金欹等《劍毒梅香》中的青年英秀，升格為第二代中壯輩的武林重鎮。第一代超級高手間的恩怨情仇未了，在《長干行》中續作交代；辛捷等第二代高手在涉足江河、行俠仗義時卻又結下難以化解的新仇怨、新冤孽。而相對之下，高戰等新生代菁英出道以來，既不免捲入前輩高手間的是非恩怨，自也須面對冤冤相報的情境，而無法置身事外。於是，三代人物的對決風暴，一直呼之欲出。

上官鼎讓秉性淳厚誠樸的少年高戰在一出場時，就有令人羨慕的奇遇；但不旋踵間，卻面臨生離死別，而他連一頭與他相依為命的老黃牛都保不住，不得不洒淚賣給牲畜販子以湊足盤纏。起筆所述的這兩個事件，便奠定了整部書的兩大基調：一是武俠傳奇敘事，二是憂悒蒼涼情懷。

恩怨、無明、業障

其實，作者設定高戰為南宋抗金名將高寵的後代，即已暗示他的一生必將朝「為國為民，俠之大者」的道路發展；高寵身為岳飛麾下最英勇的大將，獨力挑翻金兵十二輛華車，終於壯烈殉身，與岳飛同為名傳千古的民族英雄。他的事蹟，本就掩映著憂悒蒼涼的基調。

人世間恩怨情仇交互牽引，儼然永無已時。第一代絕世高手如七妙神君梅山民，自失去武功後即隱居避世，以詩酒自娛，竟仍無法逃脫世網的籠罩，終遭神智不清的宿仇戕害。聲名震驚天下的毒君金一鵬，則陷於瘋狂。高戰的啓蒙師父，俠名遠播的「邊塞大俠」風柏楊竟亦遭敵人暗算而亡。連世外三仙也都面臨扯不清的恩怨糾纏，而且最初的起因只是意氣之爭；則「無明」「業障」乃是人世間一切憂煩愁苦的根源，其理豈非彰明昭著？

上官鼎以憂悒蒼涼的基調，抒寫慘烈火熾的武林風暴，其輕快明朗的敘事節奏背後，實透顯出一股悲天憫人的反思，故而頗能扣人心弦。

報復與正義的弔詭

進而言之，《劍毒梅香》中辛捷為報殺父之仇，苦心孤詣，在九死一生的險境下力搏「關中九豪」，終於得遂心願；但在《長干行》中，辛捷已成一代大俠，卻面對九豪中林少皋之子林繼皋的尋仇。當年辛捷認為報父仇是正義的實現，如今林繼皋也聲稱要報父仇以討回公道；於是，辛捷面對自我生命中最弔詭、也最尖銳的反詰。他終於安排在不讓對方知曉自己身分的情況下，任令對方出劍殺傷，以血還血，使這宗糾纏三代的仇恨及身而止。

這對於高戰，當然也是一次頓悟人生意義的震撼性啓示。高戰的初戀愛侶姬蕾猝殞，而他與青梅竹馬的林汶、印度少女金英間的感情，究竟是否到達相知相愛的境界，始終曚昧不明。辛捷的愛子「金童」辛平，感情世界也同樣悵然若失。新一代高手崛起，承擔天下重任，是武俠傳奇的情節；愛別離，怨憎會，求不得，是憂悒蒼涼的底色。《長干行》以這兩種基調交互推進，便構成了一部別具風格與況味的作品。

但江湖畢竟有它的魅力，高戰遠赴邊關去抗敵，沙龍坪仍有少女以溫柔的耐心在等他。「早晚下三巴，預將書報家，相迎不道遠，直至長風沙」，或許，李白的這首長干行，在曲終人散之際由少女們的口中琅琅響起，正可在憂悒蒼涼的底色外，爲新生代俠士的壯志豪情添加一抹艷色！

長干行（一）英雄鑄情

梵之行題

目錄

楔子

時間倒溯至三百年前；這個故事開始的時候——

錦州，山海關外，北風怒號，雪花雖然漸漸停了，但是風卻是愈來愈勁。

灰色的天穹，天腳處略呈現乳白色，這關外的冬天，滿目的蕭然肅殺之情，雪是停了，但是地上已鋪著尺深厚雪，好一片銀色世界。

雪堆後面，蹲著一個小童，年約四、五歲，只是他長得細皮嫩肉，眉目清秀，臉圓如球，卻閃著一雙烏黑明亮的大眼睛，那模樣當真可愛得很。

這孩子穿著一件又大又破的棉衣，肩上背了一小捆枯柴，一雙小手仍不停地在雪中翻揀枯柴，小手凍得通紅。

忽然他停止拾柴，緩緩站起身來，迎面一陣寒風，吹得他打了一個寒噤，他抖擻了一下，自言自語道：「這雪停了，今晚只怕還要冷呢。」

忽然他瞪著一雙烏黑的眸子，目不轉睛地望著天空，原來天空一隻黑鷹盤旋著飛了過來。

那鷹一身黑亮扁毛，頭頂上卻是雪白，雖然不大，卻神駿得很，這種鷹兒乃是遼東所產最厲害的一種，喚做「海東青」，身形雖不甚大，卻兇得厲害，尋常比牠大上一倍的兀鷹也不敢招惹牠。

這小童看牠老是繞著圈兒盤旋，心知必有原故，於是爬上那雪堆下望，果然遠處有一隻雪白的小兔在跑著，那兔周身雪白，若非是在飛跑，根本分辨不出來。

那鷹轉得兩轉，忽然雙翅一收，身形就如箭矢般衝了下來，那野兔四足一縱，沒命狂奔。但是鷹兒計算得極精，下撲之勢正好在野兔前面一點兒，兔子往前一逃，正好碰上牠的利爪。

站在雪堆上的小孩看得不禁叫出聲音來，眼見鷹爪就要抓上白兔背上，說時遲，那時快，忽見那白兔往左一鑽，身形卻往右一翻，立時背脊墊地，四腳朝天，一雙後腿猛然往上一蹬——

但聞一聲慘嗚，那「海東青」忽然跌落地上，滾了一滾便已死去。

原來那白兔後腿一蹬，正蹬在鷹腹上，登時把鷹肚子蹬了一個大洞，肚腸流了一地。

那白兔滾了兩滾，也倒下不動了，敢情牠肚上也被撕去一大塊皮肉，血流如注。

東北野兔強壯萬分，常能借一蹬之勢殺死巨鷹，有許多南方人初到北方，聽當地獵戶說起這等事來，都不相信，等到親眼目睹時，不禁一個個目瞪口呆。

且說站在坡上的小娃兒瞧見這幕情景，就從坡上跑過去，走近看時，發現那白兔身軀微抖，似乎尚未死去，腹上創口也仍不斷流著鮮血。

他把兔兒抓住一看，那兔果然沒死，被他一陣搖動，緩緩睜開一雙紅眼睛瞪著他。小娃兒見那兔通體雪白，肥頭大耳，模樣十分可愛，那雙紅眼睛中似乎流露出一股疼痛的神色，又像是在乞求幫助，不禁憐憫之心大起，忙從口袋中掏出一條手巾把白兔傷口包住。

但那創口傷得極深，雖用手巾包住，但是仍止不了血，那白兔愈來愈是萎縮，雙耳垂下，眼睛也緩緩閉上，眼看是不成的了，小童不由慌亂了手腳，不知要怎麼辦才好。

這時候，近處山巒上緩緩走來一人一騎。

那馬通體雪白，並無一根雜毛，極是神駿，口中不時吐著一團團白氣，馬上坐著一個老者，這老人方頭大臉，面如重棗，卻是紅潤異常，白眉白鬚中透出一絲慈祥可親，但奇的是慈藹之中又令人感到不怒而威。

老人勒馬爬上小童方才立足的小坡，停下馬來四面眺望，只見不遠處「山海關」在淡淡霧氣中巍然聳立，靠近地面處因霧氣較濃，已是欲現猶隱，城樓上橫額，卻是清清楚楚可見，「天下第一關」五個字龍飛鳳舞，氣勢磅礡。

老人凝目看了一會，忽然雙目精光暴射，過了一會又長歎一聲，他自言自語道：「我一生從沒有踏進此關半步，這一去，不知——不知還有沒有命能回來，唉，風柏楊，你千萬不要把一世英名付之流水啊！」

用。

他一低頭，驀然瞧見坡下小童抱著一隻白兔的情景，不由輕咦一聲。

那個娃兒，抱著一隻血流不止，奄奄一息的白兔，在身上亂抓亂摸，卻沒有一件東西管用。

忽然，他瞧見左面雪堆中露出一個嫩綠色的小尖兒，他不禁大喜，連忙一把將雪抓開，果然露出一株小草來。

小童把綠草拔將出來，看著根部的黃色大筍，不禁喜道：「啊，這土參好大——」

這種土參在東北到處都是，是以小童一見就認得，這土參根中的汁水最能止血長肌，江湖郎中的刀創藥中多摻有這東西。

小童把那土參拿在手中用力一捏，那知這土參根兒硬得異常，竟是捏它不破，他低頭一瞧，小白兔雙眼已緊緊合上，心中不由大急，一把將土參放在口中，用牙齒用力一咬。

「喀」一聲，殼兒破裂，裡面一包甜汁全注入小童口中，他正待吐將出來，忽然右面一個焦雷般的聲音：「兀，你這小鬼——」

他驟然嚇了一大跳，「咕」一聲，一口汁水全給喝下了肚，他只覺一股清涼無比的汁水順著喉管直流下去，他猛地一驚，也顧不得看右面是什麼人在大叫，低頭一看，幸好殼中還有一點水汁，連忙倒在白兔的傷口上，用毛巾包著。

這東西真靈驗無比，一會兒，兔肚上不僅流血全止，而且立刻生出一層油皮來。

他一心照料小兔，竟將方才右邊那聲大吼給忘了。過了一會，手中兔子一陣抖動，白兔緩緩睜開眼睛，四面瞧了瞧，像是悠悠醒來的模樣。

小娃兒不禁大喜，輕輕將兔子放在地上，那兔子慢慢站了起來，忽然用嘴輕輕在小娃兒手背上擦了兩下，緩緩離開。

小童滿心喜歡，低聲道：「小白兔，再見。」

那白兔又回頭來，睜著紅眼睛對他望了兩眼，匆匆跑去。

白兔走了之後，他陡然想起方才那一聲大吼甚是出奇，連忙往右邊一看，只見白雪遍地，一絲人影也沒有。

他心裡暗道一聲奇怪，卻也沒有再去想它。

他緩緩坐下來，坐在一節松木上，用手無聊地把雪花撥開，不一會，便撥開尺方的一塊泥地出來，泥地上鋪著兩塊青磚，青磚當中成了一條狹溝，那些撥開的雪花受他手上的溫熱漸漸溶化，於是一道水緩緩注入狹溝中。

他呆望著那狹溝，心中又開始胡思亂想起來。

他年紀雖小，但是感情卻極爲豐富——雖然只是一些稚氣的情感，世上的萬事萬物，他都覺得極爲可愛，常常望著一朵白雲，他會呆看上一個多時辰不覺厭倦，過了一會，他又深深愛上一朵半開的蓓蕾。

這時他心中亂想著：「老師上次說隋煬帝開了一條運河，害死成千成萬的百姓，嗯，那運河一定大極啦……」

「這便是我的運河——」他望著青磚中的小水溝，「哈，誰也得乘船才能過得去——」

這時青磚上忽然爬來一隻螞蟻，從一小段松針上輕輕爬到「對岸」，小童不禁樂得笑了起來，他暗道：「對，這是橋，哈，螞蟻兒過橋。」

他似乎爲那螞蟻也把這「水溝」當做「運河」而歡喜。

這時他忽然想道：「大人的心裡真奇怪，許多小蟲小蟻都知遵守的法則，他們卻是不肯遵守——」

「呼」一聲，一個「大人」的腿跨過他的「運河」，停在他面前。

他略帶驚慌地抬頭一看，只覺一個面色紅潤的老者微笑站在他面前。

他微微有點責怪這老伯不遵守他的「運河規則」，但是當他看到老人皤皤白髮時，他不禁覺得自己責怪他十分不應該，只好歉然一笑。

那老人慈祥地道：「娃兒，你玩得真開心是吧？你可知道方才你險些就丟了一條小命？」

小童不禁一怔，道：「什麼？」

老人笑道：「方才你把那『千年參王』放進嘴裡去時，可曾聽到大吼一聲？」

小童道：「聽到，聽到，不過什麼是『千年參王』啊？您是指那支土參麼？」

老人笑道：「哈，世上哪有那麼大的土參？你竟不知道……唉，可見天下事冥冥中自有注定，這等奇寶是註定要落入這娃兒之口，任誰也無法阻止，方才那『金毛神猿』白丕見寶起歹念，結果不但寶物沒有到手，反而吃我百步神拳送了命，唉……」

小童雖然聽不太懂，但他天性聰明，腦筋一轉，道：「伯伯，您是說，方才那大吼一聲的人想來害我，結果反讓伯伯打死了是嗎？」

老人笑道：「嗯，你這娃兒真聰明。」說著指了指右面雪堆後。

小童跑過去一看，只見雪堆後果然躺著一個漢子，瞧那模樣，已是死去多時，只因正倒在雪堆後，是以方才沒有看見。

小童瞧了一會，低聲道：「你這人真是的，要吃那土參早點告訴我不就得了，反正那白兔只要一點點就夠了，幹麼要偷偷摸摸的……」

那老人不禁一怔，柔聲道：「你是說我不該殺他？」

小童點了點頭，過了一會，他又搖了搖頭，道：「我不知道——」

老人呆得一呆，忽然仰天長笑，跨上白馬，抖韁而去。

小童怔了一會，忽然覺得一股熱氣從小腹下直冒上來，霎時身如醉酒，頭昏腦脹，「撲」的坐在地上。

老人騎馬走出幾步，忽然回頭一望——

這一望，端的值得一書，只此回頭一望，從此就決定了今後五十年武林的大勢！

老人望見小童面紅如醉，心忖道：「千年參王的效力發作了，我現在雖有要事，但若不助這娃兒一力，豈不是好生可惜了這武林奇寶？」

手中一勒馬韁，回到原處，伸掌按在小童腹上。

小童只覺一股暖流從老者掌中傳出，將自己腹內熱氣引入四體百骸，登時覺得舒暢無比，但是渾身一絲力也用不出。

過了一會，老者收掌道：「娃兒，你叫什麼名字？」

小童道：「我叫高戰。」

老人望了他一會，從懷中掏出一張紙來，丟在小童身上道：「這紙上畫有幾個人像，你以後好好照著練練，包管有你好處。」

高戰想說兩句感激之話，但是全身軟綿綿的，連張口說話的力氣都像是沒有了。

老人從馬背包囊中拿出一塊毛巾，蓋在他身上，想說什麼，但卻止住口，過了一會道：「好好睡一覺吧。」

反身躍上馬，一拍馬臀，馬蹄揚起陣陣雪花去了。

高戰看那毛巾微微發亮，也不知是什麼毛織的，蓋在身上又輕又暖，毛巾中央卻用細線繡著一棵大柏樹，一棵大楊樹，枝態扶疏，極是生動。

的。

忽然眼睛覺得微酸，一合眼，緩緩入睡。

這陣時間，老人騎著白馬已到了山海關前，不知怎的？他緩緩放慢了馬，像是不願入關似的。

驀然，他像是忽地驚起，仰首看了看雄偉的城樓，暗道：「風柏楊，風柏楊，你是畏怯麼？那無恨生雖則名滿天下，難道我邊塞大俠就真怕他不成？」

他猛然回頭，只見遠處高山接天，頂上白雪隱在雲霧之中，白雪茫茫，好一片牧野風光，朔風吹來，觸面生寒，想到自己雄據關外垂卅年，不由昂然自語：「風柏楊，你昔日威風何在？」

於是奮然一掌拍在馬臀上，「得得得」衝入天下第一關。

一　稚子情深

初冬時分，原野上一片肅殺。

一彎流水，枯寂向東流著，一棵沖天的榆樹，雖然樹葉盡落，可是枝幹有如橫生蟠龍，氣勢甚是雄偉，樹後，是個百十家的小村落，因爲村前有這棵千年大榆樹，所以喚做「榆莊」。

清晨，天色很是清朗，遠處的山清清楚楚的一目瞭然，在村首一家小茅屋，跑出個小男孩，唇紅齒白，長得非常俊俏，看來也不過七、八歲，兩隻小手提著水桶，走到井邊。

他穿得很單薄，也不見露出寒冷之態，放下繩子，很輕鬆便打滿了兩桶水。

他見天色尚早，村裡還沒有人起來，把水倒入廚房內的水缸，便走出坐在榆樹下，面對著尚未從山頭爬出的太陽，一心一意練起內功來。

等到運氣一周後，但覺遍體溫暖，舒適至極，心中不由自主的又想到那個傳他這套功夫的老人。

「他是多麼令人親近呀，他老人家臉上雖然很是嚴肅，可是，可是……可是怎樣我也說不出來，除了爹，只怕世上再也沒有這樣好的人。」他想到那老人滿臉正氣，不由愈覺心折。

「要是我們不搬走的話，他答應回來還要教我武功哩！」

他正在回憶三年前的往事，忽覺臉上一涼，他一怔，接著恍然大悟，回過頭來，抱著一頭大黃牛的頭罵道：「老黃，又是你，壞東西。」

那頭老牛，身體雖很龐大，可是乖巧至極，是以趁著小男孩正呆呆出神時，悄悄走到他身後，舐了一口。

小孩與牛很是親熱，老牛讓他抱著頭，不住的用舌去舐他，男孩突然翻身騎上，叫道：「老黃，咱們到田裡去。」

「老黃」似乎完全聽得懂孩子的話，微微搖那顆大頭。

孩子道：「怎樣，你還沒有吃過乾草？」

老牛點點頭。

孩子道：「那麼我們一同回去吧。」

那孩子騎著牛，慢慢走向茅屋，忽然裡面傳出一陣蒼老的叫聲：「戰兒，怎樣這麼早便起來了？」

那男孩聞聲急忙翻身下牛，跑進屋裡，對睡在床上的中年病漢低聲道：「爸，你病好些了吧？」

那病人搖頭歎道：「戰兒，我這病難好了，大夫說我是虛火上升的大熱症，其實他哪知我這是幾十年來的老毛病。戰兒，這樣拖下去也不是辦法，我老實告訴你，爹年輕時有一次在戰場中負傷，腰部中了敵人的藥箭，箭頭始終沒有取出，是以腰痛時發，這次發作甚是厲害，只怕……只怕……」

戰兒急忙阻止，柔聲安慰道：「爸，您千萬別亂想，您的病一定會好的。」

病人長歎一聲，緩緩道：「唉，你年紀這麼小，我真是不放心，萬一有個三長兩短，我在九泉下怎麼能向你媽交代？」

戰兒覺得室內空氣沉悶，父親這幾句話令他心痛如絞，強忍著眼淚道：「爸，我去煮早飯。」

他父親突然問道：「咱們田裡的高粱全部收完了嗎？咱們欠別人的糧食，可要先還清。」

戰兒道：「欠隔壁林伯伯，後面李大叔都還啦。」

那人滿臉慈愛，凝望著戰兒走去準備早飯，不由自言自語道：「這孩子，這點年紀，如果是生長在富貴之家，正是無知無邪，嬉戲終日，繞在父母膝旁撒嬌使賴的黃金年華，可是戰兒呢？不但要管田裡的事，又要服侍我這病人，唉，生而貧苦，那真是十分不幸的。」

喝過幾碗高粱粥，戰兒騎上「老黃」，又往田裡去割最後一塊高粱，他小手握著鐮刀，運用如飛，每當他割完一把，「老黃」便把葉子嚼斷吃去。

太陽漸漸出來了，戰兒累得滿頭大汗，陽光照在黃金般的高粱米上，令人有一種豐足的感覺，戰兒仰望著聳高的長白山，在碧藍的蒼穹中矗立著，真分不出天高還是山高，心情不覺悠然神往，低頭看著腳旁成堆的黍米，自覺勞苦沒有空費，很感安慰，但他一想到父親久病難癒，又不禁悲從中來，自己也分不出心中是憂是喜。

他休息了一會，便把高粱米裝進布袋，忽然身後一個甜脆的聲音叫道：「高戰，你替我作的文章呢？老師說今天不交，就要挨手心哩！」

高戰回過頭，看著身後那稚氣滿臉的小姑娘，歉然道：「啊，這幾天真是忙極了，天天上田裡作工，真……真對不起，我竟忘掉要替你作文，等我收拾好，這便替你作。」

那小姑娘很不高興，雙頰漲得通紅，嗔道：「哼，不作就不作，誰稀罕了。」

高戰心內很感慚愧，低頭不語，小女孩又道：「上次汶姐要你作，早上告訴你，你下午就作好送去，我老早就告訴你，你竟不放在心上，哼，你記得好了。」

高戰想開口辯護，可是轉念一想，她責備自己的句句都是實話，所以不知如何啓口。

他天性極爲柔和正直，年紀雖小，別人待他的好處，他時時銘刻在心中，別人罵他、惱他，他卻並不放在心上，不管是多麼艱難危險的事，只要是別人要求他，他從來未曾拒絕，都是盡力而爲，因爲他不願傷害任何人——甚至任何小動物。他爹常撫摸著他的頭髮說他比女孩兒心地更慈祥。

那小姑娘見他久久不語，不禁有些懊惱，但又不便示弱，便道：「你倒先生氣了，好，你趕快去作吧，待會我到你家去拿，我還要自己抄一遍，老師認得你的字呵！」

說罷，瞟了高戰一眼，溫柔一笑，轉身便欲離開。

高戰想到自己還須到鎮上去抓藥，正想告訴她，但一看到她充滿自信的小臉，淡淡的陽光照在她白皙的皮膚上，簡直好像透明了，令人有一種出塵的感覺，便住口不說了。

他輕吁了一口，裝滿了二麻布袋，騎上「老黃」，一步步走回家去。

坐在寬寬的牛背上，涼風吹來，高戰又想起昨夜的夢境……

「媽在雲端裡，她全身裹著一層厚厚的彩虹……她向我招手，我努力……努力想看清楚媽親愛的面容，可是那可惡的彩雲，竟把媽整個臉籠罩著，只能看出一個輪廓，我真想跳上去抱媽，媽向我搖搖手便消失，我一急，就醒來了。

我五歲時，媽離開爹和我，我還以爲媽是睡著了呢！如果……如果那時我知道今後再見不到她，我……我定要多瞧她幾眼，在我心中留下比較深的印象。」他想：「我每次作夢，夢到媽時都看不清楚她的面孔，我仔細回憶也只得到一個模糊的影子，媽，你哪一天能讓我在夢中看得清楚一點呢？」想到這裡，不禁鼻頭發酸，真欲放聲一哭。

他輕步走到父親床邊，見父親沉沉睡著，略略放心，便提筆替那小女孩作文。

原來高戰一家本是山西望族，家中代代都是執戈衛國的武將，先祖高寵更是大宋精忠岳元帥手下第一員大將，當年曾以一枝長戟連挑翻金人十二輛重革華車，端的威震天下，力盡殉國之日，岳元帥如失左右手。

後來傳到高戰父親高雲，他眼見滿清野心顯露，想要吞併關內的大好河山，便懷著滿腔熱血，仗著家傳「無敵戟法」，投身遼東經略熊廷弼大帥麾下，充當一員參將，那熊經略雄才大志，文武雙全，原是為國家干城，經營遼東，清兵不敢越雷池半步，無奈大明氣數已盡，君主昏庸，重用小人，熊大帥三啓三罷，受盡奸人牽制，盛京一戰，王化貞坐而不救，終於被清兵各個擊破，熊廷弼被執至京中待罪。

高雲眼見忠義之士不是衝鋒陷陣為國捐軀，就是被奸臣橫加迫害，原來頗有中興氣象的局面，到頭來煙消雲散，不由萬念俱灰，隻身返鄉，娶了一房媳婦，種田度日。

高雲妻鄭氏，是溫柔靦腆的一個美人兒，體態甚是薄弱，可是才名甚著，詩、詞、歌、賦、棋、琴、書、畫，樣樣都很精通，高雲中年娶妻，娶得如此一個才女，自是百依百順，鄭氏也很崇拜夫君，夫妻間相敬如賓，伉儷情深。不料就在高戰五歲時，天妒紅顏，鄭氏撒手離開她親愛的夫婿稚子，高雲經此打擊，心如死灰，把妻子葬了，為免觸景傷情，便攜著高戰，出關開墾。他知關外兵荒馬亂，就在山海關附近買了一塊田，種下高粱大豆，可是他天性豪俠仗義，有一次失手打死一個欺壓良民的官軍，自知關內關外不能立足，這便帶著高戰，遠走長白山下。

高戰寫完文章，摸著床頭的錢袋，摸了半天，摸出一小塊碎銀，吩咐「老黃」不要走遠，那頭老牛對他非常依戀，口中連叫，似乎要跟著他去。

高戰連連搖手，那老牛性已通靈，突然伏下身來，口中咬著高戰的衣服，示意騎上，高戰無奈叫道：「我要趕緊跑到鎮上去抓藥，你走得那麼慢怎麼行，等會到鎮上，人家都收市了。」

那老牛吼叫兩聲，好像甚不服氣，高戰只得騎上，「老黃」四腳一立，如飛跑去。

高戰心中大感驚奇，因爲平日「老黃」性子溫良，拖車犁田都是慢吞吞，可牠氣力很長，所以一天工作下來，比起別家的牛並不遜色，想不到「老黃」還有這好腳力。

「老黃」跑得雖快，可是高戰坐在背上，平穩至極，心中對這老友，又憐又愛，雙手抓著牠的角叫道：「『老黃』你慢些跑，不然，會太累了，便不能跑回。」

「老黃」低吒幾聲，算是回答他的好意，腳下卻絲毫不停，不一會，便跑進市鎮，這才放慢腳步。

鎮中人遠遠見一人一牛如飛跑來，都驚呆了，大家都從來沒有看到這麼善跑的牛，等到走近，老黃放慢，這才看清楚，原來牛背上騎著一個笑容可掬的俊童，那牛體形特大，孩子坐在牠背上，顯得大小不相稱，甚是好笑。

高戰覺得大家都在注視他，很感不好意思，翻身下牛，他怕鎮人逗惹「老黃」，引起牠牛脾氣嚇人，便把牠拴在路旁樹上，老黃對牠小主人這種不信任的態度，很感不滿，抬起大頭，怒目向四周看了一眼。

高戰買了一包草藥，用掉最後一塊碎銀，心中感到很是淒慘，想到爹的病，以及爹那種絕望的眼光，高戰雖然不知他心中想些什麼，可是那種陰暗，漠然的眼神，似乎有一種直覺告訴他，爹的病是不會好的了，更大的不幸正慢慢的降臨。

他從小就在艱苦中奮鬥，對於作活，可真是一把好手，對外對內也能井井有條，可是到底年齡太幼，不時還會表露出一種可貴的童心，可愛又可笑的孩子氣。他爹的正直慷慨，他媽慈柔可親的性格，都一股腦兒到他身上，是以他見別人富有也不感羨慕，對於自己的窮苦並不覺得可恥，村中最有錢的林家二位小女孩，都和他玩得很融洽，他並未感到絲毫自卑的心理，在他小小心靈中，覺得爲父親犧牲一切都是應該的。在他小小心靈中，包容著像海一般的愛，將來有一天，他會以愛來對待每一個人。

他熬好了藥，林姑娘跑來取那篇文章，高戰道：「請你告訴老師，我最近不能去上學堂。」

林姑娘笑道：「好，老師天天誇你，要我們大夥兒都跟你學哩！」

高戰紅著臉道：「你別捧我，你下次要作什麼，我一定早早做好。」

林姑娘聽他柔聲說話，想到自己早上對他無禮，很感慚愧，便拉開話題問道：「高伯伯的病怎樣了？」
高戰黯然，低聲道：「爹的病還是那個老樣子，不知哪天才會好。」
林姑娘柔聲安慰道：「你別急，總有一天會好的。」
接著又道：「喂，我走啦，你可千萬別告訴別人，否則被老師知道要挨手心的。」
高戰見她臉上神情輕鬆活潑，不由也被她感染，心中快活了一些，笑道：「妳挨過老師的板子？」
林姑娘點頭正色道：「上次我背書背不上，哼，這件事你明明知道，還要裝傻，喂，你連我姐姐都不要講，知道嗎？」
高戰聽她以大人口吻吩咐，很感到好笑，故意道：「假如告訴妳姐姐了呢？」
林姑娘正想離去，聞言嗔道：「高戰，你敢麼？」
高戰聳聳肩，不再言語，內心卻想到：「我為什麼不敢？」
冬陽斜斜地曬著大地，一隻老母雞帶著一群嫩毛小雞，懶洋洋的走來走去，不時用爪刨土，尋些蟲子螞蟻，餵給小雞吃。
高戰心中非常空虛，看了一會，自覺無趣，便回到屋中，取了書本，坐在大榆樹下，朗朗的讀了起來。
整個冬天，就這樣沉沉悶悶過去，下雪後孩子們的雪戰，雪後的圍獵，高戰都沒有參加。

父親的病一天重過一天，眼看已奄奄一息，高戰每天拚命去找些零工做，賺錢來替他父親醫病，人家見他年幼，都紛紛準備解囊，送他一些銀子，可是他一想到爹爹正直嚴厲的性格，諄諄的教訓，便不敢接受，仗著力大身輕，什麼粗活他也去幹。

苦難的日子終於來臨了，一天傍晚，天上彤雲滿佈，正是要下大雪的徵象，高戰騎著「老黃」回來，發覺父親已經昏迷過去，他大急之下，不知如何是好，只抱著父親的頭痛哭。

他哭了一陣，高雲神智漸清，自知不久人世，很吃力道：「戰兒，別……哭……哭了，爹……真怕……真怕支持……不住，在你……回來……回來前就……就……要去了，現在總……算好，咱爺兒倆……還可以……見一面。」

高戰哭道：「爹，你不會死，您不會……不會死的。」

高雲喘息一陣，強忍著腰間的劇痛，慘然道：「爹也知你年紀太小，可是爹實在不能支撐下去了，戰兒，爹今後不能再照顧你啦，戰兒，聽話，千萬別再哭了，爹還有話跟你說。」

他一口氣說完這段話，感到精神突然振奮起來，高戰見父親臉上紅暈時露，喜道：「爹，你好些了，你歇息吧！我去找醫生去。」

高雲知是迴光返照，便正色道：「戰兒，你才八歲，今後一個人浪跡天涯，一定要時時刻刻記住爹的話，我們高家世世代代忠義傳家，你必須要做一個轟轟烈烈的人。你年紀小，有時難免善惡不分，但只要記得爹一句話：待人厚，克己薄，心存忠厚，爲善最樂。戰兒，你懂爹的意思嗎？」

高戰天性淳厚，心中雖然不甚瞭解，但不忍令父親失望，點頭道：「爹，你放心，戰兒全懂了。」

高雲柔聲道：「爹傳你的高家七七四十九路無敵戟法，你再演一遍，戰兒，快點把長戟拿來。」

高戰雖不願離開父親片刻，可是又不敢違背，只得快步去取，只見他一隻手拿著前半段戟身，另一手拿著戟幹，雙手一合，咔嚓一聲，便合在一起。

原來這長戟製作甚是精巧，平日可以折爲二節，以便攜帶，而且前半段可當刀斧使，在短兵相接時，最是適用，如果遇到衝鋒陷陣，只消一按機簧，便成了長兵刃，爲馬上利器，那戟鋒從南宋已來，不知飲了多少人血，是以淡淡發出一層血光。

高戰強忍心中哀痛，站在門口一招一式舞了起來，高雲撐起身來，凝神注目，待到高戰使完四十九招，他再也支持不住，雙手一鬆，又倒在床上。

高戰急急走到床邊，把長戟向床頭一放，正待發話，他父親喘息道：「戰兒，你天資很好，學起武來成就一定比爹高得多，在……在這……兵荒……馬亂……的時候……學武……學武……比……比學文要好，我……死……死了後……你……你把……一切……一切都賣了，回……回到老家……老家……去，如果，能……能再碰到……再碰到那傳你內功的奇人，就……

跟他……跟他去學功夫，將來……好爲國家做一番……大……事。」

高戰眼看父親愈來愈不成了，心內不知所措，只有強忍眼淚點頭答允。隔了一會高雲又道：「戰兒，你……走近些，讓……讓爹再瞧瞧。」

高戰再也控制不住，淚如雨下，他父親伸出兩隻無力的手，捧著高戰的頭，目光中流露著千般慈愛，喃喃道：「戰兒，爹要……爹要去了，你好小，好小啊！」

高戰感到父親雙手漸漸鬆開了，口唇顫動，像是要說什麼，高戰哭道：「爹，你要說什麼？」

「國破……家……家亡……忠……孝……忠孝……聖賢……之……家訓。」高雲用盡力氣，從喉嚨中吐出這句話，眼睛一閉，撒手而逝。

好長一段寂靜，高戰呆呆望著過去了的父親，他不相信那是真的——然而那畢竟是真的死亡。這是千萬年來，從無人超越的大限，多少蓋世豪傑到頭來總免不了屈服在這無法逃過的關口。

他感覺自己眼前是一片黑暗，他感覺自己正向無底的深淵中墜落，親愛的人兒，一個個忍心的離開他，而且，走得遠遠的，使他永遠無法再追得上。

他年紀雖幼，可是情感極是豐富，母親死時，他還不懂得悲哀，以爲母親是睡著了，可是，如今他心底敬愛的爹又撒手而去，這種悲痛沉重的打擊，直使他不知所爲，連哭都忘記了。

他彷彿聽到了九天之上有陣陣哀樂傳下來，是那麼悠揚，那麼遙遠，剎時間，從他心底的深處也飄起了低沉哀痛的旋律。

一切都是真的，他用力揪了一下大腿，證實了那不是夢境，父親蒼白被病折磨而枯瘦的臉上，雖然兩目閉得緊緊的，可是還流露出一種正直不屈和大無畏的神色，他飛快的瞥了一眼，原來就深刻在腦海中的印象，又像再重新刻畫一遍，更清晰，更深刻了，十年，廿年，在他有生之年，父親的音容將不再會被時光之流沖淡，光陰，只能加深它。

驀的，背後一隻手輕拍著他的雙肩，一個溫和的聲音道：「高賢侄，死者已去，你這樣哀痛最是傷身，你爹在地下也會感到痛心的。」

原來林家二姊妹本想邀高戰去捉蟋蟀，她倆站在門口喊了兩聲，高戰有如未聞，姊妹兩心中大奇，伸頭一看，只見高戰坐在床邊，目光癡呆，良久也不見他眨一下眼，不禁大懼，匆匆忙忙去告訴爹爹，林老爺一聽，心內瞭然，他感到很是淒慘，高戰在這「榆莊」，沒有一個人不喜歡他，林老爺更是愛他得緊，是以急忙趕來勸慰。

高戰轉過頭一看，三雙溫柔憐憫的目光注視著他，心內突感溫暖，像是即將溺斃的人，突然攀附到任何可借力的東西，抱著林老爺，再也按捺不住，哀哀痛哭起來。

林老爺看著懷中俊秀的孩子。兩眼紅腫，臉上涕泗縱橫，心內又憐又愛，他知道這一哭對高戰有益無害，可以把那鬱積在胸中的哀傷全都發洩，所以只是任他哭去。

那林氏姊妹，平日雖然膽大心粗，此時見高戰哭得哀哀欲絕，也不覺流下同情之淚。

良久，高戰覺得胸中比較鬆暢，便收淚道：「林伯伯，爹叫我在他死後，回到老家山西去，小侄有個計劃，想將爹爹屍骨運回家鄉，與娘合葬在一起。」

林老爺道：「山西離此，千山萬水，你年紀這麼小，還要護送高老弟的靈棺，真是談何容易。」

高戰淒然道：「先父也料到此，他吩咐我將他遺骨火化，用罈子裝了，這樣帶回山西。」

林老爺道：「入關的路最近可不大寧靜，盜賊散兵遍地如毛，你一個人孤身步行至萬里外，只怕很是艱難，依我看倒不如把你父親葬了，就住在我家，等長大些，再回故鄉也不遲。」

林氏姊妹中大姊林汶道：「高大哥，你留下和我們一塊兒讀書玩耍不好麼？」小妹妹林玉也勸他留下。

高戰毅然道：「多謝林伯伯及二位姑娘的好意，先父曾經吩咐我要出外磨練，訪師學武，所以小侄不敢有違。」

林老爺讚道：「好孩子，有志氣。」

林玉瞪他一眼，似乎怪他不識好歹，林汶瞟了他一眼，露出黯然的神色。

他心一軟，但又想起父親臨終的囑咐，心內暗自發誓道：「高戰啊，就是千山萬水，千刀萬箭在前，你也要把爹的骨灰運到家鄉去。」

林老爺見他忽露凜然之色，知他心意已決，便不再言語，帶著姊妹二人離去。

高戰心中盤算，父親的話又飄到耳邊：「把一切東西都賣了……」

他的思想突然變得很散亂，家中除了三間破茅屋，幾百斤高粱外便是一無所有了，唯一值錢的是什麼？他努力避免去想這個問題，所以思想突然變得很漫散，然而最後思想的焦點又落在這個問題上。

「只有『老黃』，才值得些錢。」他最後喃喃自語道：「可是，『老黃』跟著我們已經四、五年了，牠辛辛苦苦工作，載重負荷，從來沒有半點反抗，我……我怎麼忍心呢？」

他覺得心房像給針刺了一下，對於自己這種卑鄙的想法很是慚愧。

「再怎樣，也不能把『老黃』賣了。」他下了決心。

「老黃」正在茅屋四周走來走去，一顆巨大的牛頭不時伸進窗口，注視著沉思的小主人，顯然的，對於老主人的死，以及小主人的悲哀，牠心中都明白得很，只可惜不能說話安慰，所以顯得很急躁，最後忍不住了，低吼兩聲。

高戰聞聲跑出，撫摸著「老黃」，心中真是憐愛萬分，「老黃」伏下身，親暱的舔著高戰的腳。

火光熊熊，高戰注視著父親的遺體漸漸消失，感到此生再無所庇蔭，前途茫茫，不由又驚又痛。

火光中，他至愛的人最後變成一堆灰，他看看四周村人都帶著惋惜沉痛的眼光，不禁默默祈禱道：「爹，你安心吧，好人總是不寂寞的。」

人們漸漸離去，他站起身來，把骨灰放在罈子內，回頭一看，「老黃」牛眼中也閃著晶瑩的淚光。

高戰把茅屋及一切東西都賣了，可是只夠他償還父親在生之日所欠的醫藥費！那是他一直瞞著父親借的。

別人雖然不要他還，可是他一想到父親平日不求人的性兒，覺得自己不能有辱高家門風，再大的苦難，也要一個人去承擔，所以他善意的拒絕了林伯伯的贈金。

牽著牛，他一步一步走離「榆莊」，大家看著他矮小的身形還不及「老黃」高，都不禁慘然，搖頭歎道：「唉，這孩子。」

高戰回過頭，林家還未離開，林伯伯和他兩個女兒揮著手，他突感心酸，眼角浮起淚珠，但轉念想到父親常常說的一句話「丈夫流血不流淚。」趕緊收淚，再不回頭，愈走愈遠了。

林汶、林玉看到高戰身形消失在原野上，想到高戰平日對自己的諸般好處，忍不住雙雙哭了起來。

林老爺道：「乖女兒，別哭了，咱們回去吧。」

林玉止淚問道：「爹，高……高大哥要幾時才回來？」

林老爺柔聲安慰道：「乖女兒，你高大哥是個極有志氣的孩子，心地又慈善無比，將來一定會成了不起的人。」

林汶低聲道：「他……他會不會恨我和妹妹呢？我們平常……平常待他很凶，很不好。」

林老爺呵呵笑道：「好孩子，妳既然後悔待人家不好，那麼從今以後，對於妳的朋友便不能再任性了，免得別人走後，妳又悔恨自己。高賢侄年齡雖小，可是氣度寬宏，他怎會記在心上，也許你們平日的惡作劇，會使他永遠懷念哩！」

林家姊妹紅著臉聽她爹溫和的教訓，林老爺感到很奇怪，平時刁鑽的二丫頭也一言不發，低頭聽訓，心中突然閃過一個念頭，臉上不由露出神秘的笑容，暗道：「孩子事，孩子事！」

且說高戰離開「榆莊」，心中思潮起伏不定，他不敢再事逗留，因為那樣他怕會改變自己的決心，他牽著「老黃」，不知不覺越過了幾個小坡，回頭一看，一大片起伏牧野，無邊無涯，「榆莊」漸漸消失了，只有那棵沖天榆樹的樹尖，還可隱約的看見。

他跨上牛背，依依不捨的望望長白山，雖然已經是春天了，可是山頭積雪，在陽光下還閃出千百道刺目的光芒，象徵著關外的富麗和雄壯。

他突然想起牧童在原野上的歌聲，那歌是：

「長白山，長白山，高高連天簷，
連天簷，接天淵，長白黑水間，牧野萬里永無邊，
日兒已下！牛啊！羊啊！快回來啊，
回到長白山下，那兒才是你的家，那兒才是你的家。」

歌聲是多麼親切，高戰想到那裡，不由自言自語輕輕地道：「別了，長白山，『榆莊』，善良的伯伯叔叔們！」

高戰行了數日，盤纏已經用盡，這日天已近晚，附近又無人家，他只有餓著肚皮和老黃找一處山洞睡了一晚。第二天早晨他繼續前走，走到正午，也不見人家，頭腦餓得微微發昏，幸虧他幼時誤服「千年參王」，又在自己不知不覺中練就關外正宗內功，所以勉強支持得住。「老黃」也是焦急不安，牠不時去找些牠認爲最鮮美的嫩草，放在小主人面前，示意要高戰吃，高戰只有苦笑的份。

「老黃」大概心中奇怪小主人的行動，牠想這樣鮮嫩的東西不吃，而要挨餓，「人」真是奇怪，牠心中愈來愈焦急，發足狂奔，跑了一個多時辰，只見前面有一處人家，高戰心中大喜，跑上前去敲門。

敲了半天，也不見有人出來，高戰心中大感失望，知道主人定然外出，就繞到屋子後面去找主人，只見綠油油一大片蕃薯田。

他餓得發慌，不暇細想，奔了過去，看看四邊無人，就伸手抓了兩支，這時正是春天，蕃薯插下去不過一個多月，所以只有拳兒那大，他心想聊勝於無，又想到幼時在地上挖泥灶，烤紅薯的香甜滋味，不覺食指大動，伸手入懷摸取火種，忽然無意中觸著父親的骨灰罈，不禁心涼。

爹的正直容貌又浮了起來，爹的諄諄教訓也飄到耳邊……「待人厚，克己薄……」

他考慮了半天，肚子實在餓得緊，心想：「這麼多，我只拿兩個有什麼關係？」

可是他又想到老師講的劉備的遺囑中的兩句話：「毋以善小而不為，毋以惡小而為之。」

一刻間，他像被重重擊了一下，趕快把拔出來的蕃薯埋了，對適才的行為真羞愧得緊。

他舉目一望院子一片青翠的田地外，沒有一個人，心中略略放心，便牽著「老黃」再往前去，「老黃」睜大牛眼，帶著疑問責備的目光望著小主人。

高戰輕輕摸著「老黃」，柔聲道：「『老黃』，那是人家的東西，我們不可以隨便取哩！」

走了一會，前面是一條清澈小溪，高戰心想：「這河裡的魚可不是有主之物了吧！」

他脫去上衣，鑽進水裡，此時隆冬初過，溪水是從山上溶雪流下，是以冷凜透骨，高戰仗著體質素強，用內功閉住氣，在溪底摸來摸去。

好半天，他才抓著一尾鯉魚，連忙用手緊緊捉牢，翻身上岸。

那鯉魚有斤多重，高戰心中大喜，自忖可以飽食一餐，可是當他撥出小刀正想殺魚去鱗，看見那魚眼旁有一兩滴水珠，雙目突起，死命掙扎。

他突然心一軟，想道：「這魚也會哭哩！真可憐，不知有沒有父母？」

他因爲太多的愛心，所以往往會莫名其妙的產生一種可笑的同情心，此時一見鯉魚眼旁的水珠，竟以爲是淚珠，再也狠不下心下手殺牠。

他輕歎一聲喃喃道：「魚兒，你可要當心啊，再被人抓到，可就不肯放你了。」說罷手一鬆，水花四濺，那尾鯉魚已潛到深水去了。

他感到身上有些冷，就靠在溪邊大樹下，望著悠悠白雲，竟睡去了。

忽然，他被一個清脆的童聲驚起：「爹，你瞧他多可憐，我們把乾糧分一半給他好麼？」

高戰循聲望去，只見一個老者，頭戴翻起的羊皮帽，手中牽著一個和自己年齡差不多的女孩，頭上梳著兩隻辮子，臉色紅紅的，嬌憨極了，二人就站在身旁不遠處。

老者道：「小弟弟，你冷不冷，餓不餓？」

高戰見他語氣親切，點頭道：「老伯，你可知附近有人家嗎？我……我……」他本想告訴老者自己已餓了一天一夜，但卻羞於說出口。

那老者道：「這幾十里內的確人煙稀少，我看你年紀小小，孤身出門，一定有什麼要緊的事。」

高戰點頭，便說出自己要送父骨回鄉，那老者吃了一驚，道：「山西離此何只萬里，你一個人行路實在太危險了……」

那小女孩接口道：「喂，你跟我們一起走，等我爹辦完事，咱們再一起入關可好？」

高戰搖頭，柔聲拒絕她的好意，正待告別，那老者沉吟一會道：「小弟弟，你先把這包乾糧帶去，否則這方圓百里無人，你還要挨餓哩！小小年紀孝心可貴，我本當助你一臂之力，可是目下實在是身有要事，無暇分身。」

高戰見他完全以長輩態度真誠對待自己，心中很是感動，知道自己再要推辭，必定惹起他不快，便雙手接過一包乾糧，稱謝道：「不知老伯貴姓？」

那老者道：「我姓方，是關外方家牧場主人。」

高戰道：「我叫高戰，將來重回關外一定來看伯伯。」

那女孩喜道：「喂，你說話可要算話。」

高戰點點頭，老者似乎有急事，撮口長嘯一聲，兩匹馬一大一小從草原中如飛奔來。

老者騎上馬，回頭看到高戰從樹後牽出一頭牛，牛角上掛著一個小小用毛氈捆成的包袱，仔細一瞧，上面繡著一棵楊樹，一棵柏樹，不由大放寬心，忖道：「這孩子原來和風老哥有關係，我倒是多慮了，就憑風大哥這標幟，關外綠林誰敢不乖乖放行。」

一拍馬，帶著那小女孩疾馳而去，風聲中還斷斷續續傳來小女孩的囑咐聲。

高戰狼吞虎嚥的大嚼起來，吃完以後，心中不住盤算著，他想：「這去山西還不知有多遠，現在身無分文，怎樣可以到達呢？」

他又想到賣牛，但立刻被自己制止，心內暗罵自己道：「高戰啊，高戰，你怎麼老想到去出賣你自己忠實的朋友，你這卑鄙的東西，真是豬狗不如。」

但是一個念頭突然閃起：「是父親骨灰重要，還是『老黃』重要，照這情形，不把『老黃』賣了，怎麼也不能回到家鄉，『老黃』，我是一天都不願意離開的，如果賣掉，我在這世上就更孤零零了，我悲哀也沒有地方講，我可能會傷心死的，可是，可是爹的骨灰怎麼辦呢？」

他覺得這個問題好生難以決定，想到「老黃」和自己的感情，現在必須人牛相離，不覺心碎。

最後，他終於決定了，俊臉上閃過一陣慘痛的神色，他想：「這是爹最後的願望，如果我都不能做到，那麼我還能算是人嗎？爹爹，你放心吧，戰兒決不違背你一句話。」

他跳下牛背，用臉輕輕擦著牛頭，眼淚幾乎奪眶而出，但隨即強忍住，低聲說道：「『老黃』，咱們不久就要分別了。」

老黃見他很是悲愴，也不知道是什麼原因，也跟著悶吼幾聲。

又走了數十里，到了一個大鎮，高戰狠著心，去找了一個牛販來看牛。

那牛販東摸摸，西拉拉，似乎很感滿意，「老黃」看看牛販，又望望傷心的小主人，心內便已明白，一顆大頭也悲哀得垂了下來。

牛販和高戰議定價錢，便回家去取銀兩，高戰撫摸著牛腹，輕輕解下掛在角上的包袱，不知說什麼是好。

半晌，「老黃」抬起頭來，凝目看了高戰一眼，那眼光高戰理會得到，是充滿了憐憫寬恕的意思，那好像說：「小主人啊，我不怪你，只是我『老黃』不能再替你做事，不能再保護你了。」

高戰忍不住熱淚衝出，抱著牛頭哭道：「『老黃』我真對不起你，可是爲了爹爹的骨灰，我只有這樣做啊！『老黃』，我心裡比你更難過的呀。」

「老黃」搖搖頭，悲鳴一聲，回頭舔去高戰的淚水。

高戰哽咽道：「『老黃』，我不哭，我不哭，爹說過男人不該隨便哭的。」他雖口中說不哭，可是眼淚卻不受控制，潸然而下，他又要抱牛，又要拭淚，弄得手足忙亂。

突然老黃歡叫一聲，抬起頭來看看正在狼狽的主人，似乎牠已想通了什麼。高戰見牠突然歡喜，不禁大奇，正在此時，那牛販取銀歸來，他把銀子交給高戰，就用繩子捆住「老黃」。

高戰眼見「老黃」服服貼貼被牛販帶走，但不時回過頭來，並無悲戚之色，他心中愈想愈不忍，不由也跟著牛販和「老黃」走出鎮外。

「老黃」忽然長鳴一聲，像是向小主人告別，然後就不再回頭，步步走遠了。

暮色蒼蒼，「老黃」和牛販在地平線上遙遠處只剩下兩個黑點。

風起了，吹得「青沙帳」沙沙作響，高戰喃喃道：「『老黃』，什麼痛苦都由咱們倆來擔當吧。」

他感到頰上一涼，心中暗暗地道：「高戰，高戰，你可千萬別再哭了。」

天際現出幾顆小星，大地一片寂靜，又有誰來安慰這失望傷心的孩子呢？

二　天下綠林

春天，河畔楊柳抽出新枝，田間插上了綠油油的豆苗，微風吹來，如波浪般起伏著。

從田間走出一個十六、七歲的少年，戴著尖頂的笠帽，自言自語道：「好新鮮的空氣。」

他放下荷鋤，把笠帽推向腦後，露出整張臉來，但見他皮膚白潤，豐朗如玉，甚是俊雅，完全不像農夫模樣。

他從背後口袋中摸出一本書，專心一意的讀著書，「暮春三月，江南草長，雜花生樹，群鶯亂飛……」他一邊念著，心中卻幻想著江南風光。

「江南風光如畫，端的一個好地方、我遲早要去遊歷遊歷。」他想到此處，就放下書本，匆匆跑進村裡，迎面碰著一位白髮老翁。問他道：「田裡的事都好了嗎？」

少年點頭道：「野草都拔光了，地也整啦。」

老翁望著他的生氣蓬勃的背影，皺紋滿佈的臉也展開了，笑容時露，似乎在回憶著年輕時代的往事，心中默默讚道：「好勤快的小伙子。」

那少年跑進屋裡，從床底下摸出七八個撲滿，有的是笑口憨然的娃娃，有的是肥腸大肚的老豬，少年又在枕下亂翻，翻出一大堆零零落落的紙片，上面儘是寫的某年某日存了多少錢，他很快地看了一遍，又仔細算了一遍，心道：「這帳目上記著已有一百廿兩銀子，如果沒有記錯，那麼就夠了。」

他耐心的把撲滿一個個敲破，立刻地上堆起一大堆碎銀，都是一兩多重一小塊一小塊的，他點了一下，和自己所記差不多，不由心中大喜，忖道：「我終於積滿了我希望的數目，我遊歷天下的目的即將達到了。」

他從窗口遠望出去，一批批農夫這時才都荷鋤上山，想到自己這十年來胼手胝足，勤奮不已，不但願望即將達到，而且爹爹所傳的「高家戟法」練得出神入化，那慈祥老人傳授的內功也精進不少，走起路來，但覺輕快至極，丈餘的牆也能一躍而過，不禁十分自得。

門口的樺樹長得枝葉茂盛，高大挺直，他回想初返故鄉時那樹還沒有自己高，轉眼間，十年就過去了，自己也從小孩變成大人——他想他已是大人了。

想到此，心中有些安然，抬頭一望，旭日初升，氣象萬千，奮鬥之心油然而生，喃喃道：「高戰，爹爹要你爲國爲民做一番大事，豈能永久終老是鄉呢？」

洛陽道上，春意盎然。

天色已暗，一匹瘦馬從大道疾奔而來，上面坐著一個挺秀少年，那馬像是從遠處奔來，不住喘息。

少年心中盤算一會，心想城門多半已關，今晚是別想進城了，看看不遠之處有個山神廟，燈火微弱，就拍馬上前。

待到走近，只見廟門半開，輕步上前，正想招呼廟僧，但探頭一看，不由大吃一驚。只見廟內陰氣森森，蛛絲四布，牆角邊放著好幾具棺木，一個老者背門而坐，身後一個黑漢，手執鋼刀，滿臉殺氣，一步一步小心翼翼走近老者，他每向前一步就停下一次，看看四周及老者動靜，看來對老者忌憚至極。

那少年一驚之下，幾乎失聲叫出，看到那壯漢愈走愈近，老者似乎仍未發覺，眼看壯漢舉起鋼刀就要迎頭劈下，一急之下，不暇細想，拔出背後短戟，縱上去施出「無敵戟法」中「舉火燒天」，對準下砍刀勢一格。

砰然一聲，壯漢手中鋼刀齊腰而斷，前半截刀鋒仍然向老者當頭落去，少年急忙短戟一挺，一招「后羿射月」把刀尖打飛。

他大顯身手連施絕招，好不容易救了老人一命，心中正自得意。耳中卻聽到一聲怒叱：「誰要你多事。」

他呆了一呆，見那老人不知何時已轉過身來，壯漢站在老人身旁，手中還拿著半截刀，作勢欲砍，只是臉上神色痛苦至極，雙目圓瞪，呆如木雞。

那少年心地慈軟，只道是自己用力過猛，震傷了壯漢的筋骨，心中大感歉意，柔聲道：「這位大叔你幹嘛要暗算老伯伯，我一時收手不住，震傷了你哪裡了？」

那老者冷哼一聲，很不耐煩道：「小鬼，你給我站到一邊去，待我收拾了這賊子後，再來領罰。」

那少年忖道：「也沒有見過如此蠻橫的老人，替他解了圍，倒怪起我來。」

他天性平和，一時之間，也想不出罵人的話，就依言走開。

老者上前一步，對準那壯漢背上一拍，冷冷道：「我道洛陽三霸在江湖上總算有點萬兒，不料儘是偷雞摸狗之輩，不錯，你兩位兄長都是我宰的，你要報仇，老夫就成全你。」

壯漢嘶聲叫道：「老賊，殺人償命，欠債還錢，你不過趁老子與那小賊交手時，突施暗算，今日你家爺爺與你拚了。」

老者臉上突露微笑道：「你這廝自以為聰明，在老夫酒中弄了手腳，也不想想老夫是何等人，豈能被區區蒙汗藥迷倒，賊廝，你瞧仔細了。」

只見他右手一揚，一道水箭從指尖射出，端端正正注入供桌上一隻錦壺中，酒香四溢。

原來老者已用上乘內功把體內藥酒從指尖迫出，那壯漢似乎驚呆了，轉身就逃。

老者哈哈長笑，笑聲方斂，喝道：「我天煞星君手下從無逃生之人，豈能在你這壞胚身上破了規矩，瞧你平日雖然作惡多端，但為人倒也爽直，與你一個痛快便了。」

說罷雙手虛空抱拳，向前一送，只聽見一聲悶哼，壯漢在丈餘外向前倒去。

那少年雖不知老者用了什麼功夫，能使一丈開外的敵人受創委頓，但他怕老者再下毒手，急忙竄出，高聲道：「老伯伯，他既然沒有殺傷您，您就饒他一命吧。」

那老者自持身分，也不答話，冷冷瞥了少年一眼，垂手走開。

少年走近壯漢，一摸手脈，已是冰涼，心中大驚，想到適才還是一個活生生的大漢，轉眼就死在老者一舉手之間，不禁很感同情，對這老者有些不滿。

他開口問道：「老伯伯，你到底和他有什麼仇，一定要殺他呢？」

老者頭也不回，不理他所問。少年又道：「他雖然暗算你，這是他不對，可是你本事這麼大，就是放過他，他也不能傷你……」

老者似乎很不耐，厲聲道：「你再嚕嗦，連你也宰了。」

少年抗聲道：「你本領雖大，可是你不分青紅皂白的就胡亂殺人，人家見著你都像見著閻王一般，也不見得是威風呀！」

老者回頭斜眼瞧了少年一眼，只見他一刻間忽然大義凜然，稚氣全消、臉上無絲毫畏懼之色，不覺心折。

那少年又道：「現在他既然已被打死，咱們便把他葬了吧，免得放在這野外，被野狼拖去吃了。」

老者突道：「娃兒，你叫什麼，你師父是誰？」

少年道：「我叫高戰，我沒有師父。」

老者想起他方才硬架洛陽三霸老三「玄玄刀」謝東義一刀，內力甚是充沛，看來至少有廿年的火候，但他年紀最多不過十七、十八歲，只道是名門高弟，自幼習武，不想竟然沒有師父，當下問道：「那麼你內功是何人傳授？」

高戰從小不打誑語，便把年幼時巧遇白髮老人，雪地誤食千年參王的事說出。

那老者沉吟不語，高戰乘機溜出，用戟掘了一個大洞，把壯漢抱去埋了。

他走回廟內，那老人仍在沉思，高戰以爲他在後悔方才殺人，接受了自己的勸告，於是柔聲安慰道：「老伯伯，您別後悔啦，一個人生氣的時候，就會不管一切的做出任何事來，我有時也氣得用石子打死偷食的黃鼠狼哩！」

那老者聽他說得天真，不覺失笑，自己卅年前，縱橫湖海，是一個人人懼怕的老魔頭，想不到卅年後，重出江湖，竟被一個娃兒硬軟並施，弄得沒做手腳處。

老者仰天長笑，聲如龍吟，拍拍高戰肩膀道：「娃兒，真有你的，我老人家服了你啦。」

高戰道：「老伯伯，您別生氣。」

老者細瞧了他兩眼，喟然歎道：「靈鐘於斯，秀發乎外，慈而厚，寬而甫，領袖群倫，非子而誰，天意如此，夫復何言。」

高戰聽他忽然掉文，大爲不解，便道：「老伯伯，你剛剛使的是什麼功夫，可以把人家制服得一動都不能動？」

老者知道高戰只學會一套家傳戟法及一身上乘內功，其他武技是一概不懂，是以連點穴都看不出，便笑道：「娃兒，你瞧那手功夫怎樣？」

高戰道：「真帥極了，老伯伯，你本事真大，一掌可以打死一丈外的人，晚輩只要有您一半功夫就好啦。」

老者呵呵笑過：「小子，你嘴真甜，我老人家就把這手傳了你吧！」

高戰大喜，連忙跪下，老者伸手一扶，不由吃了一驚，忖道：「這娃兒體內真力不弱，雖說是千年參王之功，可是小小年紀有此成就，那麼傳他內功的人，一定是罕見高手了，我雖隱居廿多餘年不問江湖中事，可是天下除了『東海三仙』、『南北二君』外，難道還另有高手不成。」

原來他昔年的確是叱吒湖海的好漢，是以除了「三仙」、「二君」，他以爲宇內再無高手，他隱居廿餘年，此次重入江湖，竟不知近年來江湖上出現了許多一等一流的年輕劍客。

他伸出右掌，按在高戰肩上，內力緩緩而發，只覺高戰體內真力一收一抗，力道一次比一次強勁，不覺恍然大悟，忖道：「天下內功能收發並施的敢說只有關外盟主風柏楊一派，照此看來，這老兒功力深厚，絕不在我之下。」

老者道：「娃兒，我這門點穴手法，與各派大是不同，日後你施展時千萬小心，一旦被人識破，我昔年仇人多得不能計數，那你可麻煩啦！」

高戰點頭答應，那老者當下在燈下就把人身各種穴道的位置仔細的講了，並傳了點穴手法，高戰悉心學習，苦練了半夜，老者已呼呼睡去。

高戰自覺手法純熟，也伏著供桌睡著了，待他醒來，老者已走，他見天色大明，就騎著瘦馬進了城。

高戰走進一家小店，要了早飯，他左邊桌子是兩個江湖漢子，一高一矮，邊吃邊吹，談得興高采烈。

那高漢子道：「老五，你瞧咱們瓢把子有無把握贏過河朔雙雄？」

矮漢咬了一口大餅，含含糊糊道：「別說河朔雙雄，就是峭山七煞，兄弟七人，個個都有一身絕藝，豈是好惹的。」

那高漢道：「聽說洛陽三霸老大、老二都給人宰啦。這樣咱們瓢把子少了兩個強敵，倒是好消息。」

矮漢道：「老六，你別高興，你想想看人家洛陽三霸功夫可不含糊，在一夜之間讓人神不知，鬼不覺給廢了，此人功力之高，可想而知，如果此人出現，咱們河南好漢只怕沒一人是對手了吧！」

那高漢道：「昨晚『濟南大豪』和『秦嶺雙俠』都到啦，這次北方綠林大會，總瓢把子大位到底落於誰手尚不可知哩！」

矮漢道：「老六，走啦，下午競技大會就開始，咱們也要回去準備準備。」

兩人付了帳，大搖大擺走出小店。

高戰心想：「洛陽三霸中老三，昨夜也死在城郊古廟，這些江湖漢子，一生爭強鬥勝，到頭來命喪荒郊，是又何必呢？真是笨得緊呀。」

轉念又想到：「這北方英雄大會不知道是怎麼個樣子，我何不去見識見識，趁機勸勸大家，不必自相殘殺，男子漢大丈夫，既然失身綠林，如果只知殺人以逞，分贓以富，那真是永墜地獄了。」

高戰打定主意，就匆匆忙忙跟上前去。他天性實是淡泊，處處往好處想，胸中儘是些善良可愛的念頭，把別人都想成和自己一般。其實「名」「利」當前，自古以來，又有幾人能跳越不顧呢？

他追到兩個漢子身後，道：「兩位大哥請留步，小弟有事相問。」

高、矮二漢果然止步，回頭一看正是適才在酒店中相遇少年，不由微感錯愕，高戰又道：「小弟適才聽兩位大哥談起綠林大會，真是嚮往得很，不知兩位可否帶小弟去見識一番？」

那高漢見他身上穿得樸素，但長得唇紅齒白，很是可愛，他本是直漢子，見高戰謙和有禮，先生幾分好感，聞言道：「這有什麼不可，這綠林競技大會在咱們莊裡舉行，各路英雄都已聚集，下午就要開始，老弟，你是哪一派門下呀？」

高戰不善說謊，只得支吾其詞，拖開話題道：「小弟生性好武，只是未遇名師，所以學得幾手莊家把式。」

那高漢子知他不便說出，也就不再相問，三人一行，向城東走去。

走了一刻，來到一座大院落前，只見門口兩尊石獅，大門是黑漆鑲金邊，甚是氣派，門前站著幾個壯漢，像是接待來賓。

忽然從裡面走出一個中年書生，面貌溫文，望了三人一眼，對矮漢子道：「吳舵主，這位老弟是哪家英雄門下，長得好俊呀！」

高戰臉一紅，抱拳道：「小弟高戰，想來見識北方綠林英雄大會。」

那書生道：「好說，好說。」

說罷又去招呼新來客人。

高漢子道：「高老弟，那中年書生就是咱們主人長子，人稱『鐵劍書生』林沖，高老弟，你待會向右邊那間院落去。自有人招呼你住宿，咱們下午見。」

高戰見他很誠懇，心想此人雖是綠林，但還不失爲是條正直漢子，便依言走到右邊院落，穿過拱門，又是一番天地，只見假山噴泉，花開如織，鮮草如茵，如入仙境，心中暗暗忖道：「這莊主端的有錢，只是如果來之不義，那麼雖然富麗豪華，只怕心中也未必快活。」

原來這莊喚做「閒雲山莊」。主人風雲劍林驤原是伏牛山綠林大豪，與當年關中「黃豐九豪」齊名，後來武林大俠「河洛一劍」吳詔雲崛起，吳詔雲倒也敬重林驤是條漢子，雖則投身綠林，但一生未犯淫戒，手下也多能嚴守綠林道義，是以對他並不干涉。

可是有一次，林驤手下有一名得力頭目竟劫了一位朝廷告老清官，而且把全家老小十口斬絕，吳詔雲得知後心中大怒，單身隻劍來到風雲劍大寨，聲言要林驤交出那名頭目。林驤當時明知屈在己方，可是自忖實力堅強，又受左右蠱惑。那河洛一劍吳詔雲，也是年輕氣盛，言辭過激，兩人終於說翻，動起手來。

「河洛一劍」當年是威震北方的年輕大俠，功力之高令人不可捉摸，林驤手底雖也不弱，但比起河洛一劍，到底差了一籌。當吳詔雲施出斷魂劍法中連環三絕式「無常把叉」、「鬼王問路」、「點點磷星」時，一個收手不住，刺傷林驤右肩。

風雲劍林驤從此再無面目在江湖上混，他交出那殺人頭目後，就解散大寨，帶著家小親信，隱居此處。

河洛一劍吳詔雲，經此一役，單身挑翻雄據伏牛山十餘年之林驤，聲名更是如日中天，終於惹起中州五大劍派，聯手出擊，命喪天紳瀑前。

風雲劍林驤雖說退出江湖，但江山易改，本性難移，還不時和江湖綠林互通聲息。此次河南全省綠林大會決定在他莊中舉行，遠近綠林都尊他一聲老前輩，他這人天生好名，見大家都給他面子，自然樂於接受。

且說高戰被右院管家安置在最後幾間屋中，他倒也不在乎，只見右院都是年輕人，但一個個不是驕氣凌人，就是暴戾之色上臉，心中很感不耐，忖道：「這般人多半仗著父親或者師父的聲名，在此耀武揚威。」

吃過午飯，他想大會還有一個時辰才開始，就漫步到處走走，走了半天，走到後莊，原來是一片林園，栽滿了柳樹。

他無聊的踢著腳下黃土，正待離去，突然聽見兵刃叱喝之聲，就探身入內。

只見林中一塊空地上，二個青年正在激烈拚鬥，一個仗著長劍，一個舞著峨眉刺，殺得有聲有色。

高戰本來不想多管閒事，心想這般人都是一樣無禮乖張，但見那使劍的人，劍劍狠辣，似乎想置使那峨眉刺的人於死命，那使峨眉刺的青年，左右遮架，眼看就要落敗。

高戰心中不忍，便竄出大聲叫道：「兩位住手。」

那使峨眉刺的，看到有人出面解圍，不由大喜，聞聲果然住手，使劍的青年想是恨極，乘勢長劍一挺，「毒蛇出洞」，向對手喉頭刺去。

群雄轟然叫好，林驤又道：「如果各位無異議，在下就宣佈大會開始。」

群雄點頭稱是，林驤道：「不知哪位英雄先下場表演。」

忽然坐在第一排一個五旬老者挺身而出，走到台中，沉聲道：「諸位寨主當家，兄弟有個重要消息，關係咱們整個北方武林命運。」

他說到此，停了一停，向四周掃了一眼。眾人都識得這五旬老者是名震大河南北的山東濟南大豪，姬本周。此人一身功夫神出鬼沒，家居濟南城外，表面看來似個大富翁，其實是個獨行盜。

濟南大豪繼續道：「各位如果不善忘的話，總還記得廿多年前，專門與道上朋友作對，手黑心辣的『天煞星君』吧！此人當年突然失蹤，這廿多年不見蹤跡，江湖上傳聞其人已死，可是依兄弟看來，此人並未死去，而且最近已然重入江湖……」

群豪相顧失色，紛紛交頭接耳，濟南大豪緩緩又道：「諸位想想洛陽三霸兄弟三人何等功夫，老大、老二竟在一夜間被人廢了，聽說三霸中老三玄玄刀謝東義，發誓報兄長之仇，昨夜跟上了殺人的主兒，到現在還不見歸來，只怕又是凶多吉少了。依在下看來，殺人的定是那老魔頭。」

群雄心內大懼，各人心中都想到如果那魔君再出江湖，整個北方綠林只怕再難安寧，那與「天煞星君」昔日結有梁子的寨主，更是惶惶不安。

高戰心中一凜，想道：「昨晚在古廟中殺死洛陽三霸老三的正是『天煞星君』，看來這般人都和他有深仇大怨，適才無意中露了一手他老人家傳的點穴手法，莫要被人識破，找到我頭上來。」當下抬頭凝神注意。

忽然濟南大豪左邊的一個中年漢子站起，朗聲道：「姬兄見解端的高明，只是就憑洛陽三霸遭人殺死為證據，推斷那老魔頭重出江湖，未免過於武斷。」

原來這中年漢子是崤山七煞中老三，與山東濟南大豪素有梁子，此時聽到濟南大豪危言聳聽，不覺十分不耐，他年紀才四十多歲，當年初出道，天煞星君即已隱去，是以對天煞星君認識不深，看到大家忌憚至極，心內有氣，就起身反駁。

濟南大豪冷冷道：「兄弟雖然是個草包，但也知出言謹慎，決不敢冒充逞能。」眾從都知崤山七煞中老三無敵神拳朱復君是個草包脾氣，聞言不由哄堂大笑。

無敵神拳虎吼一聲，叫道：「你幹嘛罵人。」就要衝上前去，崤山七煞老大奪命雙筆急忙喝止。

濟南大豪接著道：「兄弟雖未看到老魔頭本人，可是卻親眼見到老魔頭弟子，施出老魔獨門手法——『透骨打穴』。」

此言一出，四座皆驚，濟南大豪接著道：「此人年紀輕輕，功力已是不凡，現在就混在台下，依兄弟看，多半是天煞老魔派來臥底的。」

高戰心中大驚，自覺山東濟南大豪兩道目光有如利劍，停在他面上，趕快把眼光移開，裝做不在乎模樣。

群豪哄然而起，紛紛叫道：「是誰，是誰！先把這小子抓起來，等老魔來，咱們聯手把他一齊廢了。」

濟南大豪正待開口，高戰心知此時不逃，待會大家一圍上，可就跑不了了，一摸背後兵刃，從人叢中穿出，拔腿就走。

只聽見耳邊一聲冷笑，濟南大豪從台上飛身越過自己，橫攔在前方。

高戰一戟劈去，濟南大豪也不閃讓，頭一低，揉身而上，反手擒拿，要空手奪高戰兵器。

高戰心中大急，右手短戟儘是進攻招式，左手配合天煞星君所授獨門點穴手法，濟南大豪的武功雖高，但對高戰左手怪招，甚是忌憚，一時之間，也不易取勝。

這一耽擱，群豪都圍了過來，高戰心內微怯，一個失手，短戟幾乎被對方奪去。

高戰愈戰愈是膽怯，眼看高手林立，虎視眈眈，自己一個也打不過。

他這高家戟法招式並不巧妙，全靠力道沉猛，此時他勇氣喪失，自是威力大減，那濟南大豪似乎不願傷他，出掌蓄力不發。

濟南大豪連施絕招，高戰短戟被他力道所迫，竟然遞不出去，眼看圈子愈逼愈小，濟南大豪右掌突擊高戰天靈穴，高戰向左一閃，濟南大豪左手一伸正按住高戰胸口，叱聲道：「小子，快放下兵器。」

高戰知他內力一發，自己心臟立碎，眼時情勢確是險惡至極。但一想到父親生平寧死不屈的性格，此時萬萬不能屈服，敗了高家聲名，拚著被他打死，也不能放下高家祖傳兵刃。

他算計已定，奮不顧身，雙足運勁，倒縱一步，那濟南大豪想不到高戰倔強如此，他本無殺高戰之意，掌勁一吐，立刻又運功活生生收回，鐵青著臉道：「小子，老夫瞧你年紀輕輕死了未免太可憐，快放下兵器，說出你師父在哪，我也不為難你。」

高戰心中忖道：「你分明是怕那老伯伯，何必如此賣好。」

他逃出濟南大豪之掌，望望四圍高高矮矮站滿了許多綠林好漢，想到父親說過高家戰法對於衝鋒陷陣最是管用，便立刻抽出背後戟桿，和右手所執戟身前半一合。

他打量一下，想從敵人較弱的地方衝出，突然發覺一雙充滿關懷的目光投了過來，他一抬頭正與那目光相接，原來正是適才在林中所遇少女。

高戰忽然感到一種從來未有的感覺，一時之間，胸中充滿了勇氣，忖道：「我高戰是名將之後，豈能在這般賊子面前示弱了，想當年祖先曾以此戰戟連挑翻金人十二輛重革華車，是何等氣概。今日之事就是千軍萬馬，好歹也要衝殺一陣。」

想到此，側目望著手中長戟，只見戟身有些彎曲。

三　英雄鑄情

原來當年宋金大戰時，岳元帥用兵如神，攻無不克，戰無不勝，而高戰祖先高寵就是岳元帥麾下第一員勇將，縱橫淮河南北，也不知爲國家立下了多少功勳。

那時金兵是由全國皇子金兀朮統率，此人也是智勇俱備，以岳元帥之勇，「岳家散手」招式精妙，此人竟能與岳元帥大戰百餘合而不分勝負。可是有一次，金兀朮在陣前與高寵相遇，高寵施展「高家戟法」不到五回合就挑去金兀朮頭盔，霎時，金兀朮抱頭鼠竄。

自此一役，「高家戟法」名聞天下。後來金人以重革裹車，喚做「華車」，戰士隱伏車內，不畏箭刃，用以衝鋒陷陣，岳元帥爲此大爲憂慮。高寵拍馬上前，以長戟連挑翻十二輛華車，端的神威凜凜，那戟雖是百煉精鋼打成，也因「華車」太重而微微彎曲，待到高寵挑起第十三輛「華車」，胯下座騎支持不住，伏地倒斃，可憐這蓋世英傑，也就因此被「華車」壓死。

且說高戰望著彎曲的戟桿，心中嚮往著先祖的英勇，畏懼之心全消，一抖手，舞起一個大圈，身子就往外衝，但只覺一股大力，迎面擊來，只得側身閃避，定眼一看，竟是峭山七煞中老三無敵神拳出手。

高戰怒叱一聲，對準無敵神拳一戟挑去，這招是「高家戟法」中絕技，叫做「雷霆千鈞」，他此時運足內勁，凌厲無比，無敵神拳功力再高，卻也不敢空手來接，向左一躍，避過戟刃，飛身一腳，向高戰戟桿踢去。

高戰長戟挑出，不及收回，倒退半步，無敵神拳乘勢直下，左手二指「驪龍探珠」，向高戰雙目點去，右手化拳爲掌，直向高戰胸前按來。

高戰一低頭，眼見敵人掌已遞近，閃避不及，當下猛揚一口真氣，右掌拍出，「砰」然一聲，各自後退數步。

群雄見高戰小小年紀，內力如此深湛，竟能與以力道威猛著名的無敵神拳不相上下，不覺紛紛叫了聲「好」。

無敵神拳羞愧難當，適才他雖未用出全力，力道卻也發出七八分，他本是草包脾氣，一怒之下，也就顧不得老大「奪命雙筆」告誡他不要傷高戰的話，只見他出拳如飛，招招擊向高戰要害。

高戰經過方才一對掌，信心大增，把長戟舞得密不透風，那無敵神拳功力雖高強，也不敢太過逼近。

群雄自持身分，不屑出手合戰一個少年，只是圍在四周，指指點點，防他逃走。

無敵神拳久戰不下，心內煩躁至極，突然招式一變，身形東倒西歪，施出生平仗以成名的「醉八仙拳」，高戰見他招式怪異，有如醉漢，心內正自琢磨，出手不由一慢，竟叫對方將戟桿抓住。

無敵神拳大喜，正要運勁硬奪，忽然背後一個清脆的聲音道：「各位這大年紀，何必與一個孩子過不去。」

群雄回頭一瞧，只見身後不知何時走來一個青年儒生，群雄剛才雖在瞧熱鬧，可是身後來了一個人，大家竟然沒有發覺，此人輕功之純熟，真令人不敢置信。

那青年儒生平和地道：「這孩子也沒有得罪各位，各位如有本事，何不去找教他武功的人。」

群豪聽他在旁觀望已久，對於此事全然明白，各人想到自己不敢去找「天煞星君」較量，竟然群起對付他的徒兒，不禁都有些羞愧。

高戰見有人替他解圍，心中好生感激，眼光不由轉到那青年儒生面上，只見他挺鼻星目，俊美絕倫，只是舉止之間，都帶有一種深刻痛苦的表情，高戰望了兩眼，不知怎的，幾乎想出言安慰他，忽覺手中一緊，長戟被對方奪去。

高戰一定神，正要上前搶戟，那儒生忽道：「這位寨主武功端的不凡，瞧在下面上，請將兵器交還給這位小弟，放他路走可好？」

無敵神拳怒道：「你是什麼東西？我幹嘛要聽你話。」

那青年儒生道：「在下既是衝著這位小弟而來，各位要是不放，那麼在下只有——」

那邊濟南大豪驀然想起一人，接口問道：「請教閣下萬兒？」

那儒生道：「在下姓吳，草字凌風——」

此言一出，群豪嘩然，須知當年吳凌風出道以來，短短幾年中，轟轟烈烈做了幾件震動江湖的大事，泰山大會中仗劍大戰天下第一劍厲鶚，聲名揚天下，只因他名氣雖大，但並不常在江湖上露臉，近十年來更不見蹤跡，是以當年濟南大豪姬本周雖也參與泰山大會，一時之間卻也想不起來。

無敵神拳見老大奪命雙筆連施眼色，知道這主兒可不好惹，心中雖是不服，但不敢違背老大的意思，運勁將戟向吳凌風擲來，待到戟已出手，這才喝道：「在下遵從吳大俠之命，吳大俠，留神了。」

那戟本是重兵器，被他運力一擲，力道非同小可，眾人只見吳凌風望都不望一眼，等到長戟飛近，伸出雙手一合，長戟就到手中。吳凌風謝道：「這位寨主給在下面子，在下在此謝過了。」

轉身對高戰道：「這位小弟，大家答應不再爲難你了，你趕快走吧。」

高戰雖是第一次和他見面，但心中不知怎麼的竟對他十分依戀，便走近接口回答道：「大叔，咱們一塊兒走。」

吳凌風凝望高戰一眼，微笑道：「我要上長安去，你到哪兒？」

高戰見他一笑，臉上淒苦之色大減，那絕美容光中又現出一種飛逸的神情，不覺大感高興，說道：「吳大叔，我左右是遊歷天下，增長見聞，也沒有一定去處，您就帶我上長安吧。」

群豪見他兩人一問一答，全然沒有把自己放在眼內，不禁都感到難堪，那風雲劍林驤盯著吳凌風左看右看，忽然厲聲道：「你是斷魂劍吳詔雲什麼人？」

吳凌風見他出言不遜，正待發作，但轉念一想：「這風雲劍一定和爹昔年有梁子，現在爹墓木已拱，什麼仇恨都可以解除了，我何必再得罪於他，唉，世上的恩怨情仇是永遠糾纏不斷的。」

他不由又想到自己的傷心事，心中更覺索然，這十年來，他一直在生死邊緣煎熬，昔日少年豪情，已大都磨滅，便和聲道：「追魂劍正是先父，不知莊主有何指教？」

風雲劍林驤憤然長笑，久久不斷，笑聲中充滿了殺氣，令人毛骨悚然，笑畢淒聲道：「好，好，你是吳詔雲的兒子，吳詔雲，吳詔雲，你竟先我而去，咱們之間的帳可沒有算清啊！」

高戰心中微感寒意，抬頭一看吳凌風，只見他似乎在沉思什麼，心神俱醉，全然沒有注意林驤所言，便叫道：「吳大叔，你有什麼事待會再想吧，人家要找你報仇哩！」

吳凌風心中一驚，昔日溫馨和慘痛的往事像輕煙薄霧一般從腦海中逝去，正色答道：「林莊主，先父已過世，從前有什麼對不住莊主的，在下謹此向您道歉。」

忽然從林驤身後站出一個中年書生，冷冷道：「你倒說得輕鬆，家父昔年拜吳大俠父親一劍之賜，數十年來日夜不敢稍忘如此大恩，今日正好乘此機會，由咱們後一輩來了結。」

吳凌風見林驤長子「鐵劍書生」林沖挺身而出，知道不能善了，他在泰山伴著太極門祖師雲冰若苦修十載，不但劍法精進，而且對於世間一切都看得更加深刻，對於江湖上爭強鬥狠，已經大大不感興趣，是以對方雖則一再相逼，還在猶豫不肯出手。

林沖又道：「如果吳大俠認為不屑與在下比劃，那麼在下也不必自討沒趣，吳大俠你只管走，只是……只是——」

濟南大豪姬本周微微搖頭，歎道：「姓林的也太過分，姓吳的當年何等威名，他一再給你面子，也就算了，何必一定要逼他出手？」

他舉目一看，身旁愛女只是凝視著先前和自己動手的少年，目光中洋溢著萬般柔情，再看看那少年似乎並沒有注意自己女兒，只一心一意望著吳凌風，握著吳凌風的手站在他身旁，不覺大是氣惱，怒哼了聲。

高戰見吳大俠被人欺侮，他一向平和的脾氣，突然之間激動起來，自己竟然控制不住，對著林沖叫道：「只是怎樣，你有種就說出來。」

高戰忽然感到吳大叔手心一抖，像是決定了一件大事，只聽見吳大叔輕歎一聲道：「既然如此，那麼在下只有接招了。」

林沖冷然一笑，反手拔劍，左手一領劍訣，就欲進攻，但見吳凌風雙手空空，似乎滿不在意，不由怒道：「閣下怎不拔劍？難道我林某人不配與閣下比劍麼？」

吳凌風輕聲道：「在下就憑空手與少莊主玩玩。」

他此言表面上說得甚是輕鬆，其實對於林沖可說蔑視至極，他見對方愈逼愈緊，不禁激起豪情，心想反正不能善罷，倒不如顯點威風給你們瞧瞧。

「鐵劍書生」林沖為人城府極深，聽到吳凌風狂言，不但沒有氣昏，反而忖道：「這廝自恃功力高強，我何不揀個現成便宜，我為父親雪恥，別人也不會恥笑。」

盤算已定，叫道：「吳大俠，看劍。」

長劍一揮，舞了一個劍花，突地向前一挺，直刺吳凌風面門，吳凌風身子不動，頭往左偏，閃過一招，笑道：「好一招毒龍出洞。」

鐵劍書生林沖一言未發，長劍招招擊向吳凌風要害，吳凌風微怒，忖道：「這廝不識好歹，今日之事不露點真本事，只怕不易脫身。」

忽然林沖一劍向吳凌風小腹刺來，吳凌風瞧得仔細，一腳踩住長劍，身形微動，兩指向林沖雙目點去。

林沖見對方招式快若閃電，雙指已近自己面門，不由大駭，只得鬆下右手之劍，向後一竄。

吳凌風彎身拾劍，忽聞背後風聲，一轉身舉劍相架。原來風雲劍林驤見自己兒子一出手便被仇人把劍奪去，心中又驚又急，顧不得江湖道義，突施偷襲。

吳凌風與對方硬接一劍，覺得風雲劍內力充沛，不敢輕敵，立即展開「斷魂劍法」，右手連施絕招，左手施出「開山三式」破玉拳，連綿不絕。

林驤凝神接招，眼見對方攻勢如長江大河，滔滔不絕，比起當年吳詔雲有過之而無不及，不由心內大駭，微一疏神，右肩閃動略慢，對方長劍向脅下刺來，連忙後退。驚魂甫定，但見眼前寒星點點，一時之間，竟不知如何招架，只得舉劍護住門面，忽覺右手一麻，長劍再也把持不住，脫手飛去。

原來吳凌風見他露出破綻，立即乘勢直上，運起內力，把一招「點點磷星」施得顧盼生姿，直如滿天劍幕，那風雲劍果然不知所措，吳凌風劍鋒一挺，刺中他右臂肩胛穴。

風雲劍舉目看看四周綠林好漢，一個個似笑非笑的望著他，想到當年就是敗在這兩招上，自己精研幾十年，仍然無法破去，不由羞愧難當，直欲橫劍自刎。

吳凌風回頭一拉高戰，向群豪揮揮手，幾個起落，越牆而去，群豪見他不數招就將風雲劍父子擊敗，不由相顧駭然，再也沒有人敢出手相攔了。

吳凌風帶著高戰跳過牆頭，高戰見他拉著自己毫不費力，一躍而翻過三丈的高牆，心中真是佩服極了，便道：「吳大叔，您輕功真好，您真了不起。」

吳凌風見他滿臉羨慕之色，笑道：「難道武功好就了不起麼？」

高戰點點頭，忽又搖頭道：「如果只是武功好，那麼當然沒有什麼了不得，可是像大叔這樣，功夫既高，又處處讓人一步，那才叫真正了不起哩！」

吳凌風心頭一震，忖道：「這孩子心地慈祥，是非善惡之際分得極是清楚，瞧他小小年紀，功力已是不凡，日後必成大器。」就正色道：「小弟弟，一個人並不一定要以武力壓服別人才算威風，像剛才的事，我給他們機會……我給他們機會可以不必動武，而大家都保持尊嚴，可是……可是他們卻逼著我。小弟弟，真正的尊嚴並不靠武力來保持。」

高戰心中大是感動，他天性和平淡泊，這番話自是極為愛聽，叫道：「吳大叔，戰兒聽你的話。」

抬頭一看，只見吳大叔兩眼望向遠處，夕陽餘輝正照著他的臉，神色非常莊嚴，高戰心中忽然一個念頭閃過，問道：「吳大叔，你認不認得那濟南大豪？」

吳凌風一怔，答道：「聽說他是一個千里獨行盜。」

高戰又問道：「他是好人還是壞人。」

吳凌風搖頭道：「聽說此人劫富濟貧，倒也不失是條漢子，你問這個幹嗎？」

高戰臉上微紅，他不善撒謊，吶吶不知所對。

吳凌風瞧了他一眼，見他忽然滿臉忸怩，也不知他心中想些什麼。

兩人一路上相處極是融洽，高戰見吳大叔總是鬱鬱寡歡，就想盡方法來替他解悶。

這日早上兩人進了長安城，高戰見吳大叔愈來愈是淒苦，心中也感到如大石壓在胸頭，很不快活。兩人落了店，吃過早飯，吳凌風忽道：「小弟弟我教你一套功夫，明兒咱們就要分手啦。」

高戰又喜又驚，脫口問道：「吳大叔，你到哪兒去？」

吳凌風黯然不語，良久才說道：「我……我要到很遠很遠的地方去，看看老朋友。」

高戰道：「你還回來瞧我嗎？」

吳凌風見他對自己情深如斯，也不覺有些淒然，笑道：「你行走江湖，我們日後當然有再見的機會，好，咱們先來練功。」

當下吳凌風就把太極門鎮門之寶「開山三式破玉拳」傳給高戰，高戰天資穎悟，內力深湛，又吃了「千年參王」，是以練功夫都是事半功倍，吳凌風見他在短短半天內，能把這套拳法精義，全然領略，也不由心中暗讚。

高戰在室中練了幾遍，便坐在床上思想其中奧妙，當他想到精微之處。不覺心神俱醉，跳下床來，雙手左右向空各畫半圈，驀然一合，平推出去。

這正是開山三式中的最後一招「愚公移山」，也是威力最大的一招，如果練到頂點，端的無堅不摧，高戰雙掌推出去一半，突然想起這是室內，這一招施出，只怕連房子也要擊垮，慌忙一懈勁，下盤運功，身子滴溜溜轉了一個圈子，總算沒有前傾跌倒。

他想：「我何不到野外去練練。」看看吳大叔不知何時已經離去，只道他出外散心，也不在意，信步就往城郊走去，出得城門，走了半晌，只見前面一處丘陵，就在山腳下駐足反覆練習，剎時掌風呼呼，高戰自覺招式愈來愈熟，力道也愈來愈沉，不由大喜。

練了很久，額角見汗，就坐下來休息一會，忽然一條人影從他身旁晃過，高戰定神一看，正是吳大叔，手中提著一對香燭，低著頭如飛而去。

他正想出言招呼，但是吳大叔腳程太快，竟來不及叫喊，高戰也趕忙翻身站起來，向吳大叔去路追去。

追了一會，也不見吳大叔影子，心中正感奇怪，驀的一陣低沉如夢的聲音隨風飄來，高戰循聲向左跑去。只見吳大叔背向著他，坐在前面不遠一處墳前，口中喃喃低語，高戰凝神去聽，也聽不清楚說些什麼。

高戰心想：「吳大叔說要去會老朋友，原來他的朋友已經死去，難怪吳大叔那麼不愉快。」

山風颯颯，景色很是淒涼。

漸漸的，吳大叔聲音微高，似乎是在與人爭辯，高戰不由又走近些，只聽見他道：「阿蘭，阿蘭，我心中只有妳一個人，妳難道還不明白嗎？我天天晚上作夢夢到妳，妳總是一句話不說就走開，阿蘭，你還氣妳大哥嗎？」

聲音淒涼，像是從心底傾訴而出，高戰想道：「吳大叔和誰在講話呀？」

吳凌風又道：「阿蘭，十年了，大哥有哪一天不在想妳，又有哪一天是快活的？我天天都在想妳為什麼忍心離開我，可是，可是阿蘭，妳大哥真笨，怎麼樣也想不出來……大哥要有什麼地方對不住妳，妳打我，罵我，甚至於殺我，我也是甘心情願，可是妳這麼一走，剩下的無邊痛苦，要妳大哥一個人承擔，阿蘭啊，大哥的心都碎了……」

高戰聽他如怨如訴，心中一寒，忖道：「原來吳大叔是和墓中人說話。」

接著吳凌風反反覆覆訴說自己的寂寞痛苦，高戰聽了甚是同情，心想：「這世上的人快活的倒是少，痛苦的可是多得很，要是我能夠解盡天下人的痛苦，那麼就是要我死掉，我也是願意的。」

高戰突見吳大叔抬起頭來，呆呆的看著暗淡的天際，那目光中是絕望、陰暗和刻骨的苦痛，高戰望了兩眼，只覺他一切都顯得那麼深刻，那表情只要看上一眼就足以使人終身刻劃在腦海中。高戰忽然覺得自己很是淺薄。

吳凌風忽然轉身道：「小弟弟，出來吧。」

高戰依言跳下，心中暗佩吳大叔功力深厚，即使在悲哀中，卻也能顧及四周。

吳凌風也不言語，高戰一看那墓碑上寫著：「蘭姑娘之墓」。

墓旁有一對石獅，在這荒山中顯得十分威猛，也可以看出這築墓人的苦心。

高戰勸道：「吳大叔，咱們回去吧。」

吳凌風一呆，口中茫然喃喃道：「歸何處，歸何處，天涯無際，何處是樂土……」，於是對高戰一揮手，漠然的瞥了四週一眼，施展上乘輕功，飛快的走遠了。

高戰一時之間，不知所措，呆呆望著吳凌風背影消失在山林間，但覺天地悠悠，不如意的事都陡然湧上心頭，父母親慈愛的音容和永別時的慘景也浮現在眼底，直欲放聲一哭……

高戰望著吳大叔背影消失，心內百感交集，他想：「吳大叔是情深義重的人，這墳裡的姑娘一定是他心中最愛的，唉！吳大叔那麼英俊正直，老天爺卻殘酷的把痛苦降在他身上，真是不公平，不公平。」

他感到有些激動，坐在墓旁想，非常飄忽，突然一對明亮的大眼睛彷彿在他眼前浮現，高戰心中驀然生出一種莫名其妙的關心和親切。

「她現在不知在哪裡，那天我匆匆忙忙隨吳大哥跑掉，也沒有多瞧……多瞧她一眼。」他想到此，臉上微紅。

「她是一個很好，很好的女孩子，可是她父親卻是一個綠林大盜，如果她父親是個人人敬仰的大俠，那可有多好呀！」他胡思亂想，一片樹葉落在他臉上，打斷了遐思，微驚之下，不覺失笑：「我真好沒來由，她父親是什麼人干我什麼事。」

他抬頭一看天色，依然是陰沉沉的，山裡一片寂靜，高戰有些索然，不再逗留，下山返店。

且說吳凌風祭過阿蘭後，徘徊在墓邊，悲不可抑，他這十年來陪著他師叔祖東嶽書生雲冰若在泰山幽谷中，除了練武，就是精研佛理，他天資穎悟淡泊，對於一些大乘佛理都能領略，可是對於阿蘭之死卻是不能釋然，每一念及，心傷欲斷，每年到了阿蘭自殺的日子，他都偷偷跑下泰山，到長安城外阿蘭墓上回憶昔日的溫馨，陪伴一下永遠活在心中的舊侶。

這日他在墓上向阿蘭傾訴自己的痛苦，明知高戰在旁偷聽，但他一心一意沉醉於往事，是以起初並未叫破。後來叫出高戰，聽到高戰柔聲安慰，他此時情感之弦已經脆弱到一觸可斷，聞言眼淚幾乎流出，知道此處不宜再留，爲免被高戰看見自己流淚，就飛奔而去。

他跑了一陣，心情略略平靜，忖道：「我這十年苦修真是白費了，每年下半年我讀佛經進境甚快，並無滯礙，可是一到冬末春初，我雖身在泰山，可是心卻老早跑到長安來，讀起經來，滯而不通，而且這情形愈來愈是顯著，看來再過幾年，我得搬下泰山，到此日夜相陪了。」

他轉念又想道：「雲爺爺說過，真的痛苦是永遠不會忘掉的，永遠無法比較的，我這一生既忘不了過去的痛苦，在未來的日子何以自處呢？唸經並不能減輕我心靈的擔負，時間並不能沖淡我的記憶，佛勸人把生死哀樂都視做飄浮的輕煙，可是我卻辦不到，佛門雖廣，看來也渡不了我這無緣的人。」

他思潮起伏，不想走錯路頭，進入叢山中，他見路途愈來愈是險峻，也不在意，放開腳步，往高處竄去，翻過一處山坡，只見地勢豁然開朗，一幢茅屋依坡而立，景色真如圖畫一般。

吳凌風心中大奇，暗忖這等地方也有人家，多半是高人隱士，就走上前去，只聽到一陣陣琴聲隨風從屋中飄出，音調鏗鏘，充滿了歡樂之情，吳凌風聽了一刻，知道在彈一曲「之子于歸」。心想：「這人心中的感覺，完全從琴聲中表露出來，少男少女于歸之喜真是人間之大樂，我何必去打擾別人的歡樂？」

他正想離開，忽聞琴聲一變，宛如秋盡冬來，一片肅殺，又如天涯孤客，對月懷鄉，戛然長嘆。

突然琴聲一止，一個蒼老的聲音嘆道：「無情最是有情，……若說相思，佛也眉兒聚，若說相思，佛也眉兒聚。」

吳凌風聽得一震，想到情愛纏綿之樂，生死離別之苦，不由得癡了，心中只是反覆嚼味著那句話，十多年來耿耿於胸中的事似乎豁然而通，再無疑義，口中喃喃道：「情是何物，情是何物，佛祖並沒有叫人們忘情，他自己就是憐眾生之苦而犧牲一己之安樂，難道這不是有情的表示？我，我到東海大戢島去找那平凡上人剃度皈依吧。」

但他隨即想道：「平凡上人無拘無束，何等自在，他老人家天性恢諧，久居海外，只怕連剃度規矩都忘光了。我此去找他，一定不得要領，倒不如到少林寺去。」

他盤算已定，胸中頓覺開朗，往嵩山而去。

且說高戰在長安遊覽了幾日，長安自古以來就是歷代君王建都之地，文物氣勢自是不凡，高戰足跡遍踏名勝古蹟，興致極高。

這日他從郊外歸來，已是夕陽西下，咸陽古道來往之人如梭，高戰想起元人曲中「古道、西風、瘦馬」，心想此情此景，倒是十分相似。

忽然兩匹駿馬迎面緩步而來，高戰但覺眼前一亮，原來馬上是一男一女，那男的三旬左右，挺身騎在馬上，英俊非凡，眼中露出一種高傲神色，身旁另騎上是位全身雪白羅紗的姑娘，體形纖弱，眉目如畫，不時指指點點找話和那青年男子談笑。

高戰見這對男女品貌俊雅，不由多望了兩眼，那男的似乎發覺了，眉頭一皺，待到走近高戰，右手馬鞭漫不經意一揮，直向高戰劈面抽來，高戰萬萬料不到對方突然發難，頭一偏伸手去抓馬鞭，哪知馬鞭突然方向一改，朝高戰右手捲去，高戰不及躲避，右手吃他馬鞭捲了幾圈，那青年一用勁原想把高戰帶到場中，讓他摔一個跟斗，想不到對方穩穩立在地上，並未被自己捲起分毫，不由大怒，運起內勁，只聽見喀崩一聲，馬鞭齊中而斷。

高戰心中想：「這樣的人品，怎麼脾氣風度這麼壞，無緣無故就打人。」

那青年似乎還想發威，馬上的姑娘連忙搖手，低聲埋怨道：「你一路上惹事還不夠多麼？咱們快趕一程，否則你師父又要怪你遲到啦。」

聲音溫柔悅耳之極，高戰突然覺得在這麼柔順的姑娘面前爭強鬥狠，真是十分不恰當的事，便把右手所執半截馬鞭擲回馬上青年，轉身離去。

那青年對於姑娘的話並不聽從，口中粗暴道：「那小子一雙賊眼滴溜溜的亂瞧人，妳當他是好人麼？妳別護著他，讓我好好教訓他一頓。」

少女柔聲道：「這是大路上，你要大家圍上來看戲嗎？好啦，好啦，聽我話，待會我唱歌給你聽。」

高戰本已離去，聽他一再惡言相對，而且是當著少女面前罵自己，他一向心平氣和的心田，突然憤怒起來，立步怒目而視。那青年一向是在師父百依百順下過日子，從來沒有吃過半絲苦頭，想不到初出江湖，就連一個毛頭少年也奈不何，而且馬鞭叫他拉斷，真是奇恥大辱，他本想大肆發作，但那少女一再相勸，只得怏怏息怒。此時一見高戰竟敢怒目以待，不由正中下懷，側身對少女道：「師妹，這小子分明是來找麻煩的，你別攔阻我，讓我試試師父的新招。」

高戰上前一步，凝神便欲接招，忽然一個親切的聲音喊道：「娃兒，別和這種不知好歹的人一般見識。」

高戰一回頭，只見身後站著一個鬚髮皆白的高大老者，莊嚴中透出和睦，令人肅然起敬，高戰覺得甚是面熟，但一時之間，竟想不出他究竟是何人。

老人眼光突然移到馬上青年，臉上表情不怒而威，那青年雖則狂妄異常，但似乎被老人目光所懾，不由自主低下頭來。老人忽道：「你去告訴你師父，方家牧場十條人命，丐幫護法金老大被打成重傷，這兩筆帳我風柏楊自會找他清算。」

那青年亢聲道：「家師就是要見識見識風大俠的百步神拳和先天功，是以出此下策。」

老人喝道：「小子無禮！」喝聲方畢，也不見他用勁，身形暴然拔起，「啪啪」打了馬上青年兩記耳光。

那青年自覺對答得體，正在洋洋得意，忽然眼前一掌打來，飄忽至極，他連忙東閃西躲，竟然沒有躲過，還是挨了兩下，臉上立即紅腫，牙根也被打鬆。

他身旁少女大感傷心，從懷中取出一塊絲巾，小心替他拭抹血跡柔聲安慰，他用手一格，粗聲道：「妳別管我，我和這老賊拚命。」

老人沉聲道：「就憑你一路上橫行無禮，欺凌弱小，就該好好給你吃點苦頭，還不快給我走。」

那青年口中雖然強硬，心中卻是畏懼，自忖如果再不走開，真的惹怒對方，苦頭吃得更大，但是這番受辱，胸中一口惡氣萬萬忍將不下，罵道：「你有種就去找我師父去，在我們後輩面前顯威風，算哪一門好漢？」

風柏楊哈哈笑道：「罵得好，罵得好。算你有種，我老人家是何等人物，豈能背上以大欺小之名，好啦，你快走吧！」

那青年原是不顧性命的罵將出來，此時一聽對方口氣，並未發怒，心中如釋重負，再也不敢逗留，一拍馬和少女如飛馳去。

高戰心中驀然記起老者，感情大爲激動，抱著老人歡聲道：「老伯伯，原來是您，戰兒天天想你想得苦啦，爹爹臨終時還叫我找您去學武功，老伯伯，你這十多年到哪兒去了，老伯伯你！你頭髮更白啦，戰兒幾乎認不得你了。」

高戰自從父親死後，萬里孤身回到家鄉，雖則人人都待他好，但到底沒有骨肉至親的溫暖，這時一見老者竟是幼年傳授自己內功的人，真如浪子在他鄉突逢親人，抱著老者語無倫次的說個不休。
風柏楊伸手撫著高戰的頭道：「娃兒，你真長大啦。」
高戰只是講著這十多年來自己的經歷，老者聽他說到遇著「天煞星君」，並且學了一套「透骨打穴」的手法，不由大吃一驚，問道：「娃兒，你可知此人是個殺人不眨眼的大魔頭嗎？」
高戰點點頭道：「我知道大家都怕他得緊，可是，可是他對戰兒倒是不壞，我罵他胡亂殺人，他不但沒有打我，反而教了我一套功夫。」
風柏楊道：「你的命真不小，卅多年前我在關外就聽說北方有這麼一個人，生平不分善惡，功夫又高，只要稍不如意動手就要殺人，那時我就想會會他。可是一直沒有機會，哼，想不到這廝竟找上門來，將我生平好友金老大打成重傷，又將關外最大的方家牧場主人白山劍客方平全家十口殺了。」
高戰突然一個念頭閃起，心中一痛，急問道：「老伯伯，你說的是真的麼？那方……方老伯是很好很好的人呀，我……我還答應過將來回關外去看他父女的。」
風柏楊柔聲道：「娃兒，你認得方平麼？」
高戰想到自己在絕境中蒙他父女贈送乾糧的往事，方老伯慈祥關切的話，那小女孩兩隻晃動的小辮子，一時之間都浮在眼前，他本是個情深義重的人，想起方氏父女的恩惠，如今竟遭橫禍，只覺熱血沸騰，不能自已。

風柏楊見他不言語，臉上恩怨表情一閃而過，雙頰蒼白，兩眼噴出火花，整個人都變了，溫雅天真都被仇怨所代替，風柏楊看了兩眼，心中極不願意見他發狠的表情，忖道：「瞧他痛心成這個樣子，一定是和方家關係很深，這孩子天性極為厚道，人又聰明絕頂，他日必成大器。他心中盡是美好的心思，如果他發覺世界上的罪惡是這麼多，那麼他一定會傷心失望，甚至會改變善良的天性，我要好好開導他一番。」

風柏楊正想開口，忽見高戰臉上憤怒之色盡褪，兩眼黯淡的望著遠處，神色很是頹喪。口中反覆說道：「天煞星君，你騙我，你騙了我，你幹麼要殺死我方伯伯。」

風柏楊見他失望至極，知道他善良天性戰勝了洶湧的狠惡念頭，不由鬆了口氣，正色道：「娃兒，是非善惡之間原是極難分清，那天煞星君天性本極偏激，又加上當年一段傷心往事，是以養成他痛怨天下人的變態心理，娃兒，正邪自古不能並存，除惡即是行善，你除去一個惡人，也許就是拯救了千百個善人。」

他這番話說得大義凜然，高戰心中大大通悟，原來高戰天真無邪，心中一直以為天煞星君那夜在古廟中接受了自己的勸告，想不到天煞星君竟然變本加厲，殺害了自己的恩人，他有如被人當頭重擊一棒，又如受人欺騙玩弄，胸中先是怒火燃燒，接著是痛苦失望。

高戰道：「老伯伯，戰兒聽你的話，我跟你去學功夫，等到武功練好，便去找天下壞人，逼他們都學好，如果他們還要壞下去，我就把他們殺……殺掉。」

風柏楊哈哈笑道：「好孩子，說得好，咱們先找個地方歇歇，我還有事要告訴你。」

四　中土爭勝

高戰就和風柏楊走進城內，到了高戰投宿的小店，兩人吃完晚飯，高戰替風柏楊倒了一杯茶，這一老一小就在室中閒聊。

高戰忽然問道：「老伯伯，方家牧場被老魔給毀了，難道就沒有一個人逃出嗎？」

風柏楊沉重地道：「只有方場主的獨生女兒。因爲回她外婆家，事變之日不在場內，得以倖免，這事我老人家既已包攬下來，遲早要還我一個明白。」

高戰想到十年前在途中所遇的小女孩，那時是多麼嬌憨幸福，如今卻成爲孤女，那小女孩囑咐自已有空去看她，言猶在耳，可是如今她卻已是家庭破碎，父母雙亡，世事的變幻，真是太快了呀。

高戰道：「方伯伯的女兒心腸真好，她現在在哪兒，我答應過要去看她的。」

風柏楊道：「她現在還是住在外婆家，她外祖父是山東金刀老大，昔年也是威震北方的武師，娃兒，你知道我入關來幹麼嗎？」

高戰搖頭，風柏楊又道：「娃兒，那年你在雪地裡誤食千年參王，要知道這種天間靈藥，正是武林中人人夢寐以求的東西，如果是內功高明的人，吃下去足可抵上一甲子苦修之功。」

高戰插口道：「老伯伯，我從小就天天照著您給我的圖上所載去練，您說那千年參王可抵一甲子功力，我怎麼被濟南大豪一伸手就打敗呢？」

風柏楊道：「娃兒，你性子溫厚，心無旁念，正是學習內功上上人材，你今日成就已然絕不在江湖高手之下，只是你對武功招式一概不懂，所以會被人一出手就制住。」

風柏楊接著道：「我當時一見到你，真是大吃一驚，我走遍關外也不見有和你根骨一樣好的人，我生平收了兩個徒兒，卻都是中上之質，後來又教了一個記名弟子，此人天份雖然較高，可是與你一比，卻是大大不如。」

高戰聽風伯伯稱讚自己，很感不好意思，想要說一、兩句謙辭的話，可是想了半天也想不出來。

風柏楊又道：「咱們練武功的最歡喜的事莫過於能找到一個聰明聽話的徒弟，我承繼著關外天池派一脈，稱霸關外卅餘年，可是我兩個徒兒，受天資所限，連我一半功夫都學不到。」

「當日你誤認千年參王為土參，想替小白兔療傷，可是受『金毛神猿』一聲大吼，嚇得把含在口中參王漿液全部嚥進肚裡，這是天意，老天爺要成全你，任誰也無法阻攔。」

高戰聽他娓娓道著兒時的往事，心中很感有趣，笑道：「是啊，是啊，要不是金毛神猿大喊一聲，我可把這靈藥給糟蹋了。」

風柏楊道：「我當時因爲身有急事，此事關係著我邊寨大俠的威名，我是天池派掌門，豈能袖手不管，而且對方是天下數一數二的高手，名震寰宇，我不敢確定此去能不能安然歸來，所以我決定先給你一卷內功圖解，讓你自己先扎好根基，以免白白浪費靈藥功效，如果我能安然返回關外，再來尋你，傳授我天池派功夫。」

高戰忍不住問道：「老伯伯，你對手比天煞星君武功還高嗎？」

風柏楊點點頭道：「天煞星君功力雖高，可是我還有把握能夠應付，可是對於此人，卻是毫無信心。」

高戰是小孩心性，心中不服，就衝口道：「難道是三頭六臂之人？師父，他叫什麼呀？」

邊寨大俠風柏楊，聽高戰改口叫自己師父，不禁大樂，一撫長鬚，笑道：「乖徒兒，問得好。」

原來他心中愛極高戰，知道高戰如果拜在自己門下，將來成就一定在自己之上，關外一派武術，就要靠他發揚光大。他不好意思開口說出要收高戰，只有一再暗示，但見高戰仍然喊自己老伯伯，心中不禁微急，其實他哪知高戰對於武林規矩一竅不通，認爲喊老伯伯和師父根本就沒有分別。

風柏楊道：「天下武林中名望最高的是『三仙』和『二君』。三仙居於海外，成名都已在一甲子以上，二君是關內南北稱雄，不過爲師看來，二君名頭雖大，真正本領卻在三仙之下，三仙悠遊海外，往往幾十年不履中原，可是偶一露面，必然有超世驚俗的表現，是以江湖上對於三人愈傳愈是神奇，竟有人認爲他們已成爲金剛不壞之身，長生不死。」

風柏楊略一停歇，喝了一口茶，高戰聽得津津有味，催促道：「師父，您老人家在關外，他們三仙是在海上，相隔幾萬里，怎麼會結仇的呀？」

風柏楊歎了口氣道：「戰兒，你大師兄鐵青原藝成之後一向在關外經營皮貨，他爲人憨直，口不遮言，在一次酒後，自稱關外武功天下無雙。他同夥商人也一再吹噓，就激起和他們一起喝酒的關中鏢局鏢頭們不滿，你大師哥起身和他們打賭，揚言只用雙腳，就能把他們七、八個鏢師踢翻，那些好事的人一再湊趣，結果雙方終於動手，你大師兄果然憑著我天池派絕技『迷蹤腳法』，不數招便把那些草包鏢師踢倒。」

高戰大感興奮，叫道：「師父，大師兄真威風啊！」

風柏楊微微一笑：道：「你大師正在洋洋得意，突然綠光一閃，一個小小物件直向他『雲台穴』打來，來勢疾如流星，你大師兄向右一閃，竟沒閃過，正中右腰間『笑軟穴』，當時酸癢難熬，不由自主地哈哈狂笑起來，他伸手一拔，原來腰間所中之物竟是一根松針，眾人只道你大師兄得意忘形，卻不知已經遭到暗算。」

高戰不禁駭然，心想一根輕輕的松針，竟然可以當作暗器來傷人，此人功力只怕真在天煞星君之上，當下不假思索便道：「師父，暗算師兄的人是您說的那個對頭了？」

風柏楊點頭讚道：「徒兒，你真聰明，你大師兄強忍酸痛，自行推宮過血，忙了好半天，總算把穴道解開，上前推開窗子一看，只見四、五丈外一棵松樹中，端坐著一個人。你師兄的脾氣是有名的火爆，明知此人能在四、五丈外把一根松針彈出，而且力道強勁，認穴奇準，功夫已然出神入化，他自己真是萬萬不及，可是仍然忍不住氣，破口怒罵起來。那人待他罵了幾句，身形微動，飄然下樹。你大師哥騎虎難下，也只有硬著頭皮，跟了出去，那人也不言語，一腳伸向你師兄下盤踢去，你師兄退後一步，哪知他突然變踢爲勾，你大師兄就被他劈面絆倒。那人冷冷道：『關外天池武功不過爾爾，你這廝自吹腳法天下無雙，其實下盤如此稀鬆，這樣看來，風老兒也是浪得虛名之輩，教出如此膿包。』」

高戰叫道：「他敢侮辱師父，待我學好本事，一定要好好打他一頓，替您出氣。」

風柏楊笑道：「乖徒兒，你有這番志氣，師父高興得緊。你大師兄聽他罵我，也是氣憤填膺，拚出性命和他搏鬥，但是功力相差太遠，不數招又被點中穴道，他當眾把你大師兄羞辱一陣，再解開他穴道，準備飄然而去，你大師兄穴道一解，又如一頭瘋虎一般，沒命的纏著他。他一怒之下，出手漸重，把你師兄飽打一頓，連頭髮都被他抓去大半。那人臨走時自稱是東海無極島主無恨生，揚言你師兄如不服氣，儘可回去把師父請來，他在無極島上候教。你師兄受了這大侮辱，自是無法在江湖上再混，便回到錦州向我哭訴，我知你師兄草包脾氣，一定是他出言狂妄，自取其辱，就罰他面壁三年，不准外出，重練本門內功。我生平從未踏入山海關半步，可是此事非同小可，關係著我天池派威望，那無恨生既然指名挑戰，為師如果再要畏縮不前，那麼我天池派數百年在關外威名，就要毀在為師手中。」

高戰接口道：「所以師父因此來不及教我，只留下內功圖譜，就單人匹馬往東海去找那無恨生較量了。」

風柏楊點頭道：「為師老早知此人成名已久，功力蓋世，駐顏有術，已是仙佛中人，卻沒想到他對於『名』之一字，竟然也參悟不透，後來打聽得知他因愛女失蹤，出島久尋不獲，心中煩躁，所以一路上也不知道折辱了多少武林同道，幾乎掀起中原武林大波。」

高戰道：「他女兒離家外出，他找尋不到就拿別人出氣，師父，我瞧他和天煞星君一樣，也不是什麼好人。」

風柏楊道：「無恨生原是寒門書生，他讀飽經書，卻是連番落第，多次刺激下性情自是偏激，他當年一怒之下駕舟飄泊大海，來到無極島，巧食一顆千年朱果，又得前輩隱俠遺下的神功秘笈，自此功力突飛猛進，容顏常保，與大戢島主平凡上人、小戢島主慧大師並稱『世外三仙』。」

高戰聽師父講起武林掌故，覺得津津有味，想到無恨生隻身飄泊海外，練成絕世武功，心中很是佩服他的毅力，對於無恨生惡感大減，忖道：「想那無恨生當年一定是考試失敗，身上又窮，被逼得走頭無路，這才冒險出海，但是終憑他勇氣毅力，成就爲舉世聞名的人，看來『天下無難事，只怕有心人』這句話是不錯的。我高戰雖然父母早亡，可是遇到的人，沒有待我不好的，就是那天煞星君老魔頭也不例外。我在這樣好的環境下，如果不能成就一番大事，真是愧對父母生我一場了。」

風柏楊見高戰臉上突然閃過振奮之色，使那本就俊美的臉上，又多添了一絲英雄本色。他愈看愈愛，情不自禁的伸手摸摸高戰的臉，他此時對高戰的心情，已由嚴師化爲慈父，心中忖道：「我風柏楊半生孤苦，無兒無女，想不到在這垂暮之年，收得如此一個乖巧徒兒。」

高戰正聽得起勁，見師父突然停住不講，摸著自己，眼中盡是慈愛，他急於要聽下去，催道：「師父，後來怎樣了？」

風柏楊微笑繼續說道：「無恨生成名以後，總覺自己年幼時所受折磨太多，是以行事率性而爲，但求自己之所喜，但雖如此，對於善惡分明，猶不失書生本色。爲師入關以後，就直奔東海無極島去，哪知一到島上，卻撲了個空，那無恨生已與平凡上人、慧大師三人聯袂赴天竺，應恆河三佛之約，作第二次華夷之爭去了。那日無恨生留言石上，爲師上前仔細一看，登時涼了半截。」

高戰急問道：「怎樣？」

邊塞大俠道：「那石上字跡是無恨生用手指施展金剛指寫的，用指刻石原本不難，可是那石上字跡不但能筆走龍蛇，而且每筆每劃深淺完全一樣，這就難到極點，爲師自忖不能辦到，便也就留書石上，約定三年後再來拜訪，就返回遼東苦練『先天功』，想要在三年之後功力能與他相抗衡。

三年之後，我依約又到無極島，那無恨生與他妻子都在島上，爲師說明來意，無恨生也不多說，招手就引我到島後去。原來無極島雖是海外荒島，可是風光如畫，他跑到一座山峰邊對我說道：「久聞大俠『百步神拳』及『先天功』是關外二絕，此峰喚做雪嶺，峰巔終年積雪，小生就在峰上領教關外武學。」

我見他態度傲慢，並無絲毫懷謙之意，心內也覺甚怒，便不跟他多說，隨著他直往絕嶺翻去，無恨生輕功端的高妙得緊，一起一落就是十來丈，爲師心想莫要在未比劃前就喪了銳氣，一提氣也施展平沙落雁身法，與他首尾而行，他見始終不能丟開我，身形愈加愈快，不消片刻，都一齊翻上絕嶺。」

一路上，爲師的平沙落雁身法已使至十二成，始終是和他不先不後，首尾相行，來到雪嶺，卻見這插天拔雲、地勢奇險的山頭上，卻是一個方圓很大的平頂，峰頂上積雪溶溶，倒和關外的風光略同。

那無恨生來到頂上，冷冷地對爲師道：「這方平頂，尚足咱們施展吧？」

我對他這種冷漠自驕的態度始終不能釋然，當下點了點頭，並沒有答話。

後來兩人議定先在拳法上見個輸贏。那無根生果真豪勇，立刻施出絕頂功夫，和爲師對拆起來。

開頭數招，爲師有意採取硬碰硬撞的招式，不管他招式變化的虛實，鼓足內力以「百步神拳」一連對他虛撞三拳，他倒也不敢大意，封擋了這三式。

咱們這一相搏，我心中有數，無根生內力造詣之深，實爲平生所僅見。

而無根生卻是不肯放鬆每一個機會，緊接著便虛空攻向爲師一十二招，他這一十二招可真非同小可，乃是他近年來方悟出的掌法，不單在內力，就是在招式變化方面，也無不精妙入微。

這樣爲師立刻和他以快搏快，瞬息間便拆了一百多式。驀然，他振聲長嘯，手上攻勢陡的一挫。

爲師當時身形始終和他相距四、五尺，雖說是以快搏快，但用以攻敵的卻都是「百步神拳」之類，虛空對掌。

他攻勢一挫，爲師神拳之式大震，一連七拳，身形已欺近約有三尺，無根生卻不進不退，雙手合抱有如太極，忽地一合，但聞呼的一聲，這一式好生奇怪，內力從這一合之式，悉數湧出，勁風激盪處，竟發出風雷之聲。

爲師萬料不到這無根生的內力果然已達「玉玄歸真」的地步，百忙中，神拳陡上險招，一上一下，使出我有多年不用的殺手招式——「奔電入雷」來。

這一式一出，爲師內力付之一擲，頭上鬚髮齊舉，內力沉重如山，同時間裡，身形卻弧形後退，爲的是留下退路。

一觸之下，無恨生身形一震，爲師後退身形也是一跛，說時遲，那時快，無恨生雙足飛起，左右連環，一連踢出七、八腳之多。

好在爲師先前便留好退路，左右閃盪，再加上手上內力不斷疾湧而出，才將無恨生這驚天動地的連環攻勢阻下。」

說到這裡，風柏楊神情似乎一震，聲浪也提高好多，想是說到緊要之處，觸動豪氣，目中神光暴射，瞥了高戰一眼，但見他專心的聆聽著，臉上流露出似乎是爲師父避過的這一險招而放心的表情，不由微微一笑，長吸一口氣，又道：「無恨生見爲師化解開他瘋狂的攻勢，不由爲之一怔。爲師心忖自己一直處於被動地位，不由雄心勃發，雙掌一合，虛空推出，隨著雙拳交錯顫動之下已用出十多個絕招，招招襲向他胸腹各大要穴，無恨生身形左右一晃，驀然後退一步，右手同時一拂，閃電般一沉一抓，竟使出他名震天下的『拂穴』手法來破解爲師的攻勢，數招過後，他後退數步，長聲道：『暫住！暫住！關外武學果是不凡，百步神拳已領教過……』

他說到這兒，微微一頓。

爲師可知道他乃是因爲平生絕招仍奈何不了爲師，是以自知拳招上勝負絕非短時間可辨，同時爲師也深知要勝得這無恨生，也萬萬不易。

是以接口道：「自古道『喧賓不奪主』，張大俠儘管劃下道來，老朽無不奉陪。」

無恨生略一沉吟，說道：「小生不自量力，願討教風大俠的『先天氣功』……」

我長笑一聲，答道：「好說！好說！」

同時我心中也忖道：「內力的比武，不可有一絲一毫的取巧，今日風柏楊一世威名，便要憑此一戰了。」

這次又是那無恨生先出手，他身形騰空，右手一掌印來。爲師從他身形上看來，便知對方內力業已發動，左掌虛空而立，右拳一翻，猛吼一聲，一式「玄符急擲」，斜搗而出，用的卻是「雲槌」力道，三分發，七分收。

果然，一觸之下，無恨生猛然一帶，爲師「雲槌」力道也自發動，「呼」的一聲，兩人身形各自平平後移開去，同時手上原式不變，已較上了內勁。

瞧那無恨生，原來立身的雪地上，白皚皚的一片，竟連一絲一毫的印兒也沒有留下，須知他這一掌發出怕有千斤之力，立足之地卻連印兒也沒留下，此人的內力造詣可真深不可測了。

爲師急忙俯眼察看自己立足的地上，卻也未曾留下一絲淡淡的印痕！心中一寬，手上卻不敢大意絲毫，全力催用內家力道對敵。

僵持了一會，爲師驀然心生一計，內力陡然一鬆，無恨生重若山嶽的掌力立刻反擊回來。爲師猛喝一聲，右手一沉一震，掌力加上這一衝之力，無恨生支持不了，身形不由離地而起，呼的向後掠去。

無恨生吃了一驚，百忙之中，左手一帶，身形呼的一聲，又掠回原來停足之地，爲師一招得手，猛運一口真氣，抵住無恨生含怒的反擊。」

說到這裡，風柏楊驟然停下話來。

高戰在一旁聽得正是眉飛色舞，全神貫注，風柏楊這一停頓，高戰不由詫異，卻又不敢插口相問。望著風柏楊，只見他雙目中神光稜稜，白髯微微而動，像是正憧憬著當日神勇的情形，高戰看得不由豪氣大發，雄心勃起，忍不住問道：「後來呢……」

風柏楊驀然回醒，接口道：「好！好！爲師這就繼續道來……」

原來當日風柏楊和無恨生比試內力，兩人心中有數，內力造詣的確在伯仲之間，雖說有差別，也不過只是極其微小的程度，是以兩人明白不出奇招，這個僵局確實打不開來。

風柏楊一掌得手，無恨生全力反攻，風柏楊但覺手心一熱，虎吼一聲，內力湧出，一抵之下，驀然感到勁力一空，心中連喚：「糟了，糟了……」

說時遲，那時快，無恨生以其人之道，還治其人之身，勁力一鬆一收，再忽然一劈，也借此一衝之力，登時把風柏楊身子擊得一震，斜掠開去。

無恨生哈哈一笑，風柏楊心中悔道：「好不容易才出奇計搶得了先機，卻讓他用一模一樣的手法平反敗局，說不得只有鋌而走險了。」

他可真不敢斷定自己是否可以挺住這個大險，但見他長嘿一聲，悉數吐出胸中混濁真氣，借這吐氣開聲之間，身形一沉一掠，又自長吸一口真氣，左右雙掌一合之下，滴溜向側一偏。

無恨生何等功力，掌力之雄，舉世難與匹敵，適才又借這一衝之力，卻讓風柏楊運用太極門中最初步的「黏」字訣給化了開去，這倒是無恨生所始料不及的。

但風柏楊這個險倒也冒得太大，只覺胸口一窒，眼中微黑，猛然一叱，發動自己幾十年浸淫的內家力道。

這一式借力打力的招式雖是通俗尋常，但在此時使出，險則險矣，倒是適當不過的一招。

「呼」的一聲，風柏楊內力盡吐，不但發出雄渾的掌力，而且連對方千斤之力也一齊反推回去，聲勢之猛，無可匹敵。

無恨生萬料不到對方大膽如此，嘿然低哼一聲，身形有若行雲流水，弧形後退。同時間裡，雙掌已在胸前來回交錯了十餘式，每一式都是內力外湧，才堪堪接著風柏楊這一掌，臉上不由一紅，哼然道：「好掌力！」

驀然，無恨生雙掌交相一圈，猛然一吐。

別看這一掌，乃是無恨生內身功力集聚「玉玄歸真」之內家絕頂力道，也已發出。

風柏楊知道勝敗乃在此一舉，仰天一呼，雙掌握拳，緩緩推出。

「轟」一聲，兩個蓋世高人掌力一觸，有若雷動萬物，勁風激盪處，捲起漫天雪花，但是兩人都是凝坐如山，動也不動。

無恨生噓了一口氣，又換了一口真氣，一種先天的本能在他體內飛快運行，功力也不斷湧出。

風柏楊雙目微閉，暗運幾十年的修養，來抵抗對方有若春蠶吐絲，綿綿不斷的攻擊！

無極島上。

雪嶺之巔……

白茫茫的一片，使得這個小小的天地似乎含有一股聖潔不可侵犯的味道。

微風開始送拂了，雪地上，山石間，寒涼刺骨。遠方，在蒼穹的盡頭和包圍著小島的大海茫茫相接，並分不出哪裡是水，那裡是天。

有海鷗自遠方來，孤然鳴叫數聲，盤旋而去。

雪嶺之巔，孤立島中，若是立於其上，披上一襲白袍，遙望無邊天水，拂面微風，再加上銀白的積雪，這是何等仙境？然而，在這無邊景色之中，卻醞釀著一場驚心動魄的大戰。

驀然，雪嶺奇隱的山道上，竟爾又出現一條人影。那個人影動作好快，那消片刻，便渡過各個險阻，安然來到峰巔。

峰巔平頂上，兩個蓋世大俠仍然在作內力的拚鬥，那人影來得近了，原來是一個中年美婦。

無根生和風柏楊雖是拚試著內力，但仍是耳聽八方，這美婦才上峰來，兩人都驚而相視。

無根生不由驚道：「七娘——怎麼妳……」

那婦人正是無根生的妻子，一代巾幗英雄繆七娘。

繆七娘笑著擺擺手，打斷無根生的話頭，向風柏楊斂衽為禮，道：「妾身特來為風大俠和外子掠陣，想兩位拚鬥如此之久，必然需要進些食物吧？」

她可想得週到，反手把掛在身後的一個食籃取下來，揭開食盒，原來是幾盤精緻的小菜和幾斤美酒。

風柏楊哈哈一笑，道：「風柏楊先此拜謝了——」

無根生也笑道：「好說，好說，風大俠哪裡的話——」

他們雖說著笑話，但手中內力卻分毫不減，是以兩人勉強分神說話，都不得不立刻收住。

繆七娘在一邊看得微微一笑，心中卻驚道：「這風老兒的內力竟是如此精深！」

口中卻道：「兩位且暫一住手，先吃一頓再說。」

無根生哈哈笑道：「咱們邊打邊吃也成——」

說著提氣對準放在左側的一杯酒張口一吸，「呼」的一聲，那杯酒已似水箭般射入他口中。

風柏楊那肯示弱，洪聲笑道：「那就謝謝啦——」

也是張口吸盡一杯美酒。

繆七娘大吃一驚，可說不出話來。

須知他們兩人都在以絕頂內力拚鬥，心神早已專注，此時又拚著分神用內力去吸那些美酒，這樣一心兩用，假如他們沒有用勁倒也罷了，但他們現下乃是以全身功力相搏，一個把持不定，說不定立刻得受深重內傷！

風柏楊喝得幾口美酒，忖道：「今日之事，不分出勝負，只怕不能了結，無恨生既然要考較我先天氣功，我就施出來給他瞧瞧。」

風柏楊心意一決，長嘯一聲，如老龍清吟，久久不絕，說道：「島主留意，在下獻醜。」

無恨生哈哈大笑，聲音愈來愈高，到了後來，直如衝霄流星，聲量宏偉，震動四周冰雪亂飄。

風柏楊心道：「無極島主悠遊世外，可是爭強鬥勝的性兒仍然盛得緊，我無意間長嘯一聲，他就不服氣，這陣大笑，分明是顯示內功來的。」

邊塞大俠不再多言，驀然身形向後倒竄，和無恨生相隔丈餘坐了下來，雙手握拳相合。

無極島主無恨生知他要以關外絕學「先天氣功」相拚，不敢絲毫大意，一提真氣，雙掌合十，也盤坐下來。

忽然風柏楊雙拳緩緩向空虛發，宛如推動千鈞重物，髮鬚皆張，無根生雙掌分開，向前拍出，看似輕飄飄的，其實已含藏自己性命交修一甲子的上乘內功。

兩股力道在空中一撞，風柏楊拳風雖厲，可是竟被無根生所發陰柔氣功化解。

風柏楊喝一聲好，也不見他作勢，身子憑空前起，雙手連發七拳，無根生不肯稍稍示弱，身形也向前進，快若閃電的也拍出七掌。

兩人這一換招，只看得在旁的繆七娘花容失色，她雖知自己丈夫武功極高，可是她從未見過他施出如此絕技，要知憑空渡虛，全憑一口真氣，一受外力，立即落地，兩人不但能夠發勁攻敵，而且能在對方猛烈內力攻擊，依然前飛，這種內功修爲，已到爐火純青，一口真氣可以數用了。

繆七娘心道：「這關外來的野老頭，功力真的如此高強。」她心中不禁有些爲丈夫擔憂。

此時兩人只隔微尺，無根生微微一笑，推出雙掌，接上風柏楊的雙拳，兩人臉上神色突變凝重，繆七娘一看四隻手兩拳兩掌膠黏在一塊，絲毫不動。

繆七娘心中大急，知道兩人正以上乘內功相拚，這種比法，毫無取巧可言，比到最後功力弱的一方，不死即傷。

風柏楊見自己無堅不摧的先天內功，一次次發將出去，對方功力並未半點不濟之色，心神一煩，忽覺對方一股陰柔力道，順著自己雙拳傳上，不由大吃一驚，連忙將功力發出十二分，這才挽回危勢。

繆七娘只見風柏楊臉上愈來愈紅，自己丈夫臉上愈來愈白，心知勝負即分，她在未嫁無極島主以前，原也是個大大有名的女俠，什麼場面風浪也見過闖過，可是此時竟然掉轉頭去，不敢再看。

正在此千鈞一髮之際，忽然從雪嶺那邊走上一個老和尚，繆七娘一見，心中大喜，高聲叫道：「平凡上人，請快來啊。」

原來那老和尚正是東海大戢島主平凡上人。

平凡上人走到二人身旁，呵呵笑道：「兩位老弟，聽我一言。」

無恨生見平凡上人來到有話要說，不好意思再比下去，風柏楊也是一般心思，兩人一撤真力，雙雙站起，互相一揖。

風柏楊一見自己座下雪花已經融了一半，無恨生適才所坐雪地處，依然是完好無損，心知這一較量，自己已輸了半籌，他是名揚天下的大俠，豈能混賴，當下向三人作了一揖，對無恨生道：「島主手下留情，風某心內自知，只是島主英風過人，風某嚮往得緊，十年之後，再來島上請教。」

無恨生笑道：「風大俠功力蓋世，小生也自佩服得緊，天涯雖大，知己卻少，得一知己夫復何憾，十年之後，小生設酒嶺上，恭候大駕。」

原來無恨生生平未逢敵手，此時見風柏楊正氣凜然，功力高絕，竟生相惜之心，以他那種冷傲脾氣，居然對風柏楊客氣起來。

風柏楊無臉再留，轉身下嶺，重返關外。

邊塞大俠風柏楊一口氣把當年大戰無極島主的事說了一遍，高戰只聽得心神俱醉，心中對於師父的威猛無比，無恨生的灑脫無滯，實是欽佩之極。

高戰道：「師父，你現在就是去赴十年之約嗎？」

風柏楊點點頭，高戰又道：「戰兒也跟你去。」

風柏楊道：「你到杭州等我，我這次赴約，心中並未存爭勝好名之心，倒想和那無恨生結交。他那無極島從不准外入踏人，我昔年答應一人赴約，你雖是我徒兒，帶去卻也不便。」

高戰心中不悅，但他不敢和師父頂嘴，只得答應不去。

且說高戰遵照師父邊塞大俠風柏楊的吩咐，動身前往杭城等他，高戰心中雖然很想跟師父去見識一下無極島主無恨生，可是風柏楊再三阻止，他只有怏怏啓程。

他從家鄉出外，原來準備遊歷天下，所以買了一匹瘦馬，可是上次在綠林大會匆匆忙忙隨著吳凌風走了，是以馬也未及帶出，現在要遠行天涯，便感十分不便，他看看懷中自己辛辛苦苦積儲的銀子漸漸減少，想到反正有三個月時間，一橫心就決定步行走去。

他一路上瀏覽風景，心情倒也十分暢快，只是在夜半夢迴之時，那濟南大豪女兒的如花笑靨，款款情深的眼光，還不時會浮上心頭。高戰不知下了幾次決心，不再想她，可是每當他一個人獨處時，他就會感到寂寞，彷彿有個很親切的人在遠方，自己無法和她相會。

此時已是初夏，天氣漸漸炎熱，高戰每天傍晚趕到一個地方住下，吃過晚飯後，總愛浴著清涼的晚風，到處蹓躂一番。有時，他會站在樹旁瞧著孩子們用長長竹竿去捉「知了」，直到孩子們每人手中都捉了一隻，興沖沖的回家去，他才跟著離開。又有時他站在柳蔭下，望著滔滔的黃河，永無歇止的向東流著，偶而有一兩尾肥壯的鯉魚，躍出水面，跳躍著，跳躍著，於是兒時的情景，又清晰的出現了。兒時的種種趣事一閃而過，高戰真忍不住想躍下水去抓魚，可是一看自己身上儒生打扮，立刻興趣就消失了，於是他深切的領悟到只有光陰——失去的光陰，那是永遠無法追回，縱然有移山倒海之能，卻也不能把自己可愛的童年找回，如果要，那麼只有從片斷的回憶中，追索一些殘餘的痕跡。

這天他正在逛街，忽然背後一個熟悉的聲音吱吱呱呱的有說有笑，高戰回頭一看，登時心中冰涼，略一沉吟，就閃身人群中。

原來他一眼看去，背後正是濟南大豪之女，這異地相逢本是很歡喜的事，只是在她身旁，卻站著個俊俏少年，兩人神態親密，滿心歡愉，彷彿是多年情侶。

高戰在黑暗中偷看兩人的背影，胸中突然一緊，那寬廣慈和的胸懷，一瞬間突然變得狹窄起來，只覺如火燒身，煩躁心傷。

多少平常一想即通，多少平日他認爲理所當然的事，突然都成爲想不透的死結，於是，他對人生有了新的看法，那就是——除了歡樂，還有永恆的悲涼。

「吳大叔那深刻沉痛的表情，不也是爲了那墓中的姑娘。」高戰想：「他的青春、事業，都將陪伴著無窮盡的痛苦，漸漸在這世上磨滅，如果他不遇著蘭姑娘，那麼他這一生一定如上昇的太陽，光芒萬丈，可是上天安排的，誰也沒有辦法改變啊！」

想到上天，他不自覺的抬起頭來，天際片片火燒雲，還有幾顆小星頑皮的眨著眼。

天色漸漸暗下來，高戰感到有些冷，情緒如怒濤起伏，一次次衝向他內心的深處，他覺得有些支持不住了，自憐的笑了笑，悲哀的聳聳肩，忖道：「我從小隨便什麼心愛的物事，都可以毫不考慮地送給小朋友，隨便什麼愛吃的食物都毫不吝嗇的分給大家，我只道世上沒有什麼值得爭奪的，只要我有的，任是誰人拿去，我也不會珍惜，可是，……可是世上原來還有一件東西，那是無法與人共用啊！」

他心想：「一切都不重要了，一切都不重要了。」

月光照在他的身上，高戰突然想起已是十五，離開師父約期只有半個多月，心中一驚，想起師父慈祥正直的風格，自己有負他殷殷的期望，不由大感羞愧，精神一振，斬釘截鐵的說道：「高戰啊，你要光大關外武術，你要拯救生民於水火之中，你就不能再胡思亂想了。」

然而他好像聽到心中一個更爲堅定而低沉的聲音：「高戰啊，你將永遠也忘不掉那位姑娘的。」

這一夜，高戰翻來覆去終是不能成眠，那日在風雲劍林驤莊中被圍，高戰在絕望中看到了希望，是以雖則身處危境，並不覺絲毫畏懼，高戰想道：「她用關切的眼光望著我，原來只是憐憫我，如同我幼時常常可憐一隻受傷的小動物。我倒誤會以爲她待我好，哼，我高戰是男子漢大丈夫，又豈能需要人可憐我？」

他想到此，怒火漸漸昇起，更是睡不著覺，推開窗子躍出院外，只見皓月當空，夜涼如水，他深深吸了口氣，心情漸漸平抑下來。

高戰以爲日後海闊天空，永遠不會再碰著她，然後他整天將爲練功夫，行俠仗義而忙得不可開交，那麼就能把她的影子淡忘，可是，他卻想不到第三天他們又在路上相逢。

濟南大豪的女兒，從很遠就看見高戰，她拍馬追上前去，歡聲道：「喂，你還認得我嗎？」

高戰驀然一驚，看看她身旁無人，心中略感欣慰，點頭答道：「那日在下被圍，大家都想殺之而快，只有姑娘……姑娘關心……」

那少女聰明至極，知道他要說些什麼，臉上一紅，嫣然笑道：「喂，我不和你說這個，知道我離家跑出這麼遠幹嘛？」

高戰心想：「還不是和那少年出來遊山玩水。」他此時突然變得多疑易怒，想到此，不禁十分索然。

那少女見他不答話。臉上陰晴不定，心中大奇，問道：「你想什麼?幹嘛不答我話。」

高戰淡淡道：「小弟並不知姑娘出外何事，是以不敢妄自猜測。」

那少女聽他出言冷漠，心中一酸，忖道：「我也不知用了多少方法才騙得爹爹相信，我若不是想見你，難道是真的爲著遊山玩水而離家嗎？」

她很覺氣苦，雖是個千伶百巧的人，一時之間也找不出什麼話好講。

高戰感到氣氛沉悶，便向少女作了一揖道：「多謝姑娘關心，小弟就此別過。」

少女眼眶一紅，柔聲問道：「你可知道上次英雄大會，你和那中年儒生一走，大家決定要聯手對付你師徒兩人嗎？」

高戰昂然道：「『天煞星君』並不是我師父，他們如果怕了那老魔頭，不敢找他，想要殺我出氣，哼，這般強盜頭兒我也不怕。」

那少女臉色突然慘白起來，她心中想到：「原來他瞧不起我爹爹。哼，我爹爹才是真正大豪傑，一生劫富濟貧，救人無數，這小子……這小子……要是這話給爹爹聽見，不飽打他一頓才怪。」

她愈想愈是憤怒，臉色由白激紅，抬頭一看高戰，只見他失魂落魄一般，心下一軟，柔情頓生，頭腦一轉，笑道：「喂，你叫什麼名字？我總不能老喊你喂呀？」

高戰一時激憤，話一出口，忽然想起她父親也是獨行大盜，心中大爲後悔，又見她臉色慘白，想要安慰兩句，但也拉不下臉，所以很是狼狽。

高戰答道：「在下高戰。」

少女又道：「我叫姬蕾。」

高戰道：「我師父叫我到杭州去，現在約期已近，我得加程趕往。」

姬蕾奇怪道：「你師父既然不是天煞星君，那麼到底是誰呀？」

高戰道：「我師父是邊塞大俠風柏楊。」

姬蕾搖搖頭道：「我怎沒聽過這麼一個人，他本領大不大？」

高戰道：「他老人家功力深厚，當世找不出幾人，就是人人畏若蛇蠍的天煞星君，我瞧也不是他老人家對手。」

姬蕾伸伸舌頭，笑道：「那你師父本領真大的緊，高——高大哥，難怪你本領也不小，那天無敵神拳都奈你不何。」

高戰聽她喊自己「大哥」，心中一甜，妒恨漸消，就道：「我師父並沒有傳我什麼，他只教了我一套內功，如果我學會他老人家功夫三、四成，那批——那批人又豈能攔得住我。」

他偷眼一看姬蕾，臉上白中透紅，真是美麗極了，正專心一致聽自己講話，心中不禁暗喜。

姬蕾道：「高大哥，你也是從關外來的，我聽爹爹說關外遍地牛羊，山高水深，真是壯麗之極，幾時你帶我去玩玩好嗎？」

高戰笑道：「妳爹爹恐怕要打我哩！」

姬蕾正色道：「我爹最疼我，我要求他的事，從來沒有不准的，他如果還要打你，我就不理他，他最怕我不理他哩。」

高戰大為感動，柔聲道：「妳待我真好。」

姬蕾臉上一紅，心中卻是一甜，低著頭道：「高大哥，你帶我到杭州去玩。」

高戰搖頭道：「不行不行，我師父要帶我回到關外去學武功的，妳跟去有什麼意思？」

姬蕾不樂，嘟著嘴道：「你不帶我去，難道我一個人就不能去了。」

高戰好生為難，忽然想起數日前和她同行的少年，他正想開口相問，但隨又忍住了。

姬蕾見他不說話，以為他生氣了，心中有點不安，她自己也不明白為什麼平素驕縱小氣的脾氣，在這少年面前竟然一絲也不發作，她感到自己從未如此溫柔。

姬蕾道：「我有一個主意兒，咱們一起趕到杭州去，在那兒玩上幾天，等你師父一到，你走你的，我就回家去。」

高戰道：「妳一個人從杭州回濟南，這一路上並不安寧，我看還是以後再說吧。」

姬蕾道：「我如果碰到壞人，只要說出我爹爹的名頭，諒他們也不敢把我怎樣，高大哥，咱們這就啓行吧。」

她見高戰關心自己，很是安慰。

高戰無奈，只得允許。

姬蕾忽道：「高大哥，你等等。」

高戰一怔，她一勒馬向前跑去，不多時牽來一匹駿馬，對高戰道：「你看這馬怎樣。咱們要先你師父趕到杭城，所以我就替你去選了一匹好馬。」

高戰見那馬高大神駿，知非凡品，心想就是傾囊也未必買得起如此好馬，他天性本極豁達，接過馬鞭，縱身騎上，口中連道：「好馬，好馬，姬姑娘，真謝謝妳啦。」

姬蕾聽他依然姑娘長姑娘短的喊，心中本有些不樂，但是聽到高戰對那匹馬讚口不絕，不禁十分得意。

兩人行了數日，已經走近河南江蘇邊境，高戰把關外風俗景色，都詳細的講給姬蕾聽，姬蕾聽到長白山上終年積雪，松花江浩浩蕩蕩，心中十分嚮往。

姬蕾道：「我從小時候就住在城裡，什麼都看不見，真是悶極了。」

高戰笑道：「關外最有名的還是一望無際的青沙帳。」

姬蕾問道：「什麼是青沙帳呀？」

高戰暗笑，心想青沙帳北方到處都是，只不過沒有像關外那樣連綿數里，這姑娘真是城裡人。

姬蕾見他含笑不答，氣道：「有什麼好笑的，我不懂當然要問。」

高戰答道：「青沙帳就是高粱田呀，因為連延一大片都是青綠綠的，所以就叫青沙帳。」

姬蕾恍然大悟，笑道：「這個名字倒好聽，喂，高大哥，你小時候玩過捉迷藏沒有？」

高戰點點頭，姬蕾又道：「你說那青沙帳一望無際，那麼玩起捉迷藏來倒是個躲藏的好地方。」

高戰見她滿臉天真，不由失笑，姬蕾問道：「怎麼，難道不可以嗎？」

高戰微笑道：「可以可以，只是你一躲進去別人固然找妳不著，妳本人恐怕也難得出來了。」

姬蕾搖頭道：「真的這麼厲害麼？我不信。」

高戰笑笑不答，忽然指著前面道：「翻過這山，就是江蘇境內了。」

此時日正當中，兩人都覺悶渴，把馬拴在樹上，就在樹下休息，高戰對姬蕾道：「前面水聲潺潺，必然有泉水流出，我去打點水來，妳坐這兒歇歇。」

姬蕾連日趕路，她不像高戰自幼練得上乘內功，又食千年參王，是以身體很是疲勞，就依高戰的話，坐在樹下，閉目養神。

她等了半天，也不見高戰回轉，心中忽然煩躁起來，也就起身向林中走去。

她想不到林中棘刺蔓生，她父親雖是大行家，可是她自小不愛練武，所以連她父親功夫一成也沒學到，此時見路上遍地都是棘刺，竟然無法舉步。

她略一沉吟，只覺心中愈煩，彷彿大禍即將臨頭，忽然一聲驚叫傳來，她心一震，想道：

「難道是高大哥遇險了？」

想到此，再不猶豫，就展開輕功，踏著棘刺前進，她輕功甚是低劣，一縱不過一、二丈，而且步法又不準確，那小徑原是崎嶇不平，可是因為植物叢生，也看不出什麼地方突起凹下，姬蕾往往一縱，正好落在坑內，此時又是夏天，她衣服本就單薄，所以全身都被割破，手上更是鮮血淋漓。

姬蕾感到汗水浸在傷口上，火辣的刺痛愈來愈加重，她舉目一看，長途茫茫，根本還看不見一個盡頭，她心中一沉，接著一種無比的振奮充滿了她全身血液。因為她彷彿聽到她高大哥正在呼救，因為她彷彿看到她高大哥正遍體鱗傷的望著她這邊，等待她來救援，於是，她鼓舞起來，超人的勇氣支持著她，她忘了自己平日是養尊處優的千金，也忘了她高大哥是何等功夫，如果他都無法脫離危境，自己又怎麼成呢？她只堅定著一個信念，那就是前進。

好長的路喲！水聲雖然很近，可是轉了一個彎，又一個彎，原來那林中路途曲折，東彎西轉，加上野草橫生，明知就在前面不遠，可是走起來卻走上半天。姬蕾覺得傷口發麻了，她咬緊牙根，繼續前進，忽然水聲如雷，天色一亮，柳暗花明，前面是一處大瀑布。

姬蕾見目的地已達，心中一鬆，幾乎當場栽倒，她連忙一扶身旁小樹，定了定神，舉目向下一看，只覺目眩膽寒。

原來那瀑布下是個深不見底的絕谷，谷中水氣迷濛，如煙如霧，也不知到底有多深，突然一個不祥的念頭閃過她心頭，她嚇得哭了起來。

她是山東濟南大豪的獨生女兒，從小在父母百般呵護下長大，幾曾遇過這般險惡之事，此時荒山之中，高大哥又不在身旁，她愈哭愈覺孤單。她哭了一會，忽然發覺瀑布邊上步跡雜亂，極像是有人墜落的模樣，再四下一看，只見一塊突起大石上，有一件破爛不堪的外衣，那正是高大哥所穿的，她心一沉，忘記了哭泣，但覺胸中一片空白，什麼也不能想，良久，她心念一定，忖道：「我再仔細四周瞧一遍，如果仍然找不到高大哥，那麼他多半是失足懸崖了，我也就跳下去陪著他吧。」

她父親濟南大豪姬本周雖然失身綠林，卻是熱血漢子，性情中人，一生之中爲人之處大是多於爲己，爲答知己，拋頭顱，灑熱血，在姬本周認爲是理所當然，不必考慮之事，姬蕾年紀雖少，卻就遺傳她父親那種癡情任性的性兒，是以她和高戰認識雖然不久，可是他在她心目中已成偶像。

姬蕾心念一決，再無旁思，她此時情已成癡，頭腦大是昏亂，處處往壞處想，站起來，便在四周查找，找了半天，並不見蛛絲馬跡，她心中愈來愈涼，來回在瀑布周圍哭喊著高戰的名字，那空谷回音，泠泠不絕，一時間整個林間各處都是呼喊高戰的叫聲，此起彼落，流水之聲雖大，卻也掩蓋不住。

夕陽餘輝照在那瀑布激起的水珠上，幻化成五顏六色，天邊碧藍，景色端的壯麗，姬蕾已是精疲力盡，她下定決心，再喊一次，如果高戰再沒有答覆，她就也投身深淵，她鼓足真氣，叫道：「高大哥，高戰大哥，你在哪裡啊？」

良久，她聽到從遙傳的地方傳來同樣叫聲。

「高大哥……高戰大哥，你在哪裡啊！」

那聲音似從天上來，一刻間，姬蕾突發奇想，她想：「大哥怕已到天上了罷。」

她呆呆望著天際，胸中一片空白，不由自主的一步步走近絕崖，低頭一看，不覺又感害怕。

她想：「我如果這樣一跳，就可以和高大哥見面，可是爹爹媽媽以後的日子怎麼過呢？」

向晚的微風吹得她身形飄曳，如果有人此時經過，只當是謫凡仙子，臨深淵飄然而立，誰又想得到這可憐的少女，正面臨生與死的抉擇呢？

姬蕾又想：「如果我不跳，那麼日後歡樂便和我不再有緣，流向心中的眼淚將無法度量。」

五　巧遇故人

且說姬蕾滿懷妒意閃身入林，只見高戰手中仍然抱著那位姑娘，向她這邊走來，姬蕾以為高戰已然發覺自己藏身之處，心想反正不能偷聽他們講話，正想現身相見，忽見高戰好像疲倦極了，輕輕把手中少女放下，他自己也坐下來休息。

那少女道：「高大哥，我家就在前面不遠，你陪我回去吧，爹爹見我久久不回家，一定急壞了，呃，你也該換件衣服。」

姬蕾心中一震，忖道：「原來她和高大哥是舊識。」

高戰搖頭道：「我還有個同伴在林外等我，我去告訴她一聲。」

那少女道：「不用這麼忙呀！從這瀑布邊轉個彎兒就是我家，咱們先到家去，你換件衣衫，休息一會，再去把你朋友帶來不好嗎？」

高戰不語，他自忖此時筋疲力竭，實在難以渡過那荆棘滿佈的樹林。

少女忽然柔聲道：「高大哥，你捨命救我，我心中自然感激，自從……自從你走了以後，我們全家都惦念著你，前天咱們談起你，妹妹還在後悔待你太不好，我……我從前也對你很凶，你還怨我們不？」

高戰激動地道：「林……林姑娘，你們待我有如一家人，我豈不知，我原想武藝練成，再回關外瞧你們，想不到會在此地相逢，林伯伯好嗎？」

少女低聲道：「高大哥，你從小喊我什麼，現在就叫我什麼，爹爹因爲受不下韃子的怨氣，這才背井離鄉，來到關內，想不到這北方到處流寇作亂，無處可以安居，所以只有隱居此處，自己開闢了幾畝山田。」

高戰問道：「妳妹妹還是那樣……那樣頑皮嗎？」

少女笑道：「你想她會變乖嗎？」

少女又道：「高大哥，你本事已經夠大啦，你剛才背著我從谷底攀登，我雖然看不懂是什麼功夫，可是我知道那一定是了不起的武功。」

高戰心知她對武功一竅不通，微微一笑，少女接著道：「你既然已練好武藝，就別到處亂闖，和我們住在一起可好？大哥，這些年來，我差不多每天，……每天都在想，從前咱們在一起玩是多麼……多麼快樂，我……我……」

她愈說愈低，高戰心中大奇，抬眼一看，只見她臉上悠然神往，心中不由一動。

姬蕾躲在樹後，聽得清清楚楚，她聽到那少女突然吞吞吐吐，便輕輕撥開樹葉，偷瞧一瞧，但見那少女紅暈時露，喜氣洋洋，似乎正在嚮往著幸福的未來。

姬蕾本是個千伶百巧的人，她自己也是個女孩兒，對於這種女兒心事如何不明瞭，當下不由大爲震動，心想：「這丫頭原來是大哥幼年伴侶，看她那模樣分明是喜歡上大哥了。」

姬蕾幾乎想挺身走出，但是一種執拗的自尊心卻阻著她，她想道：「我心中只有大哥一人，我倒要瞧瞧大哥心裡是否只有一個我。」

那少女見高戰呆呆聽著，似乎無動於衷，不覺有些惱怒，姬蕾看在眼裡，心中暗喜。

少女忽道：「咱們趕快走罷，你換了衣服就去找你的朋友，別讓他久等了。」

高戰休息了一刻，已經漸漸恢復，他看看自己衣衫破破爛爛，心想這個樣子給姬蕾看見不大好，就扶起少女，向前走去。

姬蕾看到兩人轉了個彎就消失了，心中忽感孤單，她雖知高戰馬上便會歸來，可是不知怎的，老是侷促不安，望著既將垂黑的天際，胡思亂想起來。

她先想到濟南城外這華麗的庭院，一條植滿翠竹的幽徑，直通到一幢小巧的樓房。

「儘管是仲夏之際，那小樓仍然清涼如秋，微風吹來，花香陣陣，陽光透過碧紗，淡淡的曬佈，那景色真像水晶宮一般。」她想，「我就在那度過了十多個年華，爹爹教我武藝，媽媽教我唸書，青兒那小鬼精靈丫頭，成天陪伴著我，挖空心思來說笑討好，生活倒也過得很不寂寞。」

水聲愈來愈遠，天際出現第一顆小星，姬蕾知道太陽已經下山，她目不轉睛的看著前面，口中喃喃道：「怎麼還不來呢？難道他真的絲毫不把我放在心上？」

她胸中妒意澎湃，忖道：「剛才如果我再找不到他，就幾乎湧身一跳，可是……可是……，就是久別敘舊，也得先告知我一聲，免得讓我久等掛念呀！」

她幾乎想轉身離去，然而心知此事關係著自己一生，心中暗下決定：「當聽不到水聲的時候，如果大哥再不來，那麼我便走吧，這個身子，就在江湖上飄泊算了。」

忽然兩隻小松鼠從樹上溜下來，賊眼灼灼的注視著她跟前的一枚松子，姬蕾輕輕的把松子向松鼠拋去，看到牠們爭奪著，不由又想起幼時的玩意兒。

「我小時候最愛玩鬥蟋蟀，我的蟋蟀總是最厲害的，附近孩子的蟋蟀沒有一個打得贏我的，因爲那是兩個師兄從山上捉來的，大師哥、二師兄比我都大五、六歲，他們從小就對我好，我說什麼要什麼，他們都是百依百順，千方百計替我找來，可是我不喜歡大師兄那種陰沉性格，二師兄那種暴躁脾氣，倒是三師兄和我比較玩得來。」

月亮從山巔露了出來，棲林的歸鳥吱吱地叫著，打破了四周的寂靜，姬蕾從幻境中回到現實，細聽著還有些許水聲，心下略安，又從現實跌入回憶。

「我嚷著爹爹帶我出去見識，爹被我磨得沒辦法，就帶我去參加北方綠林大會，這是我第一次離家，就碰到了高大哥，從第一眼看到他，我就知道日後再也忘不了，我不管他是否是爹爹敵人的徒弟，我只覺得這個人很親切，很親切，甚至於想時時刻刻照顧他，儘管他或許是我們的仇人，可是那也沒有辦法啊。」

「我說我要出外遊玩，爹爹就叫三師兄陪我，其實我是想找高大哥，我用計騙開三師兄，真湊巧，在路上竟然碰著了。」

「咕，咕。」

貓頭鷹淒厲的啼聲，令人毛骨悚然，那微弱的水聲，姬蕾也聽不到了，她感到心往下沉，妒怨完全化爲幽怨，心道：「原來高大哥是嫌我爹爹的，他這樣忍心對我，就是因爲我是一個強盜頭兒的女兒啊！」

她希望奇蹟出現，可是前面黑壓壓的一片，登時再也忍不住，流下淚來，哭道：「大哥，水聲聽不見了，水聲聽不見了，我要走了。」

夜，林中除了那該死的貓頭鷹偶而的啼聲外，一片寂靜，棲枝的歸鳥，都已走入了夢鄉。

一條黑影慢慢從遠處走進林中，他拖著沉重的步子，一步步的走著，不時發出「沙」「沙」的聲音。

走近了，手上拿著松枝火把，微弱的火光映著他慘白的臉，甚至有些發青了。

「沙」，「沙」，「沙」。

腳步聲漸漸遠了，顯然是走出了樹林。

「姬蕾！姬蕾！」

一陣急促的聲音傳入林中，驚起了正在甜睡中的烏鴉，立刻破壞了寧靜的大地，整個林中「呱」「呱」之聲，此起彼落。

林外，月色朦朧。

大樹下，一匹雪白的駿馬旁站著適才從林中走出的黑影，他扶著樹幹，臉上更加慘白，搖搖欲墜。

「劈劈」「拍拍」，火苗發出單調的爆聲，那馬邊的少年滿臉焦急之色，口中喃喃道：「她到哪兒去了，這山路叉口極多，很容易迷途，她初次離家，如果迷入山中，就不易走出。」

他突覺胸口一陣疼痛，心知適才焦急趕路，又震動了內傷，於是深深吸口氣，忍住痛，細思著目下情況。

他想：「姬姑娘多半是久等我不來，到處去找我而走失了路，這山連綿百里，叫我何處去尋她呢？」

他有些後悔，忖道：「如果我一登懸崖，就先去告訴她，那麼這事便不會發生，可是，這樣我就連林伯伯最後一面也見不到。哼，那廝雖然厲害，我終於把他逼下絕崖。」

一陣清風吹來，從馬鞍上吹下一張紙，他連忙拾起一看，只見上面寫著四個字：「何必相識。」

他呆呆的瞧著那娟秀的字體，知道正是姬蕾所寫，心中反覆思量著其中的意思，但覺眼前一片茫然，又一個親切的人兒遠遠離開了他，那情景正如同爹爹離開他一樣。

不知多久，他手中的火把熄了，大地顯得更陰森黑暗了。

杭州城外。

三匹馬從官道入城，只見前面一匹馬上是個俊秀少年，雙眉微皺，滿腹心事，後面跟著一對姑娘，身著素衣，也是一言不發。

那年幼的姑娘忽道：「杭州終於到啦，這幾天趕路真累死人。」

少年聞言接口道：「玉妹說得不錯，咱們就去落店休息。」

他反身看了那年長的姑娘一眼，似乎是徵求她同意，那年長的姑娘溫柔一笑，點點頭道：「正是，高大哥我瞧你內傷初癒，應該好生養歇一陣子。」

那高姓少年見她柔聲關切自己，心中甚是感激，心念一動，又想起另外一個人。

年幼的姑娘道：「咱們先吃飯，現在已經過午了。」

這三人正是高戰與林汶、林玉姐妹。

話說林家因逢關外滿人興兵作亂，便舉家遷隱此處，過著清靜的太平生活。然而林汶心中仍暗自思念著兒時玩伴高戰，任憑時光已過十數年，心中之情卻有增無減。

這天林汶又照習慣來到瀑布邊，臨淵暗思與高戰兒時歡樂情景，正出神時，卻聞身後草叢微響，本以爲是什麼小獸奔過，不料回頭一望，居然是自己朝思暮想的高戰。這一驚非同小可，竟爾失足跌落瀑布。

高戰此時一認出落淵之人，連忙爬下深瀑，費九牛二虎之力將林汶救上來，又隨林汶準備去謁見林老爺。

正往林家途中，卻見一人迎面疾步奔來，一見竟是前些日子遇到的那個驕縱青年，高戰心想此青年蠻橫無禮，莫要讓他認出面貌徒惹是非，便低頭走過。那青年對高戰二人也不甚注意，只是放步疾行。高戰正鬆一口氣間，又見前面一人影快步奔來，身材窈窕甚是熟悉，只聽身旁林汶已放聲大叫：「玉妹，妳快來看看是誰來了？」

待到林玉奔至，卻見她臉色蒼白，淚流滿面，林汶急忙問道：「怎麼了，妳見到高大哥還不高興嗎？」

林玉先是一驚，瞥了高戰一眼，竟忍不住大哭失聲，說道：「汶姐，高大哥，父親讓剛剛那惡人給打成重傷了……」

林汶駭得花容失色，驚叫道：「怎麼會這樣？」

林玉哭道：「那賊廝來家中強索路費，父親不給，便叫他一掌打倒，口吐鮮血，不省人事，嗚……」

高戰一聽自己昔日恩人竟遇這等強梁，怒叫一聲，轉身便往瀑布追去。來到瀑布前，只見那人尚在找尋出路，此時他理智已失，大吼一聲，一掌向那青年擊去，那青年措手不及，竟叫高戰打落深淵，但青年臨危一掌，亦打在高戰胸膛，高戰此時惦念著林伯伯的傷勢，急忙偕林家姊妹奔回林宅。但見林家伯父奄奄一息，見到高戰，記起舊時故人，不由大是喜悅，高戰連忙施予內力救人，但林老伯已傷重難癒，臨死托高戰照顧二女，便撒手西歸。於是高戰便偕林家二女，準備回關外天池安頓。

三人走進路旁一家酒樓，在樓上揀了個憑窗位子，要了菜飯。

正吃間，忽聞啼聲得得，那高姓少年向下一看，只見一匹全黑的小馬如飛而來，到了酒樓面前戛然而止，上面一個十二、三歲的童子，一按馬背，輕飄飄落下馬來，姿態美妙至極。

高姓少年不由讚道：「好身法。」

那童子聞聲向上一瞧，但見一個俊雅少年向自己微笑點頭，心中很是得意，口中吩咐堂倌餵馬，也走上樓來，向高姓少年一拱小手道：「請教這位兄……兄台高姓大名？」

那年幼姑娘見他比自己還小一、兩歲，雖然老氣橫秋的學著大人言行，可是滿臉稚氣，再怎麼也裝不像，不由嗤然而笑。

高姓少年幼居關外，對於馬匹好壞鑒別能力甚強，適才一見童子的坐騎渾身並無雜毛，黑亮亮的有如錦緞，知是百年難逢的「龍駒」，心想這童子定是大有來歷的人，忙道：「兄弟姓高名戰，這兩位是在下朋友，林汶、林玉姑娘。」

那童子向林玉看了一眼，只見她滿臉不以為然的模樣，心想：「你笑什麼，像你這般弱不禁風的女孩，我只要一個指頭兒就能推倒。」

他本想發作，但是一想自己是出江湖行俠仗義的，豈能和一個女子爭鬧，如果被人傳出，自己這幾個月所闖的一點萬兒可就毀啦。

高戰吩咐堂倌添了一副筷子，笑著對童子道：「咱們一見如故，我年紀比你大幾歲，就喊你一聲小弟可好。」

那童子聽他說得誠懇，而且對高戰甚感投緣，便不再矜持，點頭道：「高大哥，這樣最好。我叫……我叫……」

他忽然想到一事，便住口不說。

林玉見他齒白唇紅，眼睛又大又亮，秀美絕倫，倒有七八分像畫上財神爺座下的散財童子，心中對他頗有好感，但看他自高自大，好像並沒有把自己放在眼內，不覺甚是氣惱。她一向嬌生慣養，人人讓她幾分，雖則連遭變故，脾氣並未改變，哼了一聲道：「你叫什麼，怎麼不說呀？我想一定是名滿天下的大俠客。」

童子看了高戰一眼，高戰忙道：「我這位小妹最愛開玩笑，小弟，你別介意。」

童子微微一笑，也不接口。

高戰心道：「這童子雖然童心未泯，可是舉止之間，氣度恢宏，定是名家高弟。」

兩人天南地北地聊著，那童子年紀雖小，對於武林知識卻極是豐實，他口才又好，把一些江湖趣事說得有聲有色，林玉聽得津津有味，有好些地方她不懂，但終於賭氣沒有開口發問。

林汶見高戰有說有笑，臉上陰翳盡除，心中也覺開朗，不時加上一、兩句讚歎的話，無不恰到好處，那童子對她大起知己之感，說得更起勁了！

童子忽道：「高大哥，我瞧你內功精湛，一定是從小就練上乘內家功夫。」

高戰一驚，笑道：「小弟，你怎知道？」

「爹爹說過凡是練就上乘內功，太陽穴並不突起，只是全身筋骨有一層淡淡油光。大哥，你身上正有這種油光。」

高戰大為佩服，童子又道：「爹爹說我要十六歲才能練到這個地步，如果內功能夠練成這樣子，學起什麼功夫都簡便極了。」

林玉叫道：「別老氣橫秋的瞎吹。」

童子不理，忽然問過：「高大哥，你是從北方來的？」

高戰點頭稱是。

童子又道：「你們一路可聽說過一個鼎鼎大名的大俠，梅香神劍辛……辛捷嗎？」

高戰搖頭道：「北方武林最近出現了個大魔頭，叫天煞星君，人人談虎色變，我倒沒聽到說什麼辛大俠。」

童子甚感失望，雙頰脹紅道：「那麼有一個……有一個仗義疏財的小俠金童辛平，你一定聽說過了。」

高戰見他滿臉渴望之情，不忍使他失望，正在盤算如何答覆，林玉卻不管一切說道：「沒有，沒有，什麼梅香大俠，什麼金童辛平，咱們都沒聽說過。」

那童子又失望又傷心，嘟起小嘴，很不高興，忖道：「這些人真是孤陋寡聞，什麼都不知道。」

便站起身來，對高戰道：「小弟還有一點事情要辦，這就離開杭城，大哥你……你們如果哪天到四川來，千萬要到沙龍坪來找我，咱們可以好好玩玩。」

他本只想約高戰一人，可是一想溫柔的林汶，真像大姊姊一般待他，便邀他們一塊兒去。

林玉呆呆看著他離開，心中有一種說不出的滋味，也不是氣，也不是愁，半晌，才對高戰道：「這個小孩準是野娃兒，跑來跑去沒一刻兒安靜，大哥，你看他說了半天，連自己的名字也沒說出，真是不懂禮貌。」

林汶輕輕一笑，說道：「小妹，妳想知道他名字是不？」

林玉啐道：「呸，誰要知道他名字，稀罕了。」

高戰聽她姊妹口角，不由好笑，偷眼一瞧這個自小就頑皮大膽的小女孩，只見她暈生雙頰，心內恍然大悟，情緒不由也輕鬆起來。

高戰忽道：「汶姊，明天師父要來啦，我就要跟他老人家返回關外練武，妳們姊妹當真要跟我們去錦州？」

林汶淒然道：「咱們姊妹在這世上再無親人，如果你師父不答應帶我們去，那麼我們只有在江湖上到處飄泊啦。」

高戰聽她說得悲苦，想起她爹臨終的囑咐，激動地道：「無論如何也不能讓妳們獨自在江湖上混，師父慈祥無比，我想他一定會答應，汶姊，妳放心。」

林汶甜甜一笑道：「我老早就放心了，高大哥，你從小就處處愛護著我們，決不讓我們姊妹有絲毫損害。」

高戰微微一笑，抬頭一看，只見林汶一往情深的說著，心內不覺一凜，又泛起絲絲苦味，想到自己一心一意喜歡姬蕾，可是她卻不辭而別，到底是怎樣得罪她，到現在也不明白，心中大感索然無味。

三人落了店，高戰尋了一個店小二，問明去六合塔的路途，便對林氏姊妹道：「師父約我在六合塔會面，我先去看看。」

林玉搶著道：「大哥，我也去。」

高戰奇怪道：「妳不是說累死了？現在有休息又不休息了。」

林玉道：「我現在不累了可不可以？」

高戰無奈，只有帶著她騎馬而去。

那六合塔在杭州郊外，面臨大江，作八角形，氣勢極爲雄壯，高戰攜著林玉的手，登上塔頂，舉目一望，只見遠處帆影點點，大江就在足底，田畝小如棋局，清風吹來，直欲乘風歸去。

林玉閉著眼不敢往下看，高戰眺望良久，不覺心曠神怡，走下塔來。

兩人騎馬歸店，林玉見高戰默然不語，眼角似有重憂，便道：「高大哥，你心裡在想什麼？幹嘛這般發愁？」

高戰搖頭不語，林玉又道：「高大哥，我告訴你一件事。」

高戰問道：「什麼？」

林玉壓低嗓子，神秘地道：「你一定不可以告訴別人。」

高戰心中大奇，點頭答應了。

林玉悄然道：「你知道不，姐姐很是喜歡你。」

高戰一驚，搖頭道：「妳別瞎說。」

林玉板起面孔，正色道：「我當然不是瞎說，自從你離開榆莊後，姊姊就很少真正快樂過，她常常一個人跑到那棵大榆樹下，一坐就是半天，有時又跑到我們從前三個人一塊玩的地方，留連徘徊，連我也不理，我本來以爲人長大了就會變成這樣，現在我可明白啦，她是在想你哩！」

高戰很是感動，想到自己孤苦無依，但到處受人眷顧，感激之情油然而生，執著林玉小手道：「妳們姊妹都是最好最好的人。」

林玉道：「那麼你幹嘛整天愁眉苦臉，害得姐姐亂猜，你知不知道，她每天都要偷偷哭幾次哩！」

高戰問道：「她哭什麼？」

林玉道：「她見你不快活，心裡自然也不開心，便很容易想到爹爹的慘死，那就忍不住要哭了。」

她說到此，眼眶一紅，高戰連忙安慰道：「別傷心，別傷心。」

正在此時，迎面一馬飛馳而過，高戰看清馬上的人，心中大震，便對林玉道：「妳在此等我一會。」

一拍馬，也疾馳追去，林玉心中大奇，也沒看清來人，但她素來膽大心粗，對事不愛多想，就在路旁等候。

且說高戰如飛趕去，原來他內功深湛，目力極強，看清快馬而過的正是自己長日凝思，夜半夢迴，無一刻或忘的意中人姬蕾。他心情怦然而動，暗忖只要追趕上她，就可問明真相，他打定主意，任她責罵，絕不回口便是，雖然他並不瞭解自己做錯了什麼事。

那前面馬上正是姬蕾。

其實她早已發現了高戰，她見高戰又和另外一個小姑娘並騎談笑，心想從此不願再見這個負心人，所以飛快跑過。

原來她那夜不辭而行，真是柔腸寸斷，想到高戰負心無良，真恨不得就此死去，騎著馬竟不知向何處去，亂闖亂走，也來到杭城。

姬蕾聽到後面蹄聲漸近，心知只要被高戰趕上，那麼在他那張誠懇的臉孔下，自己再也硬不起心離開，日後不知要受多少欺騙，一狠心，連連揚鞭，催馬疾行。

這兩騎一前一後疾若流星的跑著，高戰眼看愈追愈近，心下正喜，忽然斜徑裡反衝出一騎，馬上人高呼：「採花賊，採花賊，快替小爺留下。」

喊聲方畢，已經擋在高戰面前，高戰急忙拉韁止馬，但疾行之勢非同小可，那馬甚是神駿，長嘯一聲，身形直立而停。

高戰心中正沒好氣，但向前一瞧，登時啼笑皆非，原來正是午間在酒樓上結識的童子。

那童子滿面羞愧道：「高大哥，我以爲你是……你是採……採花賊。」

經過這一打擾，姬蕾已經走遠了，塵土揚天，只看見一個小黑點。

高戰苦笑道：「小弟，真不湊巧，只差一點兒就趕上了。」

那童子道：「不要緊，不要緊，你騎我這千里龍駒，就算落後十里，也能在一個時辰內趕上。」

他心含歉意，是以不加思索便想把龍駒借給高戰，他可沒想到這千里馬是父親花了無窮心血得來，豈能輕易交給只有一面之緣的人。

高戰心中忖道：「她既然不願見我，我就是趕上去見面，也只有徒增兩人的痛苦，罷了，罷了。」

高戰道：「多謝小弟，不必了。」

童子道：「別謝！別謝，我聽店裡小二哥談起最近杭州有一名少年採花賊，我遠遠看不清楚，只道一個大男人追趕一個女人，多半就是小二哥所說的採花賊，所以……」

高戰接口道：「所以就激起你俠義心腸，驅馬往援了。」

那童子臉上通紅，高戰笑道：「小弟，別介意。」

童子怏怏笑道：「我沒介意。」

其實這童子根本就不懂「採花」是什麼意思，他偷偷離家，就是想揚名立萬，一路上倒也做了幾件救貧扶弱的義舉，心下大是自得，只道江湖上人人均知。這日聽小二哥高談江湖異聞，說到杭州出現個功力絕高的採花淫賊，人人怨之入骨，卻是奈何不得，他本是俠義天性，便計劃下手替民除害。他原想問問什麼叫「採花」，可是自持身分，怕被別人譏笑不懂事，心想爹爹說過淫賊就是對女子無禮的人，於是就出城查訪。

高戰問道：「你事情辦完了？」

童子一怔，笑道：「我是去送一份禮物給雁蕩大俠，待會我還得去喝他生日酒，大哥，你也去好嗎？」

高戰道：「我不識得雁蕩大俠。」

童子道：「沒關係，我也不識得他，聽說此人是條頂天立地的好漢子，他這次做六十大壽，並且聲言封刀退出江湖，這附近幾省武林名家差不多全請來了，咱們一定有熱鬧好瞧。」

說話間，已走近林玉等待的地方，林玉看到那童子又跟高戰回來，心中大喜，卻不露於形色。

林玉笑道：「高大哥，你原來是追他回來呀。」

童子搖搖頭，對高戰道：「咱們這就去吧，去遲了恐怕沒熱鬧可瞧啦。」

林玉問道：「去哪裡呀？」

高戰便說給她聽，林玉嚷著道：「我也要去，我也要去。」

高戰正要開口阻止，那童子卻道：「好啦，大夥兒一起去。」

林玉聽他幫自己，很是高興，向童子點頭一笑，表示讚許。

三人回店告訴林汶，林汶天性靦腆，最不喜歡亂哄哄的熱鬧，就推說疲倦，在店中休息。

一路上，童子一邊領著路，一邊侃侃而談。

童子道：「雁蕩大俠和杭州賈俠是生死之交，所以賈俠就替他在杭城設下壽宴，這賈俠是本城第一富戶，獨霸蘇杭綢絲一業，端的有錢。」

高戰讚道：「你懂得真多。」

童子得意笑道：「我沒事就磨著爹爹和梅公公給我講故事，我爹爹在全國各地行俠，一年只有過年那幾個月在家，他對於武林中事，自然知道得很清楚。」

林玉正待問他爹爹是誰，忽然一個壯漢騎馬走到面前，一拱手道：「三位可是替雁蕩大俠秦老爺子祝壽來的。」

高戰連忙拱手答道：「正是，就請壯士引見。」

那壯漢道：「好說，好說。」就引著三人向左走到一家莊院前，轉身對高戰道：「主人就在大廳宴客，在下還須接引客人，就此告辭。」

高戰謙辭了幾句，三人一同走進大廳。

只見大廳裡燈火輝煌席開百餘桌，四周點著紅色透明的大燭如手臂，那火焰極亮，卻沒有一點黑煙，燒起來還發出陣陣檀香。

童子驚道：「這是玉門檀香燭，我家裡也有，爹爹說此燭名貴非常，歷年來都是貢物，這賈俠真是富有無比。」

三人被安置在廳角一桌少年人席上，這桌主人是賈俠弟子，大家互通姓名，道聲久仰，那童子見高戰在旁，似乎不願說出名字，沉吟了一會，才自道叫做張平。

這時酒席尚未開出，群雄談笑喧雜，高戰只見這廳寬敞之極，雖則擺了百餘席酒，中間還空下一大塊，那正中放了一桌用紅絨鋪著，上面放滿了禮物。

正喧鬧著，忽然第一排中間一席站起一人，高戰一看，見他肥頭大耳，衣穿緞子長衫，先乾咳了兩聲，然後發言道：「諸位老少英雄稍靜，請聽在下一言。」

聲量宏偉，中氣充沛，眾人果然止住談笑，高戰心中暗驚，忖道：「這人看來土頭土腦，但是內力甚是深厚，只怕就是此間主人。」

那人接著道：「今天是咱們秦老哥哥六十大壽，又是老哥哥封劍退隱之日，咱們秦老哥一生闖蕩江湖，上對天，下對地，中對武林尊幼，綠林豪傑，端的可稱得上『仁』、『慈』、『忠』、『義』四字，今朝既是老哥哥的好日子，我做兄弟的有幸能夠替秦老哥做壽，真是平生快事，各位千里而來，招待不周之處，只怪我這做商人的小氣，斤斤計較，可千萬別說我這老哥不夠意思。」

眾人轟笑叫好，高戰心想：「此人果然是賈俠，瞧他一身功夫，卻能深藏若虛，這種氣度的確非凡。」

賈俠又道：「座中諸位定有聞名而來，連我這老哥哥面都沒見過的人，現在就請壽星向各位說幾句話。」

他方說畢，同桌首席站起一個老者，五短身材，頭頂全禿，眉毛又長又白，紅光清面，真有點像那南極壽星，高戰向身旁一看，只見林玉聚精會神的聽著那童子說話，兩人已然甚爲融洽。

那老者離席走到廳中，先向四周作了一個羅圈揖，說道：「老朽承各位關懷，真是感激不盡，老朽無法報答諸位，待會諸位多吃點，多喝點，就算看得起老朽。」

他口舌木訥，此時心中激動，更是結結巴巴，好不容易交待完畢，眾人聽他說得雖然似通不通，但語氣誠懇，不覺歡然叫好。

雁蕩大俠又道：「老朽是個粗人，一生行事只知道憑良心而爲，想老朽何德何能，怎配稱大俠，從今以後，這江湖上朋友送給老朽好玩的外號『雁蕩大俠』，就還給大家，俗語道：長江後浪推前浪，希望座中各位少年英雄，將來不但能在江南雁蕩稱俠，更能出幾個中原大俠，神州大俠。」

眾人見他突然流利起來，不禁都感奇怪，只有賈俠暗暗好笑，敢情他老早就替這位生死好友準備好講詞，可笑這位老哥哥先前激動難已，竟然隨口說了一大段。

雁蕩大俠這番話說得合情合理，座下諸少年更是激奮無比，齊聲鼓掌叫道：「多謝秦老爺子鼓勵。」

眾人都是武功高明之士，這一拍掌，聲如雷擊，直衝霄漢，令人振奮不已。

林玉悄悄對那童子道：「你瞧這位老伯伯多麼受人愛戴，一個人如果能被人這樣尊敬，就是什麼都沒有，那也該滿足了。」

童子點點頭道：「爹爹說雁蕩大俠是條好漢子，看來果然不錯，只是他武功雖高，行事正派，可惜胸無點墨，氣度就不能跟吳伯伯和爹爹比。」

林玉道：「你爹爹當真這麼了不起嗎？」

童子正色道：「我從來沒見過像他那種真正的男子漢，大丈夫。」

林玉見他神色突變凜重，不敢說笑，一句到口邊的話又縮回去，便道：「我爹爹他也是個了不起的人。」

童子道：「你爹爹在哪裡。」

林玉悽然道：「被壞人打死了。」

童子一驚，抓住林玉手道：「是誰？是誰？我替妳報仇。」

林玉低聲道：「那壞人被高大哥打下絕崖去，多半已經死啦。」

童子道：「如果還有壞人欺侮妳，我替妳打。」

林玉嫣然笑道：「謝謝你啦。」

原來那童子年齡雖幼，天性卻是極爲隨和，他口才又好，和他談起話來，真是妙趣橫生，令人有醇然之感，雖然有時會夾上幾句童言童語，可是無傷大體，使人聽得更是有趣，林玉起初對他只是賭氣不理，後來聽他滔滔而談，心中再也按捺不住，也和他大談起來。

此時酒菜已經搬上，這杭州的飲食是天下一絕，這番賈俠爲老哥哥做壽，當然是遍請名廚名菜，那酒也是廿、卅年「女兒紅」陳年花雕，只吃得眾人眉開眼笑，各自讚美不絕。

雁蕩大俠秦斌看看酒宴將闌，就走向堆著禮物的桌上，一件件拆開，每取出一件禮品，就向送禮的群俠再三言謝。

刹時間桌上寶光輝映，有尺許的大珊瑚，有鴿卵大的珍珠，真是美不勝收，雁蕩大俠老懷大暢，咧口怡然而笑。只有賈俠站在他身旁，替他整理，臉上淡然而笑，似乎把這寶物並不放在眼裡。

雁蕩大俠看見桌角上有一個用紅緞包的大盒子，他伸手一提，只覺輕若無物，心中大奇，一看紅緞上寫著「雁蕩大俠大壽之喜。晚輩金童辛平拜」。

他想不起自己認識這個人，心道只怕是江湖後輩送的，就打開盒蓋，「呼」的一聲，跳出一物。

雁蕩大俠身形一撤，閃過盒中之物，正自忿怒，不知是何方仇人想暗算自己，但轉眼看看賈俠，只見他滿臉笑容，眾人也是面有喜色，低頭一瞧，原來盒中跳出來之物是個胖胖的鐵娃娃，拱起小手向大家唱著肥喏，心中也樂了。

那鐵娃娃是機簧所控制，不久就停止了，雁蕩大俠心想送這禮的是叫什麼金童，看來此人孩子氣得很，倒是名符其實。

高戰開心一笑，林玉覺得那娃娃很是好玩，便對身旁童子道：「那胖娃娃真可愛。」

童子臉上不動聲色，但卻掩不住喜氣洋溢，聞言笑道：「這有什麼了不得，我家裡也有一個。」

林玉好生羨慕，但想到這玩意兒定是童子心愛之物，就住口不說，這可算是她第一次為別人著想哩。

賈俠忽道：「兄弟月前偶而得到一樣稀世寶物，本來想要獻給我這位老哥做為壽禮，可是我這老哥俠義胸懷，他說他既已決定退隱，這個事物用不著，不肯接受，並且建議作兄弟的贈送給一位行俠仗義的豪傑，作為他濟世救人之用。」

眾人聽他說了半天，並未說出寶物名稱，但均知賈俠富可敵國，他口中的稀世寶物自是非同小可，不由都側耳傾聽。

賈俠接著道：「試想江湖上豪俠比比皆是，而這寶物只有一宗，俗語道，『寶各有主』，如果這寶物爲一頂天立地的好漢子所有，自然是人與物相得益彰，造福江湖，但如果落入奸人之手，卻是大大委曲了這寶物。像兄弟這種商賈，唯利是圖，刻薄成性，自是不配擁有，常言道：『匹夫無罪，懷璧其罪。』兄弟如果妄想霸有此寶，不但未能造福生民，只怕連命兒也保不住。」

高戰心中暗笑，忖道：「此人口舌便給，但是胸襟開闊，端的是個異人。」

眾人中有些少年，已經按捺不住，紛紛問道：「凌老前輩，到底是什麼寶物，有這麼名貴？」

高戰心想此人原來姓凌，賈俠道：「這是江湖上傳聞失落百年的『風雷水火寶珠』。」

座中一般少年，因爲年輕，所知有限，倒還罷了，那些武林前輩，卻都大吃一驚。原來此是古時交趾國進貢之物，後來不知何年何月經過多次戰亂，自宮廷流入民間，便一直爲武林中人視爲至寶，百年前少林寺三大高僧之一靈雲和尚所得，穿在一串念珠中，終日掛在身上，後來少林寺遭遇大變，三大高僧紛紛離寺而去，其中第二位高僧靈空，即是東海大戢島平凡上人。

相傳該珠能夠避火避水，並已深具靈性，能夠預卜吉凶，告警主人，還有一項最大好處，就是善解百毒，任是中了天下至毒暗器，只消將該珠滾過傷口，就能吸出毒素。

眾人紛然耳語，雖然都是江南武林名家，什麼大場面都見過，可是一聽此珠，心中都不禁怦然心動。

賈俠又道：「今日在座各位，仁心俠行自是不必兄弟多說，說功夫嘛，又都是江南頂兒尖兒的好手，所以兄弟胡亂想出一個主意，兄弟這寶珠原來是送給秦老哥，他老兄孤苦半生，最愛護英俊不群的後輩，待會就請座中年在卅以下的小兄弟們，各自露上幾手，再由我這老哥評定，功夫最奇妙高強的，就是風雷水火寶珠的得主。不過今日是老哥哥的大喜日子，咱們可不便動手過招，如果有個失閃，須得大家面皮不好看，所以只希望各位在這練武廳中，各自單獨演上幾招。」

眾少年都是一番躍躍欲試的神色，他們並不清楚那寶珠可貴之處，是以大家的心思都是想在這大庭廣眾之下揚名露臉。

林玉悄悄對高戰道：「大哥，你也去。」

高戰搖頭道：「我那點功夫，別獻醜啦。」

林玉又對身旁童子道：「你呢？」

那童子笑笑，正色道：「這風雷水火寶珠我聽爹爹說過，其中隱藏了很大的秘密，誰得著了，只怕將來大有麻煩。」

此時賈俠已經吩咐僕人將酒餚收起，大家圍在大廳一邊，中間空出很大一塊地方，這時有人抬進兵器架，放在兩旁。

教。」

忽然一個少年，從人群中躍出，向大家一揖，朗聲道：「晚輩蔣南獻醜，請各位英雄指教。」

高戰見他長的猿臂蜂腰，甚是英挺，不覺頗生好感，那少年從兵器架中取來一根鑌鐵長槍，猛吸一口真氣，一抖槍桿，震起槍花，就在廳中舞了起來。

但見他愈舞愈酣，漸漸身形難見，遍體白光繞身，有如梨花紛紛落地，好看至極，林玉不禁眉飛色舞，輕輕歎道：「這槍法真是好看，我也想學學武藝。」

童子道：「這倒沒有什麼厲害，等會才有厲害的呢。」

高戰心想：「這槍法雖則好看，其實輕靈有餘，沉猛不足，交起手來，並不管用，比起爹爹所傳『高家戟法』差遠了。」

他本人也是使用長兵，是以對少年槍法一招一式都留心觀看，忽見少年身形一滯，手中長槍頓時慢了起來，東挑西刺，全然不成招式，高戰看了半晌，也看不出其所以然來，但是只覺一股勁風從槍尖發出，直吹得四周大燭晃晃欲滅，心知這定是一種極厲害的槍法。

那少年突然長身前竄，疾如閃電，虛空連刺六下，眾人感到光線一暗，原來少年面前丈餘遠的六根檀香燭已被他槍上所發勁力吹熄，眾人正要叫好，少年回手一刺，長搶脫手，身子也跟著一轉，向後疾行，只聽見呼的一聲，又熄了一根大燭，那少年手執長槍，氣勢雍容的站定。原來那少年身形疾如流星，竟然趕在長槍之前，待到脫手長槍打熄大燭，就伸手握住。

雁蕩大俠高聲叫好，連道：「蕪湖銀槍名不虛傳，好一招『雲龍六現』呀，蔣兄有子如此，足可自豪。」

人群中走出一個五旬左右老者，連聲謙虛對雁蕩大俠道：「多謝秦兄謬讚，犬子自幼習武，在這槍上實有十年工夫，秦兄你看還過得去麼？」

雁蕩大俠：「好得很，好得很。」

高戰心中也很佩服，心想這少年年紀十七、八歲身手已不凡，雖然比不上自己內力造詣，發出招式隱隱有風雷之聲，可是能夠撲滅燭火，功力也是不錯了。

六　一劍伏魔

衆少年相繼施展師門或家傳絕技，這些人的師長都是江南武林大有來歷之人，一時之間，大廳中奇技迭出，采聲四起，做長輩的見自己弟子都能不負教誨，替本門增光露臉，心中都高興得很，對於那采品風雷水火寶珠，倒不太關心了。

這時廳中現技的是常州「千手大士」之徒，這千手大士暗器功夫是天下一絕，年輕時靠著滿身各式各樣的暗器，會過不知多少英雄，從來沒有輸過，闖下千手大士外號，後來看破世情，削髮爲僧，別人就改稱他爲千手大士，他出家以後，對於昔年所用比較陰毒暗器一概拋棄，可是對於放發暗器功夫卻是愈來愈精，唯恐絕技失傳，就收了一個小徒兒，傾囊相傳。

千手大士幼徒，向囊中一抓，兩手握滿金針，但見他雙手連揚，一根根金針破空而去，相繼穿赴燭火，那金針體積甚小，檀香燭火力極強，一燒即紅，只聽到嗤嗤之聲不絕於耳，片刻之間，在牆上釘下了八個大字：「秦老爺子華誕大喜。」

那金針燒得通紅，釘在牆上閃耀著淡淡的光焰，十分壯麗，雁蕩大俠撫髯大樂，呵呵笑道：「真難爲千手大士教出如此乖巧徒兒。」

眾人都覺這花樣新奇有趣，真虧那少年挖空心思想出，那小小的一根金針，千手大士徒兒竟能根根穿過火焰，深深釘入楠木壁上，這手法，內勁造詣也是非同小可了。

眾人見雁蕩大俠甚是欣賞適才一幕，都不由暗忖，這小子恐怕要得到采品，正在此時，閃出一個廿七、八的青年，滿臉透著機伶精悍之色。

那青年向大家行了一禮，走上前去，從兵器架上取了一支青劍，一言不發，一領劍訣，就開始表演劍術。

青年右手一伸，手中長劍揮了半個圈子。蓄勁不發，驀地連變數招，一吞一吐，化作萬般劍影。眾人都是赫赫有名之輩，但覺劍氣森森，竟然看不出長劍究竟要對向何方，彷彿每個方向都可到達，不由相顧駭然，各自忖道：「這廝年紀輕輕，劍式即是這般怪異，不消說下面還有滔滔不絕的攻勢，就是這起手一招，自己也難以應付。」

那青年一招已畢，即收手道：「晚輩姓余名志達，生平嗜武若狂，這劍式是晚輩無意中從一高人處學得，晚輩走遍大河南北，向各地名家請教，此式到底是屬於何等招術，晚輩好學全這套劍法，均不得要領而回，這才單身到達江南，聽說江南群俠都聚集在此爲秦老前輩祝壽，晚輩斗膽求教，各位都是武學大家，定能爲晚輩釋疑。」

語詞誠懇，不含絲毫惡意。

林玉身旁童子臉色一變，對林玉道：「這是爹爹的劍法，我倒要問問他是從何學來。」

他正想開口發問，驀地「碰」，「碰」兩聲，廳中離地兩丈左右窗子被人擊碎，飛進一個老者。

高戰定睛一看，心頭一震，忖道：「天煞星君莫要是找我來的，他徒兒被我打下懸崖，生死不明，這事如果老魔得知，我可不得了。」

那老者寒著臉，大剌剌的走到廳中，對著賈俠道：「你那風雷水火寶珠快快拿來。」

賈俠嬉皮笑臉道：「這寶珠如果是區區的，自然應當送給前輩，只是現在寶珠已不是區區之物了。區區已送給天下英雄了。」

老者怒道：「我尋訪半月，得知這珠落入你這廝手中，誰和你嚕嗦，乖乖給我老人家獻上來。」

眾少年先前見他大剌剌無禮，心中早已忿然不服，此時更見他橫蠻狂妄，眾口不約而同喝罵起來。

那老者似甚不耐，他見廳上少年，一個個都是生龍活虎，想到自己徒兒奄奄一息，不覺更感煩躁，厲聲對賈俠道：「給是不給？」

賈俠見他從破窗飛來，身法非常怪異，心中已存戒備，他一生玩笑已慣，雖則嚴陣以待，口中卻是不住說笑道：「這寶珠是我老哥哥贈送給天下英雄們的采品，老英雄功夫雖然蓋世，只可惜，只可惜年紀大了一點。」

此言一出，眾人轟然大笑，高戰心知要糟，果然老者陰笑一聲，身子一動，口中喝道：

「小子找死。」

一掌就向賈俠胸前按去，賈俠自忖內力不弱，右掌向外畫了半圈，呼然拍出。

那老者這一掌雖然看來平平無奇，其實已經蘊藏著「小天星」內家真力，兩掌一交，賈俠悶哼一聲，向後退了四、五步，跌倒坐地，一張口噴出一口鮮血。

老者上前一步，點了他胸前穴道。正想逼著賈俠交出寶珠，忽然背後風聲大作，他頭也不回，身形一沉一掠，已然閃身襲擊他的人身後，伸腳一踢，把敵人正面踢倒。

群俠見他一招「脫袍換位」，身形快如鬼魅，那賈俠和雁蕩大俠是何等威名，竟被他輕描淡寫雙雙打倒，此人功力真可謂深不可測了。

老者冷冷道：「誰不服氣，就滾上來。」

群俠雖知不是敵手，但卻忍不下這口鳥氣，又有數人出手，不數招都被老者點中穴道，有的呆若木雞，有的痛得冷汗直流。

高戰自忖自己出手不致這般不濟，正在沉吟，那童子天生俠義心腸，看到老者點穴手法陰毒無比，不顧一切就要下場拚命，忽然一隻溫軟滑膩的小手抓住他的手，一個溫柔的聲音道：

「別生氣，別魯莽，這老頭子厲害得緊。」

童子一看林玉，只見她滿臉關注之色，心中一軟，悄悄道：「妳別擔心，我用爹爹教我的劍法，再不濟也自保無害。」

林玉見他一臉大無畏的神色，不知怎的，她竟不能再開口勸阻，便道：「那麼你和高大哥兩個人聯手，一起打他。」

童子點點頭，正要邀高戰一塊兒下去和老者比劃，忽然叱喝之聲大起，原來蕪湖銀槍蔣君山挺著長槍，銀光閃閃裹著老者大戰起來。

老者空手凝接了幾招，覺得蔣家槍法甚是精妙，其中包羅萬象，融會了「楊家槍」「岳家槍」的厲害殺手，他不願久事糾纏，呼呼連發三掌，逼退蔣君山，轉身取了一支長劍，踏中宮，走偏鋒，連刺幾劍，銀槍蔣君山只得倒退不已。

老者冷嗤一聲，一劍平推而上，蔣君山開聲吐氣。運盡生平力氣，槍桿直擊劍身，他暗忖自己這長槍是有名的重兵器，重達四十餘斤，再加上這次砍下的力道，老者功力再深，也不能以輕輕的一支劍去硬接。

那知老者右手突然一翻，長劍反而壓在銀槍之上，他這變招快若閃電，眾人只見他劍身黏著槍桿，連轉幾個圈子，銀槍蔣君山再也把持不住，長槍脫出而飛。

老者哈哈長笑，笑聲方畢，有人一聲喝「打」，但見漫天暗器，破空而來，敢情是千手大士動上手了。

老者舉起劍在空中劃著圈子，腳下踏著八卦方位，鬍鬚皆張，那童子對高戰道：「這老頭要用劍氣破去暗器。」

那暗器雖多，可是不到老者身旁數尺，不是被劍擋回，就是被劍上所發縷縷銳風吹歪。

千手大士一邊收去擋回暗器，一邊仍然不停的繼續發出種種暗器，鐵蓮子，金針，袖箭，飛刀，源源不絕向老者打去。

老者心想：「這廝兩手能夠放出百般暗器，端的也算是個奇人，今日索性顯點本事，好讓這些井中之蛙，大開眼界。」

他真力猛發，長劍竟然發出一陣清脆的呼嘯聲，那童子喃喃自語道：「不知爹爹能不能制服他。爹爹到處行俠，我想一定有一天會撞著他的。」

林玉柔聲道：「一定能的。」

童子奇道：「妳怎麼知道？」

林玉笑道：「我也不知道是什麼道理，不過我總是覺得妳爹爹一定是個很厲害的大英雄。」

童子很是高興，情不自禁的握著林玉雙手連搖道：「妳真好，我起初以爲妳是一個，一個……」

林玉接口道：「一個又小氣又刁鑽的淘氣姑娘。」

那童子訕訕一笑，耳中聽到劍嘯之聲愈有愈響，漸漸蓋住了暗器破空之聲，舉目一瞧，但見千手大士發出的暗器一到劍影所包的地方，就如石沉大海，不見蹤跡，老者揮動長劍，臉上笑意時露，似乎對於自己的功力，甚感滿意。

童子想：「這是萬流歸宗的上乘內功，此人到底是誰，怎麼不曾聽梅公公和爹爹說過？」

千手大士一摸身上空空，五、六袋暗器都已發完，竟然未能奈何敵人一根毫毛，心中不禁感到一陣茫然，他出家已久，嗔念早除，拱手對老者道：「閣下端的是老衲生平所會第一高人，老衲敗得心服口服。」

老者一吐氣，只聽到滑喇喇一聲，大批暗器墜地，原來適才那些暗器竟被他透過含有真力的寶劍吸住。

老者高聲道：「你也是我天煞星君生平所會第一奇人，滿身破銅爛鐵。」

老者自報稱號，他一生只在北方行走，是以名頭雖大，江南群俠並沒聽過。

高戰低頭一看，那些暗器種類雖多，但每一種都是尖鋒折去，心想這老和尚大概不願妄開殺戒，但對自己的絕技又不忍棄而不精研，是以想出這個法兒，這暗器就算打中了，也不能打死人。

天煞星君環顧群俠一眼，縱聲叫道：「江南武林如此膿包，秦老頭這點本事，也配稱什麼雁蕩大俠，天下大俠的臉被你可丟光了。」

千手大士心中不服，忖道：「如果我用早年未出家前的火器打你，你就是武功再高，也被燒得像紅袍將軍一樣滿地亂滾。」

群俠見他武功太高，如果妄自上前，只是自取其辱而已，便都默默不語。

天煞星君上前到賈俠跟前冷冷道：「寶珠呢？你這廝再不乾脆，我老人家可要叫你吃點苦頭，待會生死不得了。」

賈俠嘶聲道：「好賊子，要殺要剮，聽由尊便。」

童子激起義憤，對高戰道：「高大哥，咱們倆一起鬥鬥這老頭。」

高戰也是忿忿不平，點點頭，正待和童子一起躍出，忽然背後被人一拍，高戰一回頭，登時大喜過望，忙道：「師父，您快出手制這老魔吧。」

原來身後正是名滿關外一代的大俠風柏楊，他悄悄走進廳內，眾人都在瞪著天煞星君看他如何處制賈俠，天煞星君一心在逼賈俠交出寶珠，是以，大家都沒發覺。

風柏楊道：「戰兒，不用急，馬上就有人來制他。」

童子見高戰喊他師父，又見他莊嚴威猛中透著親切，心知定是高人，但他不便露出身分，便瞧了風柏楊幾眼，充滿了敬仰之情，風柏楊向他點頭笑笑。

高戰急問道：「師父，你說的是誰啊？怎麼還不出來？」

邊塞大俠風柏楊一指門口道：「戰兒，你看那不是來了。」

高戰、林玉，和那童子一齊轉頭看去，但不見人影，正奇怪間，只聽砰然一聲，大門打開，一個人走了進來！

此人一人，眾人宛如眼前一花，已自到了廳中，身形之快，令人咋舌。

高戰細看那人，只見他年約三旬，面如美玉，英氣畢然，腰間劍穗飄飄，凜然生威。

林玉卻見那童子面露喜色，似乎得意至極，問道：「你識得他嗎？」

童子點點頭，忽道：「我到那邊去瞧瞧。」

也不待林玉回答，就匆匆鑽入人群擁擠之處，林玉心中不禁大奇。

這時眾人也看見此人，霎時轟雷般暴出歡呼，大夥兒歡叫道：「辛大俠……快……快救凌……」

那人身形一轉之間，如鬼魅一般已到了賈俠之旁，天煞星君正要痛施殺手，忽然一隻手不緩不疾地伸了過來，輕輕一把將賈俠扯了開去。

天煞星君只覺那手一伸一縮之間，雖不算快，但是飄忽之至，自己竟是無處下手擒拿，不禁大驚，正待發話，那人已道：「這位前輩和凌大俠不知有何過節，衝著在下薄面大家說開可好？」

天煞星君兩眼一翻，怪聲道：「小子你姓什名誰？」

那儒生正色道：「在下辛捷！」

眾人不由自主又是轟雷般歡聲大喝。

天煞星君成名三十年前，那裡聽過辛捷的萬兒，臉色一沉，冷冷道：「乳臭未乾的娃兒也敢稱『大俠』兩字，你也不怕被折煞麼？」

辛捷乃是當今天下第一大俠，十多年來苦修，功力愈來愈精，人卻愈來愈謙和，大非昔日偏激忿世之態，聞言並不發怒，微笑道：「前輩教訓得是，像晚輩這點德行那配稱大俠兩字。不過……」

天煞星君喝道：「不過怎樣？」

辛捷雙目精光暴射，朗朗道：「不過若是前輩執意濫傷無辜，便是晚輩一招一式不會也要向前輩請教幾招。」

天煞星君狂笑道：「好，好，不愧『大俠』兩字，我倒要瞧瞧你究竟會幾招幾式？」心中卻暗暗心驚，忖道：「這小子雙目精光陡然暴射，可見原先是把精光收斂，難道他內功已到了這層地步？」

辛捷道：「晚輩這點功夫自然不是前輩對手。」

天煞星君倒沒有料到他會如此好說話，怔得一怔，隨即喝道：「讓開！」

辛捷劍眉一掀，侃侃道：「晚輩再次懇請前輩手下留情。」

天煞星君怪聲道：「奇了，奇了，我老人家幾十年不出江湖，現在淪落到要受小子們的管束了，嘿，要饒他不難，你且來試幾招看看。」

辛捷朗聲道：「前輩武林先進，晚輩這一點微末功夫，哪敢獻醜，不過——」

辛捷哈哈長笑，大聲道：「小弟辛捷能向前輩請益，真是何幸如之。」

天煞星君沉聲道：「小子你死而無怨？」

辛捷猛然吸氣道：「這個自然！」

眾人登時發出一聲似驚似嘆的呼聲，自動地退了開去，露出中間空場。

天煞星君哈哈長笑，那笑聲直如有形之物，震得屋宇晃動，眾人耳膜欲裂，端的霸道至極。

在那如雷笑聲中，忽然「叮」一聲輕越之聲透了過來，只見辛捷右手一揮，寒光霍霍，梅香寶劍已到了手中。

十年來，辛捷一身功夫端的是愈來愈純，手中長劍更是威震天下，「七妙神君」梅山民當年全盛時期，只怕亦無他此時功力。

天煞星君笑聲陡止，面露殺氣，雙目瞪著辛捷手中劍光道：「好劍！」

辛捷朗聲道：「前輩請亮兵刃。」

天煞星君大笑道：「老頭子雖然一把老骨頭了，大概還不致於沒出息要和小伙子動刀動槍的地步，小子你上吧。」

辛捷臉色微變，他自昔日長安一戰大破天竺婆羅六奇之後，俠名遍傳天下，幾曾碰過這等藐視他的人，他雖多年苦修，性子大異昔日，但是天生豪氣卻是不減當年，他朗朗大笑道：「前輩既如此說，恕晚輩放肆。」

只見他手上一抖，那梅香寶劍叮然一跳，劍尖兒工整地抖成一朵梅花，眾豪知道這乃是辛大俠要用「七妙神君」手創的「虬枝劍法」來對敵的訊號，不由齊聲喝了一聲。

天煞星君面上雖狂，暗中已發現對手不好惹，雙掌內勁暗蓄，外弛內張。

只聽得「嘶」一聲尖銳刺耳的聲音劃破長空，辛捷劍尖上挾著凌厲的劍氣，筆直刺向天煞星君的「神堂」大穴，出手之快，認穴之準，確是名家風範。

天煞星君長笑聲起，身形一晃而進，左指上取敵目，步法一錯，閃過辛捷長劍，右腿起處，直踢辛捷膝蓋。

天煞星君一出手之下，全是厲害無比的殺著，而且勁道之大，令兩丈外的眾人都幾乎感到支持不住。

但見辛捷劍眉一挑，手中長劍化成一片劍影罩向天煞星君右腿，天煞星君正待收腿，猛聞劍風大銳，辛捷手中的梅香劍已疾逾閃電地偏刺而入，正是「虬枝劍法」中的神妙絕招「冷梅拂面」。

這一招專走偏鋒的怪招，梅山民曾引爲平生傑作，當年大戢島主平凡上人都曾讚口不絕，這時辛捷功力猶勝當年，但見劍鋒內勁潮湧，吹得天煞星君鬚眉俱張！

天煞星君一招失利，連忙倒踩七星步，雙掌閃電般封出五招，才把辛捷這招卸在一旁！

眾人看得一呆，才爆出轟雷似的一聲大彩！

只見天煞星君臉如寒潭，陰惻惻地道：「我道是誰？原來是梅老兒的傳人，哼！」

辛捷心中大奇，心想我這招「冷梅拂面」乃是梅叔叔大戰五大劍派之後才悟出的，你這老兒自稱隱退了卅年，怎會識得？

他臉上霹出狐疑之色，那天煞星君似知他意，冷笑道：「除了梅老鬼這種人，天下沒有第二個想得出這種缺德招式，嘿！」

辛捷正待開口，那天煞星君大喝一聲：「呔！看招！」雙掌一翻，就如一陣旋風般雲捲而上，一連七拳打出，招式之詭奇陰毒，端的世上無雙，辛捷倒退三步，正待反擊，哪知天煞星君大喝一聲，又是七掌拍出，辛捷長劍連演絕學，仍是止不住倒退三步，霎時廳中眾豪不禁大聲驚喊起來，躲在人叢中的童子不禁瞪著一雙大眼睛，心中撲通跳動不止。

辛捷見對手這路拳法狠毒陰惡，較之當年天竺武學猶有過之，自己只要一個疏神，立刻就是喪命當場之禍，手中全力攻了幾招，卻始終搶不回主動，他心道：「再要是退兩步，這老兒拳法施到中鋒，只怕萬難扳回——」

辛捷身經百戰，眼光準確無比，果然天煞星君大喝一聲，拳勢驟緊，呼呼之聲有如狂風暴雨，圍觀眾豪不禁驚呼大作。

只見辛捷沉著應戰，真力十成運足，梅香劍上的劍氣刺耳欲裂，一連十招過去，辛捷勉力持住不退之勢。

天煞星君心中暗讚，雙拳一分一合，十指外揮——

辛捷知他最厲害的殺著就要出手，自己若是再不能扭轉局勢，這一戰是輸定了。

只見他雙目精光暴射，開聲吐氣地大叱一聲，梅香寶劍陡然化作千萬寒光，霎時劍氣嘶嘶，寒光霍霍，天煞星君猛覺自己百般攻勢有如石沉大海，反而自己全身百穴似乎全然露在敵招之下，他怪吼一聲，急退半丈！

在場眾人喝彩之聲震天干雲，卻無人識得這招正是「大衍十式」的起首之式「方生不息」！

不過眾人中有一部分猛然想起一事，方才那姓余的青年劍客所施的一招正與這招十分相像，難道那姓余的和辛大俠有關聯？

只見廳中辛捷抱劍如弓，猛吸真氣，身形緩緩往左移了兩步。

那天煞星君卻是面寒如冰地緩緩向右移了兩步。

辛捷腳才停步，忽然猛地弧形地退回原地，那天煞星君竟也同樣飛快退回原地。

眾人雖然不懂，但見這兩人一舉一動莫不隱含高深武學之道，忽然一人大叫道：「瞧，瞧那青磚——」

眾人隨著一看，也都驚呼起來，原來那青磚地上，凡是天煞星君所走之地，駭然顯出一個個深達半寸的腳印。

喝采聲中，辛捷身形一長，呼的一聲，迎面點出一劍，這一劍點出，力道飄忽，一閃之下，身形卻是右虛左實，一進一退，身法之快，但見一道虹光左右搖蕩，好不驚人。

天煞星君情知對方殺手將至，雙足牢併，目不轉睛，一瞧之下，卻見辛捷雙足虛懷若谷，一時竟識不得有何用意。

辛捷一連向左踩出七步，第七步方一落地，身形陡然一彈，閃電也似掠向右邊，卻見他上身一塌，掠向右邊之式實是虛招，一晃之下，又向左方踩出七步。

這樣一來，辛捷身形一晃之下，已轉到天煞星君左側，天煞星君猛地一叱，霍地一個反身，面對著辛捷。

但辛捷何等功力，時機一瞬而過，長劍一領，呼的長驅直入，用的是走中宮，踏奇門的招式。

「嘿」，天煞星君雙拳一抱，合立當胸，有如太極，閃電間並拳一擊而出。

風雷之聲霎時大作，辛捷暴吃一驚，他可想不到這天煞星君拳上的力道竟是如此剛猛，心知假若自己一劍挑出，真力不及對手，一定要吃大虧，權衡之下，猛然大吼一聲，一擺手中長劍，在胸前佈出一張密不透風的網，同時間裡，倏然定下身形。

「叮」，「叮」，寶劍振動之聲大作，辛捷疾然一揮，身形凌空，一縮之下，將對方如山內力化解而去，同時百忙中還一連戳出十餘劍。

四周觀戰的人這時反倒寂靜了下來，他們知道分勝負的時候立即要到了。猛然，辛捷長劍不斷振動，雙足左右微晃，猛地虹光沖天而起，一瀉之下，左右一陣之擺舞，身形陡然已侵近三五丈之遠。

「嘿」！天煞星君大吃一驚，他可真想不到這傢伙的身法竟是如此神妙，任他名震一方，縱橫天下，身經百戰，功力、經驗，無一不是上上之選，但卻一絲一毫也瞧不出這等神妙古怪的身法。

敢情辛捷已用出世外三仙慧大師所授的「詰摩步法」。

「呼」一聲，辛捷趁他一怔之下，攻出一劍。

長劍一振，劍尖不斷跳動，點出千萬劍星，眾人但見虹光吞吐之際，竟然全是虛招，霎時辛捷已漸至天煞星君身前。

天煞星君猛地疾嘶一聲，雙拳傾全力擊了出——

辛捷身形陡然彈在空中，勁風激盪處，他長衣紛紛飄然拂起，但在這一剎那間，辛捷自上而下，發出一式「大衍十式」中的「物換星移」！

劍氣嘶嘶而過，電光火石間已然突破天煞星君的拳影，點向天煞星君肩頭！

天煞星君面色陡變，全力一塌右肩，總算他見機得早，辛捷一挑之下，但聞嗤一聲肩頭衣衫被刺破一道口子！

辛捷身形有若神龍升天，一掠之下，在天空劃過一道工整的圓弧，飄飄落在地上，一領手中劍，清朗的說了聲：「承讓！」

天煞星君負手而立，霎時間他把勝負之事完全忘去了，腦中只想到這梅山民的傳人怎會有如此神奇的身法。

一剎時，他已想遍了自己所會的招式中竟沒有一式能夠防著這一套古怪的身法，心中陡然一震，一跺腳，也沒有理會辛捷，喃喃道：「罷了！罷了！」

反身如飛而去。

登時大廳中升起震天的喝采！

辛捷微皺著眉，輕輕把寶劍插回，對那震天喝采聲直如未覺，他眼光從人叢中一掃，朗聲道：「小猴兒，還不滾出來？」

那童子嘻嘻笑著應聲跑了出來，扯著辛捷的袖子，大聲叫道：「爹，你本領真大。」

辛捷哼了一聲，板著臉道：「你在外面混得好呀，也不必回家啦。」

那童子裝得大受委屈的模樣，低聲道：「我不過稍稍玩了一趟——」

人叢中的林玉本來見辛捷劍術如神，風姿英爽，心中不由得仰慕不已，忽見那童子跑出大聲叫「爹」，不由恍然大悟，心中想到這小鬼一見到辛捷面帶喜色的情形，又想起他曾認真問自己識不識得一個仗義疏財的小俠辛平的事，不禁笑彎了腰，忍不住跑將出來，笑叫道：「辛小俠，了不起，仗義疏財——」

辛平不禁大窘，連忙大聲對辛捷道：「爹爹，我們——我們什麼時候回家呀？」

辛捷何等聰明，一瞧情形，心中了然，再也擺不出做父親的威嚴，笑道：「辛小俠，你俠名滿天下啦，咱們全聽你吩咐。」

辛平不禁面紅耳赤，連忙胡亂道：「這兩天，天氣可悶得很。」

辛捷問道：「小猴兒，你送了什麼東西就來騙吃？」

金童辛平一指桌上個笑口憨然的胖鐵娃娃，辛捷真是啼笑皆非，他雖爲人之父，但和愛子廝混時，一向毫無嚴父態度，此時忍俊不住，連道：「好哇好哇，你媽媽給你的十一歲生日禮品，你竟送給雁蕩大俠，真虧你想得出。」

這時眾好漢都攏上來向辛捷道賀，辛捷自是極力謙虛，辛平乘機溜開，卻聽高戰正低聲向一老者道：「……這姊妹倆家破人亡，我若跟師父去關東練武，怎生安置……」

看高戰雙眉微蹙，似乎難以解決，當下俠義之心大起，上前道：「我和爹爹就要回家，林家姊姊不如暫時住到我家裡去——我家在沙龍坪。」
高戰一聽有理，回頭看了看風柏楊，風柏楊想了想道：「如此甚好。」
高戰忙道：「多謝你啦。」
辛平道：「些屑之勞，何足掛齒。」
高戰見他神采飛揚，一副故作老氣的模樣，再看那辛捷神姿英風，想到自己爹娘已成黃土，不禁心中一酸。
辛平便引高戰介紹給父親認識，辛捷細看高戰，只見他眉目俊秀，骨格清奇，資質決不在愛子之下，不禁頗爲喜歡。
高戰指著師父向辛捷道：「辛叔叔，這是家師邊塞大俠風柏楊。」
辛捷向風柏楊拱手一揖道：「晚輩才從無極島來，從家岳父口中得知風大俠英風高義，真是武林泰斗，晚輩正愁無緣拜識，不意在此相會。」
風柏楊見他適才身手，心中好生佩服，暗忖此人集數位前輩武功於一身，難怪出類拔萃，當下連連謙謝道：「老朽虛長幾歲，辛大俠不見棄，喊我一聲老兄足矣，我在杭城見老弟年紀輕輕大顯身手，重懲淫賊，真如神龍不見首尾，好生令人歎服。」
辛捷道：「原來晚輩一切都在老前輩眼中，老前輩的輕身功夫真是深不可測。」
風柏楊見大事已定，就帶著高戰向眾人告別，並向辛捷殷殷致意，要他轉告無極島主無恨生相謝之情。

高戰忍不住回頭向辛平及林氏姊妹告辭，只見林汶眼中，淚光晶瑩，強忍哀痛，情深款款的望著自己，想到自己一心相愛的姬蕾不知如何不告而別，而林汶是幼時遊伴，對自己又是這般情深，心中真是亂成一團，不知如何是好。

春去秋來，又是一年的冬天。

大雪紛飛，寒梅怒放，沙龍坪梅林深處，一幢寬敞的平房，門窗緊閉著，凜冽的北風不停的吹過，大地漫漫地著上了銀色的新妝。

室內，火光熊熊，春意盈然，一個老態龍鍾的人，正捧起一個酒葫蘆，不停地喝著酒，偶而，一滴酒從葫蘆邊滴到火盆中，立刻地發出燦青色的火焰，顯然，這酒性是相當強烈的。

老人身旁坐著一個孩子，心不在焉的讀著書，不時地望望灰色的天，銀色的大地，和喝酒的老人的白鬍子，然後，輕輕地合上書，歎了口氣道：「梅公公，還有三天就過年了，爹爹媽媽怎麼還不回來？」

梅公公笑道：「一定是被什麼事絆住了，在江湖行走，就是有許多意想不到的事，你這娃兒，前些日子還偷偷跑出走說要闖蕩江湖，揚名立萬，現在卻連爹娘都離不開。」

孩子臉上一紅，辯道：「誰說我離不開爹爹媽媽，我不過想大家在一塊過年比較熱鬧點兒。」

梅公公慈祥的道：「對，對，平兒你說得一點不錯，喂，你今年過年還敢和公公賭錢嗎？」

那孩子雙眉一揚道：「又有什麼不敢？」

原來這老的正是昔年江湖上名頭最響的「七妙神君」梅山民，小的是梅香神劍辛捷的愛子，金童辛平。

梅公公道：「平兒，你的小朋友呢？」

辛平一嘟嘴道：「她在跟她姊姊學繡花，哼，我瞧她心野得很，學什麼繡花，這一會兒不知又用斷幾根針了。」

梅山民呵呵笑道：「你心不野？還有臉罵別人麼？你和她八成兒又吵架了，對麼？」

金童辛平懊惱的道：「她一天到晚嚷著要練武，練輕功，我就教她最簡單的身法口訣，她又不用心學，昨天我逼得緊了，她就亂跳亂縱幾下，結果摔了一跤重的，就不理我了，梅公公，你看氣不氣人？」

梅山民道：「平兒，我教你一個法子，包她和你說話。你跑去說梅公公要講故事啦，她是最愛聽的，一定會問：『真的嗎』？你就說：『當然是真的，呃，妳不是不理我嗎？』她一定笑罵：『我又沒和你說話。』你就說：『好啦，好啦，妳到底去不去。』她便會跟你來，不再生氣，這樣，你也不失面子，不是很好嗎？」

辛平心裡有些躍躍欲試，但口中還強嘴，說道：「她不理我有什麼了不起，我可不在乎，她再這樣無禮，我晚上又去裝鬼嚇她。梅公公，上次呀，你到朋友家去下棋了，她和我賭氣，我氣她不過，晚上穿起白衣，戴上爹爹的人皮面具，做了一個假舌頭在她窗口一站，她嚇得尖叫，大喊，總算還有膽子，沒有昏倒。」

梅山民道：「你這不是太胡鬧麼？你把她嚇壞了怎生得了？」

辛平得意道：「她平常自吹膽子多麼大，就是老虎大蛇在她面前，她也不害怕，梅公公，你猜她嚇得喊誰？」

梅山民道：「一定是喊她姊姊或是喊梅公公了。」

辛平搖頭道：「她大喊：『辛平辛小俠，有鬼呀，你快來救救我呀。』我在窗外心中一樂，想她平日最不肯叫我辛小俠，這時大概怕得緊，也照樣叫了，我就把面具和白衣一脫，長舌頭拔掉丟在梅林中，從窗子跳進，她見我來了，撲上來抱……」

辛平說到這裡，突然感到不好意思，心想被一個女孩子抱豈可任意說出，當下就住口不說了。

梅山民聆聽這一雙小兒女吵吵鬧鬧的小事，心是很感有趣，他心想：「辛平這孩子，任誰都得順他的脾氣，可是在林玉這丫頭面前，總肯吃虧，這對孩子，兩人都把最珍貴的情感付給對方，只是——只是他們都還不明白罷了。」

梅山民忽道：「平兒，你千萬不可每事任性而為，有些事情做錯了，可以重做，失敗了，可以鼓起勇氣再幹，可是有些事，你一生只有一次機會，如果你失去它，你就終身再得不著啦。」

金童辛平似懂非懂，看見梅公公神色奇特，似乎沉思著悠遠的從前，心中正感奇怪，梅山民忽然自己發覺神色有異，連忙呵呵笑道：「平兒，你瞧我真老糊塗了，怎麼和你講這些沒意思的話。」

辛平道：「梅公公，我不懂得你說什麼？」

梅山民道：「你不必懂的，平兒，雪停了，你快去揀些松枝，晚上咱們把火燒得旺旺的，公公講個精彩的故事。」

金童大喜，他本就悶得發慌，看看雪停天開，就飛快跑出去拾枯枝。

七妙神君梅山民又跌入沉思……

「有些事，只有一次機會，失去了，便永遠失去，像情感就是這種東西，當你第一次付出去——那一定是全部的付出，如果落空了，那麼儘管你有通天的能耐，最多也只能收回一點點兒，像我這種人，一生只付出去一次，就永遠收不回來了。」

繆九娘的倩影又從心底浮起，梅山民平靜的望著遠方，八十多個年頭的恩恩怨怨，情孽糾纏，都一塊兒流過胸中，但覺靈台方寸之間，一片清明，但，那只是一刹那。

「如果沒有輝煌的青年，那麼年老的時候便沒有什麼好咀嚼回憶的。」他想：「我這一生可算是多彩多姿的了。」他眼角浮起了淡淡的微笑：「年青的日子，是被認爲名滿天下的怪人，率性做著自己愛做的事，那管別人對自己是敬、畏、憎、惡，自命不凡，挾著幾樣雕蟲小技，睥視天下芸芸蒼生。」

「中年的時侯，我遇上了繆九娘，在別人稱我『七妙真君』的『七妙』中，有『色』這一妙，其實那是凡夫俗子的見解，我到處與女人廝混，何曾付下半絲感情，然而當我和繆九娘結交後，我才發覺茫茫世上還有可寄託自己一切的——包括生命和情感，那就是相愛的人兒，這是自古以來，世世代代都不變的。」

他仍然掛著微笑，但是笑意中卻多了一種淒涼的味道，白髮無風自動，顯然是心情在激動著。

「世人常道『眾口鑠金』，那是不錯的，就連她也相信我是玩弄感情的魔王，拂袖而去，梅山民啊梅山民，這也算是你不拘細行，荒唐嬉蕩的報應吧。」

「我在萬般絕望下，接受了中州五大劍派的死約會，中了暗算，功力盡失，她誤以爲我已死，哀急成狂，了結殘生，於是，我從一個叱吒風雲的神君，變成了一個手無縛雞之力的老人。」

其實他哪知道當他赴約後幾天，繆九娘已發覺兩人之間是誤會，就想趕回相聚，沒想到江湖上竟然傳聞七妙神君梅山民在五華山喪生於中州五大劍派的聯手夾擊，她當時又急又悲，心知梅山民定是因爲和自己決裂，這才傷心得不顧一切的接受五大劍派挑戰，她當下便孤身上崆峒山去找厲鶚報仇，但不是厲鶚對手，被厲鶚趕下崆峒山，她天性高傲，受此大辱，而且又以爲梅山民已死，是以失去理智，終日瘋瘋癲癲而死。

北風吹散了彤雲，看樣子雪是不會下了，梅山民心想：「世事的變化豈是人所能逆料，一個人從超人變成凡人，那心情恰如做了一夢，『夢醒情最真』。然而一切都不存在了，只有經歷過這種變化的人，才能領悟到這種複雜的感情啊！」

「梅公公，你在幹嘛？」

厚厚羊毛門簾開處，跑出一個小女孩，臉頰嫩紅，十分可愛。

梅山民從幻境中驚醒，搓搓手道：「玉娃兒，我老人家在烤火哩！妳也來麼？」

原來那女孩正是金童辛平的玩伴林玉。

林玉躊躇一會，忽道：「梅公公，雪停了，我替你到橋頭沽酒去。」

梅山民笑道：「妳這娃兒，又有什麼要求我老人家，乾脆說出來，別在我老人家面前弄鬼了。」

林玉小臉一紅，不依道：「人家好心好意要替你打酒，你倒罵人家。」

梅山民怕羞了她，慈祥的笑道：「好呀，妳替我沽酒，謝謝妳啦，妳有什麼事，我老人家一定幫妳。」

林玉想了半天，梅山民不住催促，她才結結巴巴道：「辛平這野孩子，他又氣我……不理，不理人家了。」

梅山民心中暗暗好笑，忖道：「剛才一個告狀的才去，又來一個。」便裝得很嚴肅道：「我以爲他在妳姊姊房裡和妳一塊玩，想不到竟然不在，這半天也不知他到哪去了，剛才還在下雪，他會跑到哪裡去呢？」

林玉大急，忙道：「多半又是到後面山上去了，那山路本狹小，現在下滿了冰雪，又滑又濕很是危險，我去找他。」

梅山民道：「且慢，他一身功夫都怕滑倒掉下，妳只會毛手毛腳幾下，那怎麼行呀。」

林玉堅決道：「不行也得行，梅公公，你也去好不好？」

梅山民故作恍然大悟，連道：「原來如此，原來如此。」

林玉急問道：「怎樣？」

梅山民道：「我一大早就看到辛平這娃兒愁眉苦臉，說什麼『老是給我氣受，不理也罷，還是跟爹爹去闖江湖，以後大家別見面。』我聽他沒頭沒腦地說，當時的確是不懂，現在才明白啦。」

林玉眼眶一紅，低聲道：「我並沒有和他真的生氣呀！唉，他這人什麼都敢做的，梅公公，不要是又跑出去了。」

「妳既不生他的氣，為什麼要不理他呢？」

林玉心急如焚，漫口道：「你不懂的。」

梅山民看她急得眼淚汪汪，知她真情流露，不宜再騙，就道：「小娃兒，別急，別急，辛平去揀枯枝來燒，他說假使妳出來了，請妳也一起去揀，他正在梅花叢中等妳哩！」

林玉大喜，也不暇細想梅公公剛才騙她吐露真情的可惡，就飛奔出去。

梅山民從火盆下取出一根烘得半乾的松枝，加入將熄的火中，望著林玉的背影，兩支小辮兒一晃一晃，不禁喃喃說道：「這就是人生，小的漸漸長成，老的漸漸衰萎，就這樣，前輩的功業成就才會延續下去。」

「劈啪」，「劈啪」，放下的松枝燒著了，滿室發出一種出塵的清香。

七　江湖恩怨

「咔嚓」！「咔嚓」，車輪輾過薄冰，發出清脆的聲音，順著寒風從老遠傳來。

呼嚕嚕！馬匹嘶叫著，從口中呼出白茫茫的熱氣，那聲音有一種單調和淒涼的味道。

車子漸漸近了，穿過梅林，走向幽靜的小道，梅枝上積著的冰雪，受車行震動，不時因負重不住折斷下墜。雪是不會下來了，可是天氣卻冷得出奇。

寒梅怒放，空氣中散揚著清淡的冷香，一眼望去，白色的梅花連綿無涯，蒼勁的枝幹，高貴美麗的花朵，迎著凜冽的北風挺立著，顯得它是多麼堅貞，多麼卓然不群。

車上坐著一男一女，男的英氣勃勃，俊秀瀟灑，女的眉目如畫，嬌美無儔，正在指指點點，歡然談笑，兩人都是一襲薄衣，坐在車頭，並不見絲毫冷意。

原來這兩人正是當今天下第一大俠辛捷張菁夫婦，當年辛捷不遠千里尋訪意中人張菁，在大戰婆羅六奇後，巧得相逢，兩人自是欣喜無比，結伴而返。

辛捷雖則愛極張菁，可是對於和自己有不平常關係的金梅齡姑娘，卻也始終不能忘懷，他婉轉告訴張菁其中經過，張菁天真善良，並不在意，反而鼓勵辛捷想辦法去尋找，於是辛捷請丐幫護法金老大發動丐幫勢力，在全國各地尋訪。

那金梅齡自從明白自己誤殺親生父親後，懺悔之餘，削髮爲尼，她偶而碰到金老大派出尋訪她的丐幫弟子，得知辛捷對她情深義重，並未絲毫忘記，當時心中真是百感交集，不知如何是好，想到和捷哥哥在一起時的歡樂情景，幾乎忍不住要趕去和他相會，然而轉念想到自己一身罪孽，是個不祥的人，豈可再連累心愛的捷哥哥！是以忍著千般痛苦和淒涼，在丐幫弟子面前，並未表露身分。

她送走丐幫弟子後，但覺胸中一片空虛，忽而辛捷俊秀多情的臉龐浮在她眼前，責備她的忍心，又忽而辛捷的柔情蜜意陡然回到心頭。她這樣不休不眠癡癡坐在佛前，整整兩天未進滴水，總算從千頭萬緒的思潮中，整理出她今後應走的路子。她輕輕地站起來，佛前的香早熄了，蠟燭也滅了，只剩下灰燼和滴下的燭淚，於是她虔誠地插上了另外一把香，默默地決定了一切。

她想：「我就像殘餘下來的灰燼，人生對於我，我對於人生都不再有意義了，可是我卻不能就此死去，這樣就不能償清我的罪，讓痛苦和世上最殘忍的酷刑來折磨我吧，只要——只要來生我能永遠陪伴著捷哥哥。」

她原是個刁鑽頑皮的小姑娘，一向但求己之所喜，對於恩怨報應，鬼神之說，從來視爲無稽，此時竟將全部希望寄託於渺茫的來生，用情之苦，真可謂生死不渝了。

「我是一個不幸的人，那麼一切的不幸都由我來擔負吧，這一生除了和捷哥哥在一起的時間外，我何嘗享受過半絲溫情，可是到頭來仍然不免永遠分離不能相見。天上的牛郎和織女一年雖然只可相會一次，但那是千秋萬世代代都不變的，比起人們短短幾十年又幸福多了。」她想著，心中對於神仙縹緲之說，更是嚮往至極。

「這一生，我是痛苦定了，也許前生我是個無惡不作的大壞人，如果我能在這生把罪孽洗清，那麼來生也許便可和捷哥哥長廂廝守，但，捷哥哥呢，他可不能也為我而痛苦一輩子呀！」她想到此，口中不由自主喃喃道：「我要使捷哥哥快快活活過一輩子，我一定要的。」

於是她就重入江湖，揚言金梅齡已死，好讓辛捷一心一意去愛方少堃——她只道辛捷是喜愛方姑娘的。

她年紀輕輕，卻能犧牲一己之至愛，成全他人之幸福，在她只以為是減輕自己的罪孽，其實若非天具慧根，有大勇大智之人，又焉能如此？

辛捷果然相信金姑娘已死，這才和張菁結成夫婦，金梅齡心中只希望辛捷和方少堃和好如初，她哪又想得到方少堃竟會投入她最痛恨的天魔金欹懷中，正以萬斛柔情，渡化他那天生的凶性哩！

無極島主無恨生，對於辛捷原來並無惡意，只因誤會辛捷是七妙神君梅山民，怪他玩弄繆九娘的感情，是以數次欲制他於死。此時既然真相大白，又見女兒對辛捷一往情深，便也不再反對。

辛捷張菁婚後，依著辛捷建議，陪伴那年老無依的梅叔叔，就在沙龍坪定居下來，事實上他夫婦一年倒有七、八個月到外行俠。梅山民見一手教出來的高徒，不但能將自己生平幾樣絕藝，一概承襲，更能青勝於藍，自是老懷甚暢，終日悠遊林泉。

次年，生下了辛平，辛捷初為人父，高興得手舞足蹈，他細心體貼的守在家中，陪著愛妻，不是逗著辛平自得其樂，就是抱著兒子，攜了張菁的手，三人一同去登高賞月，賞泉聽瀑，臨淵投石，梅林對弈，過著神仙一般清悠的日子。

這樣過了幾年，辛捷足跡未踏出沙龍坪半步，江湖上盛傳梅香神劍辛大俠神秘歸隱。到了辛平五歲那年，辛捷夫婦雄心再起，便請梅叔叔傳授辛平武功，夫婦倆重入湖海，行俠天下。

七妙神君梅山民，功力雖然盡失，可是武學之道卻是愈老愈精，辛平這孩子，父母都是天地間靈氣獨宗的俊秀，他又豈會愚笨，是以名師高徒，相得益彰，辛平小小年紀，已然功力不凡。

有一年，辛捷夫婦在川邊大雪山上，無意之間遇著一匹千年難逢的龍駒，花了不少心力，將那龍駒收服，張菁憐愛辛平，就將龍駒送給他騎。辛平常騎著這千里龍駒在沙龍坪附近幾縣跑來跑去玩耍解悶，他原長得很俊，又加上座下名駒神俊，人人都不由得喝聲采道：「不知是何方仙童，長得如此俊秀。」

是以不到多久，便闖下「金童」的萬兒，只要他黑色龍駒一到，附近的小孩就跟在馬後，高聲歡呼，擁護而行。

北風在呼嘯，雪是不會下了，忽然一股刺骨的寒風迎面吹到，辛捷連忙從車上取了一頂大皮帽，替張菁戴上，只露出面門，辛捷柔聲道：「妳是不是穿得太少了？今年比往年要冷得多哩！」

張菁對夫婿的體貼感到十分安慰，她輕輕一笑道：「我可不是那麼弱不禁風的女孩子，大哥，就要到家啦，平兒、玉兒一定等得不耐煩了。」

辛捷笑道：「誰敢說妳弱不禁風啊，東海三仙無恨生之女，梅香神劍辛大俠之妻，是當今武林第一位女俠。」

張菁嗔道：「大哥，你老是這樣傲氣凌人，我不喜歡，要知——要知——」

辛捷接口道：「要知天外有天，人外有人，對麼？」

張菁道：「你知道便好。」

辛捷裝得很誠懇地道：「菁兒，我一切都聽妳的，以後別人欺侮我打我，我也不還手就是，免得被妳說傲氣凌人了。」

張菁見他雖然是故作正經，但是想到他從來沒有不聽自己的話，心中不禁很是得意。

張菁忽道：「大哥，打箭爐那三個惡喇嘛，在新正十五擺下死約會，邀你去一決雌雄，聽說這三個壞胚一身毒器，險詐百出，我看咱們還是多邀幾個高手一塊去，免得人少勢弱中了暗算。」

辛捷冷嗤一聲，不屑地道：「這三個該死的喇嘛，惡名昭彰，我老早就想下手除掉他們，這次他們自動送上門來，那是再好沒有，菁兒，這三個臭和尚惡名雖大，妳看總不會強過當年婆羅六奇吧！」

張菁雖不滿辛捷狂態，可是想到他功力深湛，從來沒有遇過真正對手，也就住口不說了。

要知辛捷一身承襲著曠世奇人七妙神君、平凡上人、小戢島主三人的絕藝，是以雖則年方三旬左右，可是武學卻是博大精微，已入內外兼修之境，他這十幾年，功夫愈來愈高，爲人反而愈見謙沖，常言道「富潤屋，學潤身」，年紀輕輕，可是一舉一動已自有一派宗主的雍容風度。只有在愛妻和至友吳凌風面前，仍然免不了露出昔日飛揚跳脫的性子，此所謂江山易改，本性難移，天生使然，真性流露，也不足深責了。

張菁忽道：「大哥，這兩天我心裡真是慌得緊，我只要一想到吳大哥那陰暗的眼神，真忍不住想……想哭。」

辛捷黯然點頭，低聲道：「吳大哥這生真是命途多舛，我每次到泰山去看他，總想在他臉上找到些許昔年歡樂的影子，可是從來沒有如願以償過。」

張菁道：「大哥，我們總得想想辦法，阻止他去當和尚啊！」

辛捷道：「我也是這麼想，其實一個人心灰意冷，就是出家作和尚，也未必就能忘掉傷心事，不過是自我欺騙而已。菁兒，待年過完，打箭爐的事辦妥，咱們一起去見吳大哥，責以大義，妳看可好？」

張菁點點頭，心中又想起與吳凌風同行去尋辛捷的往事，吳凌風對她百般呵護，處處替她安排一切。

「我沒有哥哥和弟弟，可是即使有，也不會比吳大哥對我這小妹妹更好的了，我一定要使他振作起來，他只比大哥大兩歲，這年紀，正是生命的春天啊！怎能就此頹唐下去呢？」默默地，她下定了決心。

辛捷道：「吳大哥真是多情，阿蘭死了已經十多年，然而他何曾有一天不想她，唉！十多年了，他絲毫未改變對蘭姑娘的真情，看來光陰並不能沖淡世間真正的痛苦。」

張菁忽然激動地道：「那也不能怪吳大哥啊，他心裡只有蘭姑娘一個人，即使寄身空門以後，還是不變的，除非……除非有一天，當失去知覺的日子到來了，那才能無可奈何地忘掉一切。」

辛捷一看張菁，只見她眼中淚光閃瑩，臉上稚氣全消，神色堅定，似乎在說：「有一天，當我們倆人永久分離的時候，難道不也會這樣嗎？難道還會忘掉對方嗎？」

辛捷大爲感動，他伸出手輕握住張菁的小手，柔聲道：「菁兒，妳別瞎想，喂，妳笑一笑，待會別讓平兒看到媽媽流淚，還道爹爹欺侮媽媽哩！」

張菁忍不住笑了起來，兩人手握著，如海般的深情從手上傳到彼此的心中，不禁相對一視。

辛捷想：「吳大哥巧食百年血果，他內功又高，原該是青春常駐，容顏不改的，可是現在瞧起來真是蒼老極了，在他臉上，再也不會有春天的顏色了。」

當人們想到別人的不幸，就會聯想到自己的幸福，辛捷此時的心情就是如此，在他胸中洋溢著歡樂的情懷，因爲——心愛的人就在附近，而且永遠不會離開，除非失去知覺的時候到臨。

「花開的時候，艷陽淡淡的灑在泰山的幽谷裡，春風吹綠了山頂巔，可是吳大哥的心仍然有如封在寒冰中，」辛捷想：「花落的時候，果子結的時候，漫山遍野都是鮮紅惹人喜愛的棗子，象徵著萬物生生不息，欣欣向榮，但大哥此時的心情是怎樣呢？除了阿蘭能夠復活，天下再也沒有什麼力道能改變他了。」

辛捷想著想著，心裡的歡樂慢慢消失了，代替的是胸中瀰漫著感激上蒼之情，因爲——因爲——

上蒼對他是那麼眷顧，從一個無依無靠的孤兒，變成江湖上鼎鼎有名的大俠，而且得到了人間的至情，友情、愛情和師長的垂護之情。

「老天是多麼愛憐我啊。」辛捷輕輕嘆了口氣，聲音中充滿了滿足和歡欣，張菁也發覺他睜大眼睛，好奇的望著辛捷。

在幸福中，人們很容易想到遙遠的過去，於是，辛捷又回憶起與張菁初會的時候，他稍稍的瞟了張菁一眼，只見她仰著頭，大皮帽把她耳朵都罩住了，只有皓白勝雪的臉孔露在外面，那天真的模樣兒和十多年前並沒一點改變，只是出落得珠圓玉潤，更加豐腴了。

要知辛捷年少之時，對於用情並不專注，他處處留情，惹得人家姑娘相思而引爲得意，後來因爲和正直的吳凌風結爲兄弟，受吳凌風感染，方覺悟對於情感的浪費，是一件害人害己的事，甚至於可說是可恥，這才幡然改過。他對金梅齡起初並沒有感情，後來分別了，才發覺自己也很喜歡她，是以金梅齡之死（**他以為金姑娘已死**）他一直耿耿於懷，因此不敢再亂用情感，專心一致地愛著張菁，十多年來，夫妻間感情愈來愈好。

辛捷輕輕撫著愛妻的手，嘴角掛著微笑，心中充滿柔情蜜意，忽然天色一亮，原來車子已走出梅林。

「爹爹！媽媽！」「伯伯！」

金童辛平和林玉從屋裡飛奔出來，人還未到，便雙雙高喊起來。

張菁連忙把手一收，飄然下車，姿態美妙輕盈，走上前去，一手抱住一個。

辛平喘著氣道：「我和林姐姐從窗口老遠就看到了，咦，媽妳戴的是什麼帽子，真像一頭豹子。」

林玉道：「我們剛才還在擔心辛伯伯和妳不回來過年，誰知道才說完就聽到馬車聲，我們一塊跑出迎接。」

張菁笑道：「看你們急成這個樣子，梅公公在家嗎？」

辛平道：「他又到橋頭去沽酒了。」

辛捷問林玉道：「妳姐姐呢？」

辛平搶著答道：「她成天悶在屋裡，不喜歡和我們一起玩，媽媽，今年過年買什麼好玩的物事給我嗎？」

辛捷白了他一眼，正色道：「你先別急，上次離家時傳你的查拳四十九手，你都學會了？」

辛平向大家扮了個鬼臉，吐吐舌頭，也不言語就一招一式把四十九手查拳演了出來，辛捷見他招招正確，精微之處全部能夠領略，心中一樂，忍不住面露笑容。他一向並無爲父尊嚴，明知此時一笑，等於驕縱愛子，日後在愛子面前更是無法擺架子，可是畢竟忍俊不禁。

辛平愈打愈得意，使完查拳四十九招竟然意猶未盡，跑過去折下一根梅枝，叫道：「爹爹，平兒還多學了一套劍法，是梅公公教的。」

張菁道：「好啦，好啦，有本事也不必這樣急著顯呀，快進屋去。」

辛平對於他母親似乎更是不怕，他一抖小手，一攻一守，精神百倍的以枝爲劍，展開新學得的梅山民生平絕技「虬枝劍式」。

這套劍式從「寒梅吐蕊」，「冷梅拂面」，「梅花三弄」，一直到最後一招「踏雪尋梅」。共是一十八式，其中式式都是精奧絕倫，花去七妙神君這蓋世鬼才的畢生心血，辛平因年歲所限，內功不足，施起來雖不能發揮至最高效力，可是他站在一棵老梅下，但見手中枯枝上下飛騰，對這十八式都能正確使出。

此時正是梅花盛開之時，金童辛平在梅下使劍，只見點點白梅下落，別有一番氣勢，彷彿助長這虬枝劍法的威力，辛捷看得興起，長嘯一聲道：「平兒小心了。」說罷平推一掌，向辛平當胸按來，辛平知道父親要指點自己，他雖頑皮，可是對於武功卻是自幼即愛，當下反手一劍，一招「梅花三弄」，向辛捷左右兩脅點去。

辛捷雙肩同時左右閃動，避過枯枝，掌式仍然不變前推，辛平閃避不及，手上之劍又不能收回，只有奮起左掌，也向辛捷右掌崩去，兩掌一觸，辛捷驟然真力一收，辛平重心前傾，幾乎跌倒，總算他自幼練功，下盤十分穩固，滴溜溜打了幾個圈，雙手向空擊了幾下，才算穩住身形。

辛平滿面羞紅，連聲嚷道：「這劍法不管用，我不學啦。」

辛捷呵呵笑過：「小猴兒，這劍式是梅公公生平絕藝，怎說不管用，你小小年紀，能練到如此，也算是很不錯啦，你知道爲什麼我一出手，便破去你劍法？」

金童辛平不服氣道：「爹爹你力氣大，我劍法自然使不出了。」

辛捷大喜，走上前去摸著辛平的頭道：「真是我的乖兒子，你說得一點不錯，只要功力深厚，任何一門功夫都厲害，高手交手，一切招式對方都了然於胸，是以每每打到最後總是真力相拚，所以你在內功方面須要多多努力。」

辛平欣然受教，口中卻道：「爹爹，我知道啦，不知要什麼時候，我才能練得和高戰大哥一般強。」

辛捷笑道：「只要你肯照著梅公公和我教的法子去下功夫，等到你年紀長到你高大哥一樣大，功力也就差不多了，你想想看，我辛捷的好兒子能輸給別人麼？」

張菁見辛捷和兒子廝混，全然沒有尊嚴，真是好笑，想到辛平這小鬼對父母有如兄弟姊妹一般，並無畏懼之心，雖說是自己從小縱容，可是他父親也並未真正嚴加管教過，當下裝作生氣，一皺秀眉對辛捷道：「平兒愈來愈沒規矩了，都是你寵壞的，日後他如不聽話，你可不能怪我管教不嚴了。」

辛捷聳聳肩，林玉忍不住笑了出來。

辛平牽住張菁的手道：「媽媽，平兒一向是個很聽話，很聽話的小孩，從來不淘氣。」

林玉掙脫辛伯母牽著她的手，學著辛平的口氣道：「是啊，平兒是個很乖很乖的小孩，只是，只是專門和媽媽作對。」

辛捷張菁聽她說得有趣，都笑了起來，笑聲中，四人一齊走進屋子，室內爐火熊熊，令人有一種懶散的感覺，辛捷張菁夫婦看著這雙小兒女，不停的把松枝向火中加去，沒有一刻兒安靜，不由莞顏而笑。

正在此時，林汶走了時來，她低聲叫道：「辛伯伯，辛伯母！」

張菁見她幾月不見，臉上大見清減，悄聲道：「汶兒，妳又瘦了，妳別一天到晚想心事，妳有什麼難解的問題都告訴我，伯母一定替你設法。」

林汶臉上一紅，心內卻十分感激，低聲說道：「伯母，我心裡沒有想什麼。」

張菁笑道：「伯母像妳這樣的年紀，成天只懂得淘氣，就是天上的星星，我也想去招惹一下，心中哪裡存著一絲憂愁，汶兒，年輕的時候是應該快活些，妳不信去問妳辛伯伯去。」

林汶點頭道：「伯母說得是。」

林玉卻插口道：「辛伯伯，伯母當真……當真這麼頑皮麼？」

林汶叱道：「小妹，別不知規矩亂說。」

辛捷笑對林氏姊妹道：「妳伯母教妳們頑皮淘氣，妳們千萬別學，如果和她當年那樣……

那樣任性，將來只怕……只怕，哈哈！」

他原想說「只怕難找到婆家。」可是偷眼望見張菁神色不善，連忙乾笑混過。

「五花馬，千金裘，呼兒將出換美酒，與爾同消萬古愁。」一個蒼老的聲音吟著唐詩，漸漸走近，辛捷連忙走出，展開輕功，迎上前去，口中喊道：「梅叔叔，我們回來了。」

梅山民邁著大步，手中捧了個酒葫蘆，他見到辛捷，點首連道：「好，好，平兒這下可放心了。」

辛捷道：「梅叔叔，你把虬枝劍式傳給平兒了！」

梅山民微笑不答，仰起頭又喝下一口酒，口中反覆高唱著：「呼兒將出換美酒，與爾同消萬古愁，呼兒將出換美酒，與爾同消萬古愁。」一步步走向屋去，辛捷跟在後面，也一同進去。

晚飯後，老少三代圍在火邊歡談著，辛捷看著這一家人相聚在一塊，此刻真是一年中最快樂的時候，他心中有一種安適的感覺，因爲他已回到家了。家，這千萬他鄉遊子所嚮往的地方，畢竟有它值得令人懷念之處。

新正初三一過，辛捷夫婦啓程趕赴打箭爐。

又下雪了，辛平和林氏姊妹圍在門口，依依不捨，大有人去樓空之感。

辛平高聲喊道：「爹爹，媽媽，快回來呀！」

張菁笑笑，心中也有不捨，便說道：「平兒你好好學武藝，將來也可以代你父親去做些鋤強扶弱的事，免得你父親一年到頭馬不停蹄的跑來跑去。」

辛平點點頭，上前點燃一個沖天炮，嗤嗤一聲，直沖上天，硝煙瀰漫中，辛捷張菁雙騎如飛而去。

打箭爐，西去禪寺。

大廳前廣場上燈火輝煌，高高矮矮坐了六、七個人，有僧有俗。

其中有一個衣著黃色袈裟的僧人，頭如巴斗，雙目炯炯有光，正是正禪寺主持大和尚嘉西穆，他轉身向後座一位道家打扮少年道：「清虛道人，月已當中，那姓辛的小子怎還不來？莫非是畏縮不敢赴約麼？」

旁邊一個俗家打扮中年瘦漢插口笑道：「這小子如果不來，多半是知道道長在此，又害怕三位大師追魂飛蝶的絕招。」

這瘦漢是青藏一帶大盜，喚作大力神李天來，人雖長得枯瘦，可是天賦異稟，神力驚人，有一次他一手各抓住一隻巨犀獨角，抵住不讓犀牛前衝，最後兩犀力盡屈服，自此而後，李天來威名大震。有一年，他在川邊作案，不但劫財後又想劫色，被辛捷撞上，兩人言語失和，動起手來。

當時辛捷本可取他性命，可是憐他一身神力，功夫不錯，平日為惡尚少，是以劍式微微偏倚，削去他一隻左耳。

李天來引以為終生奇恥大辱，逃回老家苦練大力鬼王抓，五年之後，大有成就，恰好辛捷與西去禪寺三主持喇嘛結梁，三個喇嘛深知辛捷名揚四海，豈是易與之輩，是似遍請西南西北成名人物，準備將辛捷毀在打箭爐。那李天來正愁自己一人去找辛捷報仇，未免人單勢弱，如此良機豈可錯失，於是欣然應邀。

那道裝少年臉色始終十分凜重，他是西崑崙金光觀清虛真人，那西崑崙武功另成一派，與中原武學反道而行，可是歷年來能人迭出，隱約間已是青康藏高原武林盟主，所以清虛真人年紀雖輕，西去禪寺主持喇嘛仍然禮敬非常。

道裝少年道：「先師太乙真人當年肩上中了辛大俠一劍，苦思破解之法，閉關三年仍然不得要領，是以鬱鬱不歡，臨終之時忽然徹悟，原來辛大俠所施的劍法是失傳已達十年的少林絕藝『大衍十式』。」

西去禪寺首座主持大喇嘛嘉西穆討好笑道：「管他什麼『大衍十式』，洒家想來總不會強過貴派降魔杖法，不瞞道長，當年洒家在尊師手下走不到十招，就敗在尊師降魔杖下，如非尊師手下留情，洒家這顆巴斗大頭早就被打破了。」

那瘦漢也湊趣道：「待會姓辛的小子來了，要他嘗嘗道長西崑崙絕藝，莫說我們西方無能人。大衍劍法又怎樣？我李天來從來沒聽過，任是再凶，我想也有法子破去。」

「未必見得。」聲音從高處傳來，喘氣十分充足，震得廣場上大鐘嗡嗡作響，眾人抬頭一看，只見立在廳門口兩個高逾四、五丈大彌勒佛像頂上，同時出現一條黑影。

兩條黑影忽然長嘯一聲，一齊向下跳去。待到立地丈餘，各自在空中打了一個圈子穩住下墜之勢，雙雙飄然落地。

清虛真人心想：「那辛大俠名滿天下倒也罷了，想不到這女子功夫也如此高強，多半就是辛夫人，適才那招『蒼鷹搏雉』，能夠凌空打了個圈子，武林中已不多見，而且落地『平沙落雁』身法，運用之輕盈美妙，端的已入化境。」

辛捷張菁並肩走上前，辛捷向眾人一拱手，對三喇嘛冷冷道：「這三位定是名震西域的西去禪寺主持了。」

首座主持嘉西穆合十道：「正是貧僧師兄弟，辛施主不遠千里赴約會，真是信人，貧僧敬慕不已。」

說著一指身旁少年道士和瘦漢道：「這位是西崑崙金光觀主清虛道人，這位是大力神李天來李施主，李施主原是辛大俠舊認，自拜辛大俠之賜，日夜不敢稍忘，今日幸會，真是人生何處不相逢了。」

這嘉西穆原是西藏黃教僧人，天資甚是聰明，不但說得一口流利漢語，而且險詐無比，他藉著介紹，重挑起李天來削耳之恨，想使大力神與辛捷先行火拚，自己坐收漁人之利。

辛捷聽他說西崑崙金光觀主，不由臉色微變，張菁也是一驚，向少年道士問道：「貴派掌門太乙真人可好？外子與妾身一直想赴西崑崙山謝罪，並解釋昔年之誤會。」

清虛真人是個至性少年，聞言眼淚幾乎奪眶而出，悽然道：「先師於年前仙去，晚輩已然繼承先師道統，早年先師中辛大俠一劍，始終耿耿於懷，臨終之時猶念念不忘，想出施主所施的是『大衍十式』少林劍法，晚輩功力微弱，明知此劍式是千年來佛門至高降魔大道，但不自量力，願以本門武學向施主討教，以盡弟子之責。」

辛捷慘然道：「是非之間，原很難分，昔年一時收手不住，刺傷了太乙真人，想不到竟使真人鬱鬱以終，此事歸結起來，錯在我當時年輕性急，清虛道兄，你爲師雪恥，用心甚苦，就請動手罷。」

張菁急道：「且慢，令師風格高尙，得道已久，在生之時，必然不喜道長與這些低三下四的壞胚交往吧！」

那首座喇嘛城府甚深，聞言淡淡一笑，可是他兩個師弟和大力神卻按捺不住，咆哮如雷，那兩個喇嘛漢話本來不太純熟，此時急怒至極，藏語脫口而出，嘰哩咕嚕說一通。

清虛道人淡然道：「辛夫人教訓得是，貧道與這幾位朋友原無交情，辛大俠只管出手，貧道之事且不忙在此刻解決。」他這句話意思就是表明自己絕不站在惡跡甚著的喇嘛一邊。

張菁知金光觀主武功非同小可，她怕辛捷讓清虛道人先行動手，弄得不好就要吃虧，那時再戰正主兒，可就有些麻煩，是以出言套住清虛道人，她見清虛道人果然中計，不由暗喜道：「這道士是直性子，名家弟子，氣度端的不凡。」

那首座喇嘛心內大怒，但表面上不動聲色，暗道：「好哇，我們辛辛苦苦請你來，你竟假撇清撒手不管，待會連你這臭道士也一齊殺上，看看洒家手段。」

辛捷朗聲道：「三位大師約在下到此，不知有何見教。」

嘉西穆正要開口，他師弟西去禪寺第二位主持達和爾操著生硬的漢語，結結巴巴道：「你！你殺我徒兒……我……我要殺……你。」

辛捷長笑一聲道：「大師快人快語，這是死約會，不見不散，就請劃下道來。」

嘉西穆乾笑道：「好說，好說，你辛大俠劍法通神，內力精湛，貧僧師兄弟三人只有甘拜下風，不過，不過咱們也有樣小小的玩意，倒要請辛大俠品評品評。」

辛捷冷冷道：「久聞西方惡金剛師兄弟三人追魂飛蝶陣天下無雙，今日有幸見識，真是生平快事，大師請吧。」

原來這三個喇嘛人稱「黃教三魔」，大師兄嘉西穆外號「惡金剛」，二師兄達爾和外號「莽金剛」，小弟甸多立外號「勇金剛」，三人早年投身黃教，因爲屢破色戒，被黃教掌教趕出西藏。三人仗著一身武藝，霸佔了西去禪寺，胡天胡地的變本加厲，附近也不知有多少良家婦女遭了殃。辛捷在無意中誅殺了個採花賊，此人正是達爾和徒弟，是以黃教三魔替弟子報仇，擺下死約會找辛捷架樑。

惡金剛拍拍手，招來三個小喇嘛道：「你去傳令全寺僧人不准站在附近，免得誤傷。」說著向大力神看了一眼，大力神知他不願被人看見獨門暗器發射手法，便道：「大師父只管施展，這陣法厲害，在下在廳上恭聽好音。」

惡金剛笑道：「好說，好說。」轉身向辛捷道：「三位留神。貧僧就要得罪了。」

清虛道人年輕氣盛，冷哼一聲暗道：「這和尚連我也恨上了，難道我西崑崙弟子當真怕你不成。」

辛捷一伸手寶劍出鞘，心中連轉了幾個念頭，沉吟不決，張菁忽然叫道：「大哥，點蒼兩儀劍法，咱們一起來施，定能破去和尚們的飛蝶陣。」

辛捷大喜，脫口讚道：「菁兒，妳真聰明。」

張菁嫣然一笑，反身一拔長劍到手，清虛道人跑到寺內大廳，取出獨門兵器降魔杖。

莽金剛達爾和見辛捷夫婦有說有笑，全然沒有把他們放在眼中，不由大怒，戴上鹿皮手套，伸手從皮袋中抓了一把鐵蝶，就欲放發。

惡金剛嘉西穆沉聲道：「師弟莫急，排好陣式再動手不遲。」

說著惡金剛就走前一步，當中站定，他兩個師弟一左一右，側身而站，三人排成品字形。

辛捷起先一直在想破解飛蝶陣之妙法，他想用上乘內功迫出劍氣，固然可以破去，但此舉大耗真力，這三個喇嘛恨極自己，非制自己於死地不可，如果耗費真力太多，三個喇嘛再施毒計就不易抵擋，他正在左思右想，忽然被張菁一言提醒，心想點蒼兩儀劍法正是一切暗器之剋星，不由大喜。

辛捷低聲對清虛道人道：「這追魂飛蝶奇毒無比，道兄千萬小心，而且來勢有如漫天飛蝗，無孔不入，道兄請守住前方，敝夫婦從中策應。」

清虛道人見他說得誠懇，連忙點頭稱謝。正在此時，嘉西穆高喊聲「打」，三枚鐵蝶從三個方位襲來。

辛捷夫婦雙雙平挽一個劍法，方向一左一右，配合得天衣無縫，兩枚飛蝶被劍鋒削成兩半。

那清虛道人揮動長杵，一溜烏光閃起，襲向他那枚鐵蝶被他反擊而回。

原來他這降魔杖是西方太乙真金煉就，內中摻有南荒特產風魔軟銅，遇剛而韌，遇柔而剛，追魂飛蝶是精鋼打成，四周薄如利刃，碰到這根剛柔並濟的寶杖，竟被韌力彈開，鋒刃完好無損。

西去禪寺三喇嘛一言不發，連連發出飛蝶，清虛道人施展降魔七十二路杖法，舞得一片烏光，點水不透，辛捷夫婦前進後退，兩支長劍佈成劍幕，兩人臉露笑容，姿態瀟脫至極。

惡金剛師兄弟三人，眼見追魂鐵蝶已用去將近一半，敵人絲毫未傷，心內頗感焦急，惡金剛嘉西穆用藏語說了幾句，他兩個師弟立刻慢下來，不再搶發飛蝶。

清虛道人大感驚奇，忽然嘉西穆一揚右手，一隻飛蝶向清虛道人左邊飛去，清虛道人心笑惡禿驢沉不住氣，亂打起來，準頭也沒有了，忽聞辛捷大喝一聲道：「道兄小心。」

清虛道人一驚，降魔杖一招「橫掃心魔」護住前胸，只見那杖飛蝶突然改變方向，走成弧形路線，正向脅下飛來，砰然一聲，被杖身打偏落地。

黃教三魔見清虛道人手忙腳亂，哈哈長笑，飛蝶連連脫手，或走直線，或走弧形，辛捷夫婦仗著兩儀劍法自是應付裕如，清虛道人可就連番遇險，形勢垂危。

辛捷喝道：「菁兒快使『南極北陲』，走巽位，護住道兄。」

張菁長劍快如流星向南北兩方點了兩下，在空中劃了半個圈子，但聽見叮叮噹法一陣響，擊落無數飛蝶，張菁不敢怠慢，縱到清虛道人前面，一招「東木西金」，這正是兩儀劍法的精華，她才使了一半，辛捷的長劍遞了上來，接著使完下半招，只見暗器紛紛墜地，兩人相對一笑，心意相同，劍法使得更凌厲了。

清虛道人站在中間，以降魔杖護住辛捷夫婦兩側，此時辛捷夫婦擋在前面，破去大部分飛蝶，他如釋重負，專心一意的施開師門絕技抗敵了。

三個喇嘛見暗器將盡，辛捷等人半點不懼，不由相顧駭然，要知這弧形飛蝶陣，是當年青海一個大魔頭秘傳絕技，端的霸道至極，黃教三魔被掌教趕出西藏，投身青海那個大魔頭門下，學得此項絕技，出師門以來，生平只用過一次，就是廿年前大戰「西川五義」等俠義道，只殺得俠義道落花流水，一個不剩，自此西去禪寺黃教三魔威名大震，「追魂飛蝶陣」更是令人談虎色變。

首位喇嘛嘉西穆驀然一長身形，大喝一聲，連同師弟便往廳內跑去，辛捷一怔，隨即仗劍展開「暗香掠影」上乘輕功，跟上前去，口中喊道：「大師且慢，來而不往非禮也，看我辛某人的。」

他一彎身揀起一個石子，掌心運勁一吐，擊向嘉西穆後心，嘉西聞身後破空之聲甚疾，身形凌空，無處可閃，連忙一墜竄起之身形，反轉身來，劈空一掌，只見那顆小石子突然裂開為數塊，啪、啪、啪分別打在三人身上，三魔但覺後心穴道一麻，幾乎站身不住。

此時辛捷、張菁以及清虛道人都已進了大廳，黃教三魔一停之下，又都飛身向內縱去，辛捷等三人也跟蹤上前，辛捷目觀四方，謹防暗算，是以一時之間也不敢追得太近。

張菁邊跑邊說道：「大哥，你功夫真俊，爹爹的『飛花傷人』手法，你也學到啦。」

原來辛捷擲石子的手法正是無極島主獨門功夫，那石子不但去勢疾如強弩，而且最難的就是能在敵人身旁二、三尺炸開，分襲重要穴道。這手法必須透過內力外力，適當運用，那無恨生名列世外三仙倒也罷了，辛捷年方壯年，能夠練成如此地步，真可謂天縱之才了。

清虛道人不由甚是佩服，誠懇道：「辛大俠功力蓋世，晚輩連睹大俠絕技，真是不虛此行。」

原來適才三人同仇敵愾，清虛道人對辛捷大爲拜服，此時替師門揚眉報仇之心已淡了。

辛捷一指前面三個喇嘛道：「快追，快追，前面是條甬道，讓他們進去後，只怕埋伏機關，不易對付。」

三人發足狂追，通過大廳，辛捷眼看黃教三魔已近甬道，不禁大急，一長身足下運用天竺輕功，快如鬼魅地跟進甬道，只見甬道中一片漆黑，三個喇嘛不見蹤跡，方在沉吟，張菁和清虛道人也趕進來。忽然咔嚓一聲，辛捷叫聲不好，梅香寶劍一點地，借力倒竄，只覺身子與一硬物相撞，回頭一看一道鋼門降下，離地只有兩尺，甬道那邊也是一聲大響，顯然去路也被鋼門擋住。

辛捷大喝一聲，猛提一口真氣，雙手握住劍柄，挑向千鈞鋼門，他那梅香劍是一寶物，竟能透過內力，抗住此等重物，而不折斷，辛捷高聲喝道：「菁兒、道兄快出。」

他一開口，真氣微受影響，鋼門又下壓了幾寸，他內力深湛，一口真氣原可數用，可是所負太重，是以顧彼失此，張菁搖頭道：「咱們走去了，你自己呢，我們大家困在一起，也好有個照應。」

清虛道人正色道：「還是貧道支持這鋼門，賢伉儷終身爲國爲民，任勞任怨，中原受苦人民視賢伉儷如萬家生佛，千金之軀豈可蹈險。」

他說得大義凜然，辛捷一怔，鋼門又下垂寸許，清虛道人連忙一挺降魔杖，挑向鋼門，兩人一運勁，鋼門又緩緩上升幾寸。

原來清虛道人昔年隨師太乙真人行走江湖，雲遊天下，以覓俊才，光大西崑崙門戶，對於辛捷夫婦仁心俠行，心中早就傾慕不已，只爲師門恩怨，這才不得已要找辛捷較量，此時見辛捷處處表現犧牲自己，拯救他人的俠風，在臨危時絲毫未考慮到本身，反而挺身欲救一個仇人，這種風格，真是令人感動，是以大義凜然講出心中想說的話。

辛捷心想：「但教我吳大哥在此，兩人同心合力，這區區鋼門又奈我何，這道士武功不錯，但是年紀太輕，功力畢竟差了一些。」

清虛道人道：「貧道這根寶……杖，能夠……負載……萬鈞，只要……把鋼門上抬幾尺，就可把……此杖直立抵住。」

他功力遠不及辛捷，運功之餘又開口說話，大感吃力，一口真氣幾乎接不上來，正待調息，忽然後心一股陰柔真力傳過，真氣立刻歸穴，原來是張菁運起內功助他調勻真氣。

辛捷道：「好，倒是個好法子，大家一塊用力吧！」

張菁這十幾年在丈夫和父親熏陶下已遠非昔日可比，她也奮起全身力量，握著清虛道人的降魔杖，三人一齊運勁，那鋼門一寸寸緩緩上升。

張菁眼見辛捷兩目直視，額上青筋暴露，想到丈夫生平都是雍容敗敵，談笑摧凶，從沒有落得如此狼狽過，不禁一陣慘然，再一看清虛道人臉上時紅時白，汗珠不停流下，似乎已到真力耗盡地步，她這一分神，清虛道人但覺壓力陡增，幾乎支持不住，張菁見狀大驚，連忙運勁上抬。

「好了！」辛捷大喝一聲，說道：「清虛道兄快把降魔杖直立起來，這門由我撐住。」

清虛道人不敢怠慢，降魔杖向下一點，辛捷開聲吐氣，鋼門又上升了寸許，清虛道人手中長杖正好抵住，那門雖重逾千斤，但西方太乙真金所煉就的至寶畢竟不凡，竟然硬生生撐住，三人疾縱出廳，忽聞風聲大作，原來黃教三魔從後院繞過觀看動靜，發覺辛捷等人巧計出圍，乘著三個身形未穩，便一塊動手攻擊，三面精鋼方便鏟分別向辛捷、張菁、清虛道人遞到。

辛捷一拉張菁，腳踏詰摩步法，間不容髮從兩面方便鏟閃出，忽聽撲通一聲，清虛道人倒在地上。

辛捷目中盡赤，一招「寒梅吐蕊」，唰唰唰連點黃教三魔眉心，黃教三魔見眼前劍色森森，招招不出面門，大驚之下，各人心思一般，也顧不得什麼身分，正想倒地滾開，辛捷憤怒至極，怎容他們逃出劍圈，攔腰向首座喇嘛削去，他真力運足，劍尖自然發出絲絲之聲，扣人心弦。

說時遲，那時快，首座喇嘛剛一彎身，想施懶驢打滾，已是不及，慘叫一聲，齊腰被斬，上半身飛得老遠，辛捷更不打話，長劍依樣葫蘆向第二位喇嘛削去，那第二喇嘛達爾和見辛捷臉上凜凜生威，有如一尊天神，一出手便把師兄斬掉，登時嚇得忘記招架，閉目待斃。

張菁高喊：「大哥——」

辛捷知他對惡金剛嘉西穆死狀不忍，發言阻止，當時收回橫削之勢，梅香劍一吐點中達爾和死穴。

黃教三魔最小師弟見狀不佳，連忙往外便跑，辛捷哈哈狂笑，也不追趕，奮起神力舉起場中大鐘投出，但聞慘叫一聲，甸多立背上已被大鐘擊中，翻身一倒，正好被罩鐘下。

辛捷喝道：「大力神滾出來。」

張菁上前柔聲道：「那瘦漢見大哥殺了大和尚，嚇得面無人色溜走了。大哥，你別這麼凶狠狠地只想殺人，你看你臉色真嚇死人啦！」

辛捷滿腔憤怒被愛妻輕輕一句話，完全化爲烏有，一挽張菁道：「清虛道人怎麼樣啦？」

張菁笑道：「不打緊，他是用力過度，以致暈倒，正好躲過和尚們的方便鏟。」

辛捷急急上前替清虛道人推宮過血，張菁道：「虧得點蒼謝老師的兩儀劍法，不然今日之事不可逆料哩！」

辛捷點頭道：「還好先前沒有妄用真力，否則剛才再也挑不動那扇鋼門，菁兒，我倆結婚以來，大小之戰何下百次，倒是以今日最爲狼狽了。」

原來點蒼大俠謝長卿自五華山一役，自斷雙手姆指，以示終身不再用劍，歸隱山中不問江湖之事。有年辛捷夫婦路過點蒼，去尋「滇池人屠」霉氣，不意巧遇謝長卿，三人盤踞了幾天，謝長卿便把本門一套專破歹毒暗器的兩儀劍法相授，以壯行色。

清虛道人悠然醒轉過來，他手飛一按地，站起身來，一看惡金剛橫屍地上，達爾和雙目緊閉，氣息全無，辛捷背手而立，神態悠然。心想到他手抗千鈞壓力之後，還能漫不經意的殺死黃教三魔，真是又驚又佩。

辛捷道：「清虛道兄，快快坐下調息一番，不然真氣失竅，難免內臟受傷。」

清虛道人依言坐下，辛捷伸手與他手掌相抵，半晌之後，只見他臉色漸漸紅潤，張口吐出一口鮮血，張菁道：「不妨事了。」

清虛道人一躍而起，臉上神色怪異，似乎陷入極大之矛盾中。他向辛捷夫婦一揖，便欲走開。

辛捷張菁是何等聰明人，知他此時心中感激自己一再相救，雖然願意與自己相交，可是師門之仇卻不可辭，是以進退兩難。

辛捷還了一揖道：「道兄不必爲難，今日之事，危難之中大家同舟共濟，原來算不得什麼。道兄爲師復仇，只管來找愚夫婦便是。」

清虛道人默然，他眼睛向四面一掃，大步跨入廳中，走到甬道門前，只見那降魔寶杖的神妙，負載如斯重物竟然不折不曲，只是石板地經不得如此壓力，已然碎裂一塊，那降魔杖杖頭正一分分插入地中。

辛捷過來找到機關所在，一按簧鈕，鋼門上升，清虛道人運勁拔起寶杖，道聲珍重，幾個起落便消失在黑暗中。

殘月偏西，曉星閃爍，黎明前有一段最黑的時候，馬蹄聲打破了大地的寂靜，漸漸的遠去了。

西去禪寺三主持喇嘛威震打箭爐垂廿載，誰又想到會在一夜之間，化爲南柯一夢呢！

人。

八 曠古傲今

「轟隆！」「轟隆！」「轟隆！」電光閃著，焦雷一個接一個，夏天的暴雨聲勢的確嚇人。

漢水濱那座臨江茶館又躲滿了歇雨的人，每人泡杯濃茶，三三五五高談闊論。

「梢公！這雨是下不久的，待會雨過天晴，渡我過江去，船費加倍。」說話的是個中年漢子，操江南口音。

「客官，不成。」梢公搖頭道：「這樣大雨，山洪定然暴發，這漢水水勢在兩天內是不會靜下來的。」

那江南漢子似有急事，連向梢公套交情，那梢公只是搖點不允。

那茶館老板笑著走過來對江南漢子道：「這位兄台有何急事？雨後行舟的確十分危險。」

那江南口音漢子無奈，只得怏然坐下，忽然發覺適才和自己坐在一塊聊天的幾個鹽販子都相繼離開，坐在旁座津津有味地聽一個大漢吹牛去了。

江南漢子心中奇怪，湊近去聽聽，那大漢正在吹的起勁，眾人都靜肅起來。

大漢道：「前幾天天龍幫和漢水幫爭奪地盤，約定在黃鶴樓頭決鬥，各位老哥是知道的了。」

眾人都差不多全是鄂省本地人，對於這水陸兩路勢力最大的幫會爭鬥自是都聽說過。

大漢接著道：「本來這次是天龍幫總舵主不對，他竟然想吞併咱們漢水上下幾萬兄弟，這才激怒咱們漢水幫，幫主為了幾萬兄弟飯碗問題，決定決一死戰。」

人群中有人問道：「那麼老哥是漢水幫了，不知在何處開舵？」

那漢子慚然道：「兄弟不過是名幫眾，那天兩幫精銳聚集黃鶴樓頭，眼看一場流血爭鬥無可避免，天龍幫請到了武功山無名頭陀助陣，咱們漢水幫本來就比較勢弱，幫主為了眾兄弟，挺身而去，明知敵人人勢眾多，可是忍不下這口鳥氣。」

他說到此一停又道：「雙方終於說翻，正要動手，天龍幫仗著無名頭陀，全然不把咱們放在眼內——」

說在此，忽然有人高聲問道：「那無名頭陀可就是在湘南道上一掌伏四雄的禪師嗎？」

大漢咦了一聲，望望發言的人道：「這位兄台端的見聞多廣，無名頭陀正是一掌伏四雄的禪師，各位請想天南四雄萬兒多響，可是被無名頭陀單身就把大寨挑翻，那無名頭陀是何等功力就可想而知了。」

大漢接著道：「咱們漢水幫眼看就要覆滅，總算上天有眼，正在危機一髮之際，卻來了一個天大的救星！」

眾人齊聲問道：「誰啊！」

大漢得意笑笑，慢慢道：「梅香神劍辛大俠夫婦！」

此言一出，眾人紛紛交頭接耳，各自想道：「原來是中原之鼎辛大俠出手，難怪這漢水幫的老哥今日還能興高采烈地大吹大擂。」

大漢高聲道：「辛大俠這一露面立刻藝壓全場，他老人家雙手揣在衣袖中，只用兩隻腳就踢翻天龍幫一十三位舵主，那無名頭陀不服氣，也上了，各位猜猜怎樣？」

眾人正聽到緊要關頭，見他忽然賣關子，不禁心癢難搔，連連催促。

大漢接著道：「辛大俠的功力是不必兄弟說的，連辛夫人也是巾幗奇才，那無名頭陀要找辛大俠挑戰，辛大俠不屑與他動手，辛夫人就接下了，不到廿招，嘿嘿，無名頭陀狂叫一聲，辛夫人收劍閃開，各位兄台你道怎樣？」

眾人齊聲問道：「怎樣？」

大漢哈哈大笑道：「那和尚僧袍全身鬆寬之處都多了兩個對穿的劍洞！」

眾人歡聲如雷，那江南口音的漢子默默道：「辛捷，辛捷，又是他。」

他抬頭一看，天色現晴，原來雨已停了，「辛捷，辛捷，老子總有一天要見識你。」

他眼角浮上一層殺氣。

他望著窗前洶湧的大江，怒濤澎湃，知道今天是不能渡江了，不由又踱回原座，那漢子仍然在吹噓著。

「最使兄弟感動的就是辛大俠排解兩幫糾紛那幾句話，他說現在國家多難，咱們男子漢大丈夫不能持戈以衛國，還一天到晚爲吃一口飯而自相殘殺，真是愧對父母生我一場了，兄弟準備只要朝廷一招兵，這就投軍去，殺幾個韃子爲國家盡一份責任。」

眾人紛紛叫好，吼道：「只要辛大俠一聲號召，咱們一塊到遼東去殺韃子！」

聲音如雷，震得桌上茶杯亂動。

又飄雪了，秦嶺路上，白茫茫一片。

從遠處來了兩騎，蹄聲得得，在厚厚的雪中留下了兩排痕跡。

「大哥，那是什麼？」白馬上的少婦一指著前面問道。

「菁兒，那是一具屍體，被雪蓋著的，只剩下兩隻腳露在外面，咱們上前看看。」

原來這兩騎上正是辛捷和張菁夫婦。

兩人上前，跳下馬來，辛捷用劍把雪劃開，只見一個人直挺挺的倒在雪中，已然死去多時。

辛捷臉色突然十分凜重，張菁驚問道：「大哥，你發現了什麼嗎？」
辛捷點頭道：「菁兒妳瞧，這漢子死得古怪極了。」
張菁仔細一看道：「大哥，你是說他全身並無半點傷痕嗎？」
辛捷用劍柄一揮，那屍體左手應聲寸寸而斷，對張菁道：「妳看，這是被什麼功夫傷的？」
張菁想了一會答道：「是一種極爲陰柔的內力震碎全身。」
辛捷沉聲道：「菁兒妳說得一點兒不錯，這出手之人功力之高，已達不可思議的地步。」
張菁問道：「這人陰柔氣功比我爹爹還厲害嗎？」
辛捷沉吟了一會，對張菁道：「菁兒妳別生氣，當今世上若說內力深湛，當推著世外三仙中的平凡上人，他老人已有二甲子的功力，妳爹爹雖然是蓋世之才，服過千年朱果，可是年歲修爲上到底差了一籌——」
張菁插口嗔道：「大哥，我問你這下手之人比爹爹如何，誰要聽你比較天下功夫哪個最強啊！」
辛捷正色道：「此人功力絕不在平凡上人之下。」
張菁不樂道：「那是說比爹爹強囉，我不信。」
辛捷笑笑，忽然道：「菁兒，咱們查查看附近還有沒有別的痕跡，要是此人像天煞星君一樣善惡不分，中原武林只怕要浩劫臨頭了。」
張菁忽道：「大哥，咱們碰上他怎樣？」
辛捷道：「如果他殘殺無辜，迫害武林同道，說不得只好不顧性命和他周旋周旋。」
張菁見他臉色凜然，知他心意已決，便道：「我怎麼從來沒聽說過當今世上還有這等高手？咱們先到無極島去找爹爹相助。」
辛捷縱聲長笑，張菁嗔道：「笑什麼？」
辛捷翻身上馬，朗聲道：「梅香神劍夫婦，又豈是畏事怕強的人，菁兒咱們搜搜看。」
「大哥！」
「菁兒！」
「得」「得」「得」！蹄聲遠了，大雪迅速的又把來路上的蹄痕填滿，在地平線的極端處，還有兩個小黑點在晃動著——
那是英雄的歲月啊！
那是輝煌的歲月啊！
林汶輕輕的推開窗子，用力吸了吸寒冷的空氣，胸中感到大為舒暢。
雪花片片飄著，林汶呆呆望著窗外，蒼白的臉上現起了淺淺的紅雲。

「一年多了，怎麼還不來瞧瞧我們？不知他長成什麼樣子了？」她又想到了高大哥……「不管人們憂、愁、喜、樂，光陰的輪子還是不停地轉著。」她悄悄地想：「古人說勸君莫惜金縷衣，勸君惜取少年時，練武又有什麼意思呢？高大哥心地善良，練了武功不知會不會改變他，我寧可死去也不願瞧他殺人的模樣，那情景對他是多麼難堪啊！」

「呀！我該去燒飯了，梅公公多半不回來啦，這兩個小孩不知又溜到哪兒去了？我看他們一天都不能分開，將來一旦……一旦……怎麼辦呢？」

她跑進廚房，架上鍋子煎蛋，心思卻又回到關外去了，長白山下的牛羊，榆莊莊前的大樹，在那裡，在那裡……

高戰笑嘻嘻的爬在樹上採榆錢子——那是可吃的，她姊妹兩人站在樹下接著，高戰愈爬愈高，樹枝蕩著蕩著，她的心也跟著起伏不安，生怕高戰跌下來。

「高大哥，你以後別再爬得那麼高，每次教人提心吊膽。」

高戰漫不在乎的笑笑，從她手中拿了幾串嫩嫩的榆錢子，放在口中咀嚼著。

咀嚼著，林汶似乎口中又嚐到榆錢子清香而略帶苦澀的味道。

一股黑煙冒起，林汶一驚，原來蛋煎得焦了，她苦笑一聲，把燒焦的蛋倒去，又繼續弄飯菜。

餐桌上，菜餚熱氣騰騰，甜香四溢，林汶吁了口氣，看看兩個小娃兒還沒回來，又踱到窗前。

「關外的風雪一定更大吧！高大哥會不會多穿些衣服？會不會想我呢？」她羞澀的低下頭。

「有的人一生轟轟烈烈，像辛伯伯辛伯母一樣，只想到別人，從沒想到自己，有的人自私自利，鑽營一生，可是並不能成就大功大業，我當然希望高大哥像辛伯伯一樣，可是這樣誰來陪我呢？」她頭更加低垂了。

「人們真是奇怪，有些事明明知道是白費心力的事，然而偏偏要去做，人生不過短短幾十年，過去了，就像飄下的雪花被太陽蒸融一樣，高大哥功夫學成，一定也是終年爲人勞碌，可是幾十年後，當不能再替大家服務的時候，人們還會記得他麼？」

朔風怒號，寒氣逼人，林汶情思擾擾，依在窗前時而眉尖深凝，時而頰露笑容。

「我明白了，爲什麼人們肯犧牲自己，肯做一些成全他人的義舉。」她輕鬆的笑了起來，似乎是想通了一個大大的難題，眼睛也亮起來：

「那是愛啊，當人們受了愛的鼓勵，那麼一切艱難都不再被認爲是艱難了，一切的事業也就在這無比的力量下建立了。」

「是的，那是愛，」林汶喃喃道：「像我現在去爲高大哥作任何事都是願意的，只要他好，我就算死去又有什麼關係呢……」

在這時候，寒風凜冽地吹著，捲帶著雪花，也捲帶著貧苦人民的呻吟聲……

關外的錦州，也籠罩在冰雪中，然而就在這冰天雪地中，一個驚天動地的孤兒成長了！

風家莊園——

朱漆的屋宇上覆著一層軟軟厚厚的白雪，院中松青柏翠，離離蔚蔚，不禁令人想起「松柏後凋於歲寒」的話了。

大雪迷濛，是黃昏將黑之際。

假石山邊，這時卻坐著三個人，前面是一個白髯皓皓的老翁，對面一個年及弱冠的少年和一個三十左右的青年。

兩個年輕的都是盤坐在地上，雙目微閉，面色紅潤，那麼大的雪花中，兩人的身上，卻是一絲雪痕都沒有

那白髯老翁面露緊張之色地看著一雙青年，一會兒看看左面，一會兒看看右面。

漸漸，兩個年輕人的頭頂上冒出一絲絲白氣，那雪花還沒有飄近，就被一股無形之勁彈起跳開，落在一尺之外，霎時這兩人盤膝之地，成了直徑二尺的一個圓，圓外堆著白雪，圓內卻是乾土。

那老人的臉上露出一絲安慰的微笑，但是隨即又爲更緊張的神色所取代，他目光炯炯地盯

在少年的臉上，只見那弱冠少年頂門蒸氣大盛，宛如揭開蒸籠，面色也愈來愈紅，這樣過了片刻，那少年臉上忽然露出一絲痛苦之色。

老人大急，正要開口，那少年身形一陣顫動，臉色漸漸由紅色褪白，老人眉頭雖然緊蹙，但是臉上緊張之色大減，只聽他喃喃道：「唉，豈能怪戰兒，他年紀不過十八、九歲，能達這般地步，只怕已是曠古未有的了，我老兒到六十歲外才能通過這一關的──咦──」

原來那少年頂上蒸氣又復大盛，臉色也又變紅潤，而且較之方才猶有過，老人滿面驚奇地望著少年，只見那少年緩緩抬起兩掌，高齊肩止，猛然雙目一睜，雙掌往外一抖，半丈之外一棵小松應聲而折！少年一躍而起，大叫道：「師父，師父，我練成啦！」

老人無比驚奇地望著這一幕從古未有的奇蹟，難以相信的搖了搖頭，但是忽然之間，他像是恍然大悟地縱聲長笑道：「是啦，是啦，是我老糊塗了，戰兒你幼時吃的那棵千年參王真有神鬼莫測之功呢，本來咱們這門先天氣功若是不能一口氣打通第十層大關，就得重新再從第九層練起，豈料，哈哈，你方才分明已是失敗，卻再接再厲地一次一舉而成，戰兒，你又創造了一項奇蹟……」

陡然他的臉色大變，原來他瞥見左面那青年！

只見那青年猛然全身抽搐，身軀抖顫不已，老人大喝一聲，右掌如閃電般一連拍出五掌，全都拍在那青年胸腹之間，那青年一聲輕哼，萎然倒在地上，緩緩睜開雙眼，失望地道：「師父……我對不起您老人家，我……」

兩滴淚水沖著臉頰滴了下來。

老人忙喝道：「鵬兒，萬萬不可開口，聽爲師說——」

那青年眼珠一轉，落在身旁少年的臉上，只見那少年臉色如龍行虎躍，中氣直透華蓋，不禁又是羨慕又是高興的點了點頭。

老人柔聲道：「鵬兒，你萬不可氣餒，方才你強行硬過第八層風火之界，結果真氣逆轉，若非我急點你『氣海』五穴，只怕立刻就得走火入魔——鵬兒，你能練到這般境界，爲師已是滿意萬分，須知先天氣功乃是當年全真教之絕技，自全真淪沒後，輾轉傳至關外，終成我派鎮山之寶，統數歷代祖師，能練到七層之上的，不過五人而已，你還不滿足麼？」

接著老人又道：「你師弟幼服千年參王，休看他年紀輕輕，其實早具有一甲子以上的功力，他的成就不僅你鵬兒不及，就算是爲師也自嘆弗如哩——」

那少年被誇得不好意思，伸手握著師兄的手，喊了一聲：「師兄——」

老人望著這師兄弟倆拉著手，都是一般俊逸超人，心中不禁暗暗自得：「有這一對好徒兒，風柏楊你還有什麼遺憾的？」

不用說，這三人正是邊塞大俠風柏楊和他的兩個弟子，李鵬兒和高戰。

李鵬兒自隨丐幫護法金老大來到錦州，投拜風柏楊爲師，風老兒瞧在金老大的面上，是非答應不可的，而且他也著實喜愛鵬兒聰明忠厚，當晚就破例收了這個徒兒。

春去秋來，轉眼就是十多年，李鵬兒在潛心苦練下，邊塞大俠的一身武林絕學差不多全學了去，只是先天氣功受於年齡功力所限，只練成七分。

去年，邊塞大俠帶著高戰回家，即是收了第三個徒弟，由於高戰當時就已具有幾十年的內力造詣，是以一年之後，竟創奇蹟似地把先天氣功練成！

風柏楊老懷堪慰地微笑道：「好，好，你們師兄弟去歇歇吧——」

他老人家一拂白鬚，輕輕一步就跨出三丈，從拱門中走出——

驀地，他驚咦了一聲，臉上神色大變——

高戰一扯師兄，兩人跑了過來，只見師父目暴精光，銀鬚抖動，注視著牆上！

兩人跨過拱門，一瞧牆上，只見紅磚牆上駭然釘著一張大紅拜帖。

二人對視一眼，趨近一看，只見帖上寫著：「邊塞大俠風柏楊兄足下：

久聞風兄威震關東數十載，功參造化，學究天人，小弟衷心感佩，月圓之時，決赴貴莊一會。」

下面署名是「宇文彤」。

高戰驚問道：「師父，宇文彤是什麼人？」

風柏楊正在沉思之中，喃喃低語：「奇怪，我還沒有去找你，你倒找上門來了，哼——戰兒，宇文彤你不認得嗎？你們見過面啊。」
高戰奇道：「宇文彤？我不認得啊。」
風柏楊漫應道：「宇文彤，就是天煞星君！」
高戰和李鵬兒都不禁驚呼出聲，高戰怒道：「哼，原來是他——」
風柏楊揮手阻止他說下去，輕聲道：「宇文老鬼打傷金老大的樑子我們還沒清，怎麼他倒找上門來？」
高戰陡然想起一事，不禁呵了一聲，神色一變。
風柏楊道：「戰兒，怎麼？」
高戰道：「我知道天煞星君為什麼要來了。」
風柏楊奇道：「什麼？」
高戰道：「天煞星君的徒兒，師父您是見過的，竟是殺害林家老伯的兇手，那天我遇上林家姑娘時，正碰著那廝殺害林老伯，我去和他理論，結果動了手，那廝驕狂托大的緊，全然不將我放在眼內，後來我施出他師父傳我的獨門點穴手法，他一驚之下，被我打到懸崖底下去啦——」
李鵬兒道：「打得好。」
風柏楊皺了皺眉頭道：「這就是了，也好，反正我遲早要去找他們。」

高戰道：「距十五日還有兩天，師父，他是說到咱們這兒麼？」

風柏楊沒有答話，抬起頭來看了看天空，雪停了，初升的月兒顯得格外大，已是近圓了。

月亮高掛，正是月圓之際。

大雪停了兩天，地上的雪可沒有化，像是層白棉毯似的，走在上面一腳高一腳低。

高戰和李鵬兒站在亭角邊，對面站著風柏楊。

朔風吹著，發出嗚嗚的怪響，高戰輕輕道：「師父，天煞星君還沒有出來。」

風柏楊摸了摸白鬍子，用微笑掩飾著緊張，朗聲道：「咱們不管他了，今天是十五，該練兵刃，來，你們練兵刃——」

李鵬兒道：「現在？」

風柏楊點點首道：「正是，鵬兒，你把『少陽劍法』最後十招再練一遍。」

李鵬兒從背上刷地抽出長劍，向師父行了一禮，就開始練將起來。

鵬兒在邊塞大俠門下苦練了十餘年，關外武學實已盡得其奧，只見他緩緩把這十招外柔內剛的「少陽劍法」施得顧盼生姿，招式雖似呆緩，其實內勁暗蓄，火候老道之極，看他年紀輕輕，那劍式中竟然透出一絲古樸之態。

風柏楊知這徒兒已深得這劍法之奧妙，笑道：「好，鵬兒，這套劍法成了。」

鵬兒劍光一匝，收劍恭立。

風柏楊道：「為師一生但憑一雙肉掌對敵，其實咱們這派兵刃上功夫也自不弱，只是戰兒，我覺得你那祖傳大戟雖是戰場上廝殺的兵器，可是我從那戟頭製作大異尋常鐵戟上看來，這大戟似乎也能當做上乘武學的兵刃，如果說是能把杖法、劍法和判官筆一類的招式熔於一爐，我瞧戰兒你定可創出一種極厲害的獨門戟法來。」

高戰道：「憑弟子這一點武學那裡談得上『熔於一爐』、『獨創一格』？」

風柏楊道：「戰兒，你這等機遇資質實是曠古難逢，為師希望你不鳴則已，一鳴驚人，你要先分別苦練最上乘的劍法、杖法和掌法，等到這三種都臻上乘之後，高深武學之間自有脈絡可尋，那時再求熔於一爐，所創新招必能超凡駭世，是以為師對你兵刃方面，只授你入門招式，至於真正最上乘的招式，那要瞧你機緣如何了，須知劍法、杖法、掌法，到底不是吾派武學精華所在——」

說到這裡他忽然道：「鵬兒，你把劍子給我。」

李鵬兒把劍遞給風柏楊，風柏楊執著長劍輕輕一抖，發出「嗡嗡」一聲刺入耳膜的震動，高戰暗道：「師父謙稱自己不是劍術名家，其實他老人家一藝通而百藝通，瞧他握劍之勢，就令人心折。」

風柏楊雙目翻天沉思了一會，忽然一步跨出，劍光陡然一伸一吐，一連三招施出。

高戰看了兩招，心中一動，暗忖：「咦，這套劍法在哪裡見過，怎地好生熟眼？」

風柏楊一連施出五招，高李二人只覺招招奧妙無比，勁風凜然，心中不由大是佩服。

風柏楊呵呵長笑，一收劍道：「戰兒，你必覺這劍法好生眼熟是不是？哈哈，告訴你吧，那年雁蕩大俠喜筵中，梅香神劍辛大俠一路劍法力挫天煞星君的事你可記得？」

高戰恍然大悟，叫道：「我記起來啦，辛大俠施的正是這套劍法，原來師父你也會——」

風柏楊大笑道：「我知道你們心中在說：『師父劍法俊得緊啊。』其實呀，我不過憑記憶力硬記下辛大俠的幾招，看起來真有那麼回事，但真碰上高手，三招兩式就得出醜——」

高戰道：「那辛大俠的劍法可算得上一流吧。」

風柏楊正色道：「豈止一流，為師活了這大歲數，還是頭一遭目睹這等精妙劍法。試想天煞星君何等功力，那辛捷縱然天資奇佳，在功力上究竟遜了一籌，但是以天煞星君的狠辣招式猶自栽在他劍下，由此可知辛大俠劍法之妙了——戰兒，我瞧那辛大俠為人頗好，對你也很不錯，他日有緣，若是能得他指點一二，那麼對你研習上乘劍法必然大有裨益。」

高戰道：「弟子下次碰上辛大俠，必然求教。」

驀然，一聲長笑劃過長空，那笑聲好不驚人，起聞時尚在數丈之後，笑聲未歇，已在數丈之前，高戰和李鵬兒大驚抬頭，忽覺眼前一花，師父已如閃電般升空而起，身形如天馬行空飛撲向黑暗——

高戰一長身形，如貓狸一般上了牆頭，遙目四望，只覺夜黑沉沉，哪裡有一個人影？

正待更躍高處，忽聞身後師兄叫道：「師弟，快來，這有一封信簡。」

高戰連忙躍回院中，只見李鵬兒從左邊廳樑上取下一封白簡。

兩人湊近一看，只見一只信封上寫著「風大俠啓」四個字。

兩人對望一眼，不敢拆開，正焦急間，忽然人影一晃，風柏楊已落在眼前。

李鵬兒連忙把信簡送上，風柏楊拆開一看，只見信上寫著：「小弟突逢要事，須赴塞北一行，風兄如欲一清舊帳，半月後請赴華山絕頂一會。彤白。」

風柏楊面色凝重，喃喃自語：「哼，這魔頭一年不見，功力又精進了。」

從這句話中，高戰和李鵬兒意識到師父並沒有追上那天煞星君宇文彤！

風柏楊輕歎了一口氣道：「半月後赴華山，我就得動身了，鵬兒我瞧你功夫已練得足夠獨當一面，明日你就入關，一面磨練磨練江湖經歷，一面尋找你金叔叔，丐幫恢復的大任全得看你哩！至於戰兒——」

他望了望高戰，接著道：「戰兒留在家中也是無聊，倒不如跟著你師兄走走，兩人也有個照應，再說，你也該去瞧瞧林家姐妹。」

山海關下，兩個健壯的青年背著背囊，匆匆趕路。

這兩人正是離開風家莊入關的關外「天池派」傳人，李鵬兒和高戰。

十多年前，李鵬兒在四面楚歌的淒涼情景下，由金老大背負著夜渡山海關，投奔邊塞大俠，這時他重行入關，想起自己身上的重擔，不禁又是感慨萬千，又覺雄心萬丈。

高戰也默默地走著，上一次他走進這「天下第一關」時，正帶著一顆破碎的心，捧著爹爹的骨灰，流浪野宿，在困境中掙扎著，此刻他身懷驚世駭俗的先天氣功，和馳名武林的關外絕學，那巍巍的城樓，似乎給了他更多的啓示——對於人生。

城門依然是那麼老舊，大塊的花崗岩仍是那麼古意盎然，從城門洞穿過的大道也還是那老樣兒，在路上走著也是當年的那兩個人，然而，這兩個孤兒已成長了。

誰也瞧不出，這兩個莊稼打扮的後生，會是即將震驚武林的青年高手。

地上濕滑滑的，兩個人默默地走著，天愈來愈黑，路上行人愈來愈少，這兩個人的步子卻愈來愈快，而泥地上的足印也愈來愈淺。

月亮從雲堆中閃出來時，這兩人已成了兩道黑線在原野上滾過。

高戰的聲音：「咱們錯過了宿頭。」

李鵬兒嗯了一聲，接著道：「前面有個林子，咱們去瞧瞧能不能找個地方歇歇。」

兩條人影帶著破空的聲響，穿進了那座廣大深遠的森林。

夜風在林木頂上哭泣著。

月亮悄悄走進了雲堆

月亮再次鑽出來的時候，已是西偏了。

然而，兩個人仍在林子裡胡亂轉著。

高戰指著一棵奇形的大松樹叫道：「師兄，咱們怕是迷路了，你瞧，又轉回這兒了。」

李鵬兒也叫道：「這林子有點古怪，我瞧今夜是走不出去的了，倒不如明兒天亮了再說。」

高戰道：「咱們就歇在這大樹根上吧，只要不下雪——」

李鵬兒抬頭從樹枝孔中看了看半天，搖頭道：「我看今晚不會落雪。」

師兄弟倆把包袱墊在頭下，把衣領往上扯了扯，躺下身來。

樹根兒梗著背脊，這感覺對高戰是熟悉的，他枕著包袱，手撫著身邊收短了的大戟，他似乎又回到了那流浪的歲月……

姬蕾的嬌靨在眼前蕩漾著，那一顰一笑，那馬背上的倩影，衣帶兒隨風飄在空中，雪白的小手飛掠著秀髮……

「吼——」

一聲低沉而有力的怪響從林子的那邊傳了過來，使這兩人都一驚而起。

「吼——」

又是一聲！

高戰懷疑地道：「不會是大蟲吧？」

李鵬兒肯定地搖了搖頭，低聲道：「這林子中有高人——」

高戰陡然醒悟，也低聲道：「你是說——這是高人練功時所發出來的聲音？」

李鵬兒輕輕點了點頭。

那吼聲漸漸愈來愈密，倒像是兩種略爲不同的吼聲相合著，那頻率愈來愈快，最後幾乎連成了一片。

高戰道：「師兄，咱們過去看看。」

李鵬兒沉吟了一下，點了點頭，把背包繫好，伸手指了兩指，低聲道：「你走那邊，我走這邊，咱們在前面會合。」

高戰點了點頭，伸手拿起地上的大戟。

李鵬兒一揮手，往左面走了過去，高戰也施展輕功住右面繞了過去。

他揚了揚手中的鐵戟，撥開一些長及膝蓋的枯草，往那發聲處走去。

那吼聲愈來愈震人心弦，高戰提著一口真氣，輕輕一飄就是數丈，身軀在密立的樹幹中輕巧地繞過。

忽然，高戰發現一樁異處，原來這林子原都是合抱以上的老松，這時他前面卻是一片杉樹，倒像是一個松林當中嵌著一片杉林一般，他偏頭想了一會，也就走入杉林。

走了不到三步，他忽覺眼前一花，那身旁的杉木都像是蒙了一層怪霧，他回頭一看，來路竟然已不可辨，一切景物都是似真似虛，周圍像是有無數條路，又像是沒有一路可通，高戰不禁一愕。

他走前一步，忽然眼前出現一棵粗樹攔路，用手一摸，卻又空空無物，他暗忖道：「這杉林必是一個古怪的陣式。」

他耐著性子轉了好半天，卻似離那吼聲愈來愈遠，也分不清到底是自己遠離了，還是吼聲遠離了。

「我不要被困在這裡——」

迎面空氣中似乎帶著絲絲濕氣，高戰一嗅之下，猛覺鼻中一涼，他連忙緊張地提了一口真氣，霎時先天氣功遍佈全身。

他又挨著前行了幾步，似乎覺得轉了一個彎，但是眼前景色仍是一片模糊。

高戰疑惑地抬目四下瞧瞧，除了粗大的樹根外，一切都是迷迷糊糊的。

忽然有一陣冷風拂體，高戰下意識的立定馬步，但四下仍是靜悄悄一片。

走了半刻，又轉了一個彎兒，高戰步步為營的慢慢移動著，猛的「吼」一聲，清晰的傳入他的耳鼓中。

高戰猛一止步，覷定方向，腳下有如流水行雲，斜掠而上，全身先天氣功已然發動，這時候就是陡受阻擊也不會稍有傷折。

黑暗中似乎隱約有人「咦」了一聲，高戰一橫心，有若不聞，欺身掠前，但兩目兩耳都全用上了。

「嗤」一聲，是左方傳來的。

高戰猛地大吼一聲，鐵戟一蕩，掠向左方。

「嗤」一聲，卻是發自右方。

黑暗中那發聲者身形好快，高戰一驚，鐵戟急擺，身形有若大鳥，在空中打一個圈，斜掠向右方。

身形未至，長戟揮出，「嘶」一聲，劃破週遭空氣。他這一挑之勢，乃是防身妙著，皆因他此時處於敵暗我明之境地中，不暇進攻，先求自保，這一戟挑出，身形登時定下來。

黑暗中卻是沉沉無聲。

高戰一怔，飛快沉吟一下，朗聲道：「何方高人隱於此地，在下高戰無意闖入，尚乞見諒。」

黑暗中依然沉沉無聲。

高戰不耐煩的頓頓鐵戟，心中卻思索不定。

好一會黑暗中才有「吱」「呀」之聲，倒像是有人撥枝而行，高戰凝神傾聽，果是向自己這方走來。

任他此時內力造詣已極高，目力不比尋常，但眼前卻茫茫一片，是以一刻不能分心，以耳代目，全神貫注。

「沙」，「沙」，足步聲慢慢近了。

「叮」一聲，高戰嚇了一跳，驀然——

驀地，一張詭異絕倫的臉孔從他身前一棵大樹樹椏露了出來，高戰大吃一驚，向後倒退一步，凝神注視，只見那人長髮披肩，枯黃的臉上斑紋累累，有如老樹紋輪，也正在注視著高戰。

高戰運起先天氣功，以防不測，倒提長戟對那怪人道：「晚輩高戰，不知前輩在林中練功，冒犯之處，尚祈前輩見諒。」

九　奇人迭出

那怪人盯著看了高戰一陣，也不作答，忽然頭又隱在樹中。

高戰仔細一瞧，恍然大悟，原來那棵數人合抱的大樹，中間竟是挖空的，那怪人就住在樹內，樹頂開了個天窗，靠地之處還有個小門，緊緊閉住，而且手工甚巧，若非注意去看，根本就以為那門縫是樹上的紋路。

那怪人隱身進去，久久不再露面，忽然，「吼」，「吼」之聲又起，而聲音愈見低沉有力。

高戰心想：「這林中古怪真多，這怪人分明在練一種邪門功夫，我還是趕快會合師兄，走出林子少惹事為妙。」於是，他再度朗聲道：「晚輩無意闖入前輩所佈大陣，小弟尚有急事，希望前輩指點一二，以解小弟之困。」

高戰等了半天，那怪人似乎專心一致在練功，對於高戰所說根本不予理會，頭也始終不露出來，高戰心中大急，忽然一聲尖銳的呼嘯傳到耳中，高戰一聽知是師兄李鵬兒遇困相招，當下運足真氣，也長嘯一聲作爲答應，身形一竄，正欲循聲而去。

突然，他身後大樹中又露出一張人臉，也是長髮披肩，臉上青氣濛濛，連眼睛也是青如翠木，十分嚇人。高戰心中大奇，一橫手中長戟道：「小弟與師兄一起入林被困，兩位前輩既然不肯指點陣法，小弟只好亂闖亂撞去尋師兄。」

那青臉老人沉吟一會，從大樹中飛身穿出，落在高戰身旁，看了高戰一會道：「小朋友，我師兄正在練功，你亂嚷亂吵打擾了他，一個不好，就要走火入魔。」

高戰見他臉雖然恐怖極了，可是說話倒是溫和，看樣子並無惡意，便低聲道：「不知前輩高姓大名，如何稱呼？」

那青臉老人抬起頭來，望著樹椏上露出的月亮，神色甚是落寞悠遠，半晌對高戰道：「小朋友，你是這十多年來第一個走進這神木陣的人，也是我師兄弟十多年來所見唯一外人……」

高戰忍不住插口問道：「什麼，老前輩，您師兄弟十多年沒出這林子？」

青臉老人歎了口氣道：「小朋友，你真是聰明，唉，這十多年不知江湖上又出了多少少年英雄，老夫當真是老了。」

高戰正想開口求他帶路，解救師兄出困，那青臉老人似乎十多年來未與外人接觸，此時好不容易遇上一個俊秀可愛的青年陪自己談話，深感機會難得，於是口中滔滔不絕道：「我師兄雖然脾氣古怪，生平落落寡歡，其實他內心卻是熱得緊，待會他練完功，一定也會很喜歡你，小朋友，這些年來，江湖上發生了些什麼大事？」

正在此時，突然一聲驚天動地的吼聲發自黃臉老人棲身樹中，只震得四周樹枝紛紛下落，那青臉老人滿臉喜色，口中喃喃道：「成了，成了。」

高戰見他一刻之間宛如變了一個人，眼角精光暴射，豪情畢露，那張醜臉雖則難看，可是也自有一番威猛之態，不再是龍鍾的老人，心中不由暗暗稱奇。

「呀」的一聲，大樹下面的門開了，走出先前那個臉色枯黃的老人，那青臉老人奔上前去，抱著他師兄連道：「師兄，成啦，咱們可以離開這鬼林子了。」

那枯黃老人臉上閃過一絲喜悅之色，但隨即恢復冷寞，對青臉老人道：「這位小朋友總算與我們有緣，他師兄被困在東方幻門，你快去引他出來，免得受諸般幻象所擾，耗費心神。」

青臉老人應了一聲，高戰忙道：「晚輩也跟著去。」

黃臉老人猶豫不決，青臉老人似乎頗與高戰投緣，便道：「好啦，你跟在我後面，千萬不要離開一步。」

高戰忽然想起，這陣法也許是人家避敵的法寶，自己如何能窺探其中之秘，只是關心師兄安危，便用汗巾蒙住雙眼，跟在青臉老人身後，那黃臉老人知他心意，暗忖這娃兒心地不壞，也就不再言語。

且說高戰跟在青臉老人身後，東轉西彎，也不知走了多遠，忽然前面青臉老人一停身形，低聲道：「前面就是你師兄，你掀開汗巾進去接他出來。」

高戰依言走進一堆松樹中，只見師兄背著自己盤坐在地，雙手合攏，五心向上，正在做關外天池派的內功哩！

李鵬兒聽到腳步聲，回頭一看師弟就在身後，不由大喜上前，執起高戰雙手，激動道：「師弟，你還好嗎？」

高戰見他身處危境，兀自念念不忘自己，心內一熱，眼淚幾乎奪眶而出，良久也說不出一句話來。

高戰道：「這林中隱居著兩位前輩，其中一位帶我到此，咱們趕快去拜見。」

李鵬兒道：「我老早就知道這林中定有高人，師弟，這陣法好生厲害，若非我見機得早，運起內功，否則老早就被幻相所引，東跑西跑，力竭倒地了。」

高戰引著李鵬兒走出，青臉老人東望西望等得不耐煩了，高戰對李鵬兒道：「師兄，這位就是——就是——老前輩。」

他不知青臉老人之名，只好就稱老前輩，李鵬兒恭身行禮，那青臉老人哈哈笑道：「老夫翠木老人，兩位小朋友就這樣稱呼我吧，我師兄是——是枯——黃木老人。」

高戰心想：「這兩位老人號稱一黃一翠，倒和他們外貌相符。」

高戰李鵬兒蒙住了眼，又跟著翠木老人走到他所住的大樹下，黃木老人道：「兩位小朋友在林中折騰了半夜，想來定然飢餓，老夫師兄弟山居簡慢無以待客，就請進屋略進水果如何？」

高戰李鵬兒聽他說得誠懇，便魚貫進入大樹，只見那樹心挖空，裡面很是寬敞，桌椅茶杯都是老木做成，桌上燃著一根粗如兒臂的長香，清煙裊裊，淡香令人神怡，更顯得一塵不染。黃木老人從櫃中拿出一盤蘋果，又大又紅，顏色鮮艷至極，高戰師兄弟兩人本就飢餓難當，各人啃了兩個蘋果，但覺那果脆嫩多汁，滿口芬芳，不由讚口不絕。

翠木老人道：「這蘋果是這林內特產，品種名貴，極難培植，昔年也是貢品哩！」

高戰忽然問道：「老前輩隱居此處，十餘年不復外出，晚輩見老前輩似有隱憂，不知可否見告？晚輩師兄弟願盡薄力，替前輩釋憂。」

李鵬兒連施眼色止住他發問，但已自不及，黃木、翠木老人果然臉色立變，齊聲沈沈道：「兩位小朋友原來是來臥底的，老夫不願和小輩為難，師弟，你這就引這兩位出林。」

李鵬兒心知高戰毫無江湖經驗，是以觸動了這兩個怪人隱痛，明明是一番好心，反而被人誤會了，心想與這怪人打交道，反正並無好處，不如乘勢離去，便一拉高戰雙手站身欲走，黃木老人忽然厲聲道：「兩位是何人門下？」

高戰心中好生懊惱，暗忖：「我好心好意問問你，想幫助你，你何必如此凶哩！」

一剎那間，他忘我讓人的天性又發作了，他心想這兩個老者定然是有極其慘痛的往事，這才住在這人跡罕至的林中，過著像野人一樣的生活，自己如果能開導他們，使他們對人生能重生興趣，那不是很好嗎？

當下高戰柔聲道：「晚輩不知輕重，言語冒犯前輩，只是晚輩所說，的確是出自內心，並無半點別意。」

翠木老人向他師兄看了一眼，像是替高戰求情，李鵬兒心道：「我這師弟心腸太好，和這般不知好歹之徒，又有什麼交道可打，日後只怕吃虧的時候多著哩！」

黃木老人瞪著高戰看了幾眼，李鵬兒暗中戒備，怕他突施毒手，哪知黃木老人吁了口氣道：「你這樣武功的孩子，像你這樣的好心腸倒是少見，老夫昔年所遇之人，儘是奸惡狠毒之人，只道這世上原是如此，唉，也罷，老夫講個故事給你聽。」

李鵬兒見他一刻之間，兇惡之氣盡除，月光從天窗照進來，黃木老人更顯得蒼老了。

「在很久以前，在接近苗疆的南方。」黃木老人慢慢的講著，神色很是悠揚，好像此時他又回到了荒煙漫野，巒山重重的邊境。

高戰李鵬兒知他現身說法，在敘述他自己的往事，當下聚精會神地聽著。

黃木老人接著道：「在那裡有一個小小村落，村中有個孤兒，其實他母親尚在，不過改嫁別人了。那孤兒從小就自力更生，靠作粗活、替人放牛羊賺頓飯過日子。」

高戰想到自己年幼時也是父母俱亡，不禁對黃木老人甚是同情，只覺他那枯黃死沉的臉，也不怎樣難看了。

「那孩子有一顆愛人之心，他受苦時並不怨恨別人，對於母親不理他而改嫁別人，心裡也無絲毫恨意，他只想盡最大努力去討別人喜歡，想從別人那裡分到一點點的愛，就是一點點兒也好。」黃木老人平靜的說道：「可是那孩子的努力失敗了，他想盡心思討好別人的法子，都被別人認爲是不肖的頑劣舉動，他對人表示善意，別人會以爲他懷有詭計，甚至是笑一笑，人家也會說：『這小鬼頭，不知心中又想些什麼害人鬼主意。』」

黃木老人接著道：「那孩子自己想來想去，也想不出一個道理，他只盼望有一天大家能瞭解他的心，那就滿意了，別人罵他小掃帚星，別人罵他母親不要臉，他都忍住了。」

「有一天，他和另外一個牧童一道兒放牛，兩人都是孤兒，一向很是要好，坐在溪旁談天，互相傾訴胸中痛苦，一不留神，那兩頭牛走失了，主人知道後，大發脾氣，狠狠打了他倆一頓。」

翠木老人插口道：「大哥，豈只是打了一頓，那惡人簡直是要打死我們，你看，你看，我腳膝這裡的傷痕，當時腿骨都被打折了。」

他衣襟掀開，高戰一看膝頭上果然傷痕累累，骨頭突起好大一塊。心中不禁黯然忖道：「這翠木老人就是另外那牧童了。」

黃木老人淡淡地道：「這肉體的痛苦算得了什麼？再厲害些我也挺得住，那內心的痛苦才叫厲害哩！」

高戰李鵬兒一怔，黃木老人又道：「那孩子被打得半死，他心中還在想，爲什麼有些人有權利去欺侮另外一些人？難道這是老天規定的麼？他傷勢沈重，醒了又昏，昏了又醒，最後總算想到了答案，那就是弱肉強食，要想不受別人欺侮，只有自己有使別人不敢欺侮的本錢。」

高戰不以爲然，正想開口說話，黃木老人又道：「於是那孩子約了他的朋友——另外那個牧童，在傷勢稍稍好轉，就逃出家鄉，經過許多遇合，終於練成武功。」

高戰問道：「黃木前輩，你後來報了仇麼？」

黃木老人點點頭道：「我殺死了那惡人全家。」

高戰道：「那就是您老人家不對了，您老人家武功學成，何必跟卑鄙小人一般見識，再說你報仇只要找他一人好了，何必要殺別人全家呢？」

黃木老人啞然，半晌道：「這道理我想了幾十年也沒想通，我永遠也想不通，小朋友，對付惡人只有以血還血，這樣才能制止他們的凶焰啊！」

翠木老人道：「小朋友，你別打斷我師兄說故事。」

黃木老人繼續道：「這對好友從此就在江湖上獨行獨往，專尋惡人晦氣，別人因他們手黑心辣，脾氣古怪，就稱他們爲勾漏一怪和青眼紅魔。」

李鵬兒、高戰新近出道，是以對這二個外號並不熟悉，其實勾漏一怪翁正，青眼紅魔鶴如虹，在十多年前是鼎鼎大名的怪物，武林之中人人皆知。

黃木老人接著道：「漸漸地，天下無論黑道白道都對這師兄弟恨之入骨，分明是鋤惡行俠之事，也被別人渲染成凶狠作惡，他倆內心之痛苦，真是無可言喻。有一次，這兄弟倆和號稱中原第一奇人打了一仗，那人口口聲聲說是替人間除害，這對兄弟自忖生平除了誅殺惡人手段或許過分以外，並無其他惡跡，當下大怒之下聯手與那人大戰，結果雙雙落敗，被那人用劍刺傷，於是這對兄弟埋頭精研劍法，創出一套專破詭異繁巧劍術的武功，卅年後再出江湖，本意當著天下英雄面前揚眉吐氣，擊倒那人，然後再宣佈自己生平所行，但教天下英雄明白他們也是替天行道。」

高戰心想：「這兩人並非窮兇惡極之人，但是到處樹敵，所行所為又不肯向人說明，江湖上恩恩怨怨，本就糾纏難解，也難怪別人都對他們不瞭解了。」

黃木老人慘然道：「這對師兄弟想不到這次敗得更慘，竟然栽在那人徒弟手中，而且敗得毫無還手的餘地——」說到這裡，黃木老人臉上凶狠之色又流露出來。

高戰驚問道：「這人是誰，他的徒兒怎的也如此了得?」

黃木老人沉聲道：「這人外號七妙神君，是中原武林一甲子來罕見之鬼才。」

高戰脫口道：「那他徒兒是辛捷辛叔叔了。」

此言一出，李鵬兒立知不妙，正待招呼高戰留意，那翠木老人厲聲道：「好小子，原來是辛捷這廝鳥的侄兒，老子先抓起你，再去找辛捷算帳。」
高戰、李鵬兒對辛捷都是敬仰非常，尤其是李鵬兒，當年辛捷曾爲他奮身卻敵救了他的小命，此時聽他辱罵辛叔叔，再也忍耐不住。
當下大喝一聲：「化外魍魎，吃我一拳！」
他掌出如風，喝聲方完，掌緣已自攻到翠木老人的胸前，出手之快，的確是一流好手。
那翠木老人身形不動，雙臂猛然往外一翻，一股古怪無比的勁道從李鵬兒所發的力道中直透而入，李鵬兒大叫一聲，反掌反切，另一手卻同時並指如戟地搶攻進去。
這一招喚著「野馬分鬃」，原是太極門中的絕技，關外武功兼融太極全真的內家功夫和關外遼東的外家功夫，李鵬兒自幼即是內外兼修，這招「野馬分鬃」使出，端的是柔中夾剛，威力倍增。
豈料那翠木老人一連兩掌拍出，竟然後發先至。而且掌勢取急至極，李鵬兒只隱隱覺著對方掌法中帶著一股凶狠無比的邪氣，他連忙施出關東絕學「狂飆拳」，意欲以快攻快。
高戰一面注意師兄的鏖戰，一面暗運真氣，防範那黃木老人，他偷眼一看，卻見黃木老人面色出奇的平靜，似乎對翠木老人和李鵬兒的拚鬥絲毫不關心，也不怕高戰突然逃跑。
李鵬兒十多年來的朝夕苦修，這套「狂飆拳」當真是深得精髓，只見他掌勢綿綿不斷，激起狂風陣陣，圍著翠木老人一連攻出十餘招！

高戰暗暗心喜，忖道：「十……十一……十四……十五，好了，從第十六招『老魚吹浪』起，狂飆拳即進入『穩』字訣，師兄功力深厚，在一百零八式沒有施完以前，翠木老人休想取勝！」

果然李鵬兒雙掌奮力一甩，由內向外上翻而出，正是「老魚吹浪」的勢子，霎時狂風頓停，但是另一種渾厚凝重之氣逐漸升起。

高戰俊目斜睨，忽見黃木老人面色愈來愈黃，頂門上出現一種濛濛黃氣，他不禁猛吃一驚，當下猛提一口真氣，先天氣功遍佈全身。

先天氣功原是全真派和少林寺的無雙絕學，但是傳到至今，其口訣要法早已喪失過半，關東武學祖師創派之時，憑著自己搜集所得的一鱗半爪，加上本門的內功絕學，兩者熔爲一爐，終於另成了一套武林絕學。

且說高戰暗自全身運上先天氣功，凝神注意著黃木老人的動靜。

那翠木老人似乎已經開始強攻，他掌出如石破天驚，招式又怪異無比，但是卻始終攻不破李鵬兒的狂飆拳。

但是突然之間，翠木老人招式大變。似乎已經發動了那枯木奇功，李鵬兒連喝數聲，一口氣裡逼退了四五步。

高戰正焦急間，李鵬兒忽然大喝一聲，拳招陡變，霎時滿天都是拳風掌影，攻勢大盛。

這一來不僅翠木老人大驚不已，就連高戰都驚異得緊，因爲連他都認不出李鵬兒所施拳法的來歷名稱。

李鵬兒怪招迭出，忽聽翠木老人大吼一聲：「住手！」

「文子江文幫主是你師父？」

李鵬兒亢聲道：「不是！」

翠木老人喝道：「那麼你這『百結拳』是從哪裡學來的？」

高戰聽得恍然大悟，心道：「原來師兄這套拳法是『百結拳』，久聞丐幫百結拳是武林一絕，由幫主一派單傳，師兄是丐幫幫主之繼承人，自然有這拳譜，難怪師父不曾教過我這拳法。」

驀然，黃木老人喝道：「不管他，既然他和文幫主有淵源，咱們放他走吧，喂，你去對辛捷說，咱們把他侄兒扔在這兒，叫他來找咱們要人！」

他聽高戰一聲「辛叔叔」，便以爲辛捷當真是高戰的什麼堂表叔叔之類。

高戰人雖隨和，但在這等時候卻是傲然的緊，他昂然道：「晚輩雖然不才，但是自己省得料理自己之事，要來便來，要走就走。」

黃木老人厲聲道：「那麼你走試試看！」

高戰向李鵬兒一揮手，道聲：「咱們走。」

黃木老人叫道：「老夫叫你命喪三步之內！」

高戰忍不住道：「未必見得。」

黃木老人狂笑道：「你若接下老夫一擊，便讓你出陣！」

高戰不答話，提著鐵戟，呼地跨出一步！

鐵戟尖兒碰在地上發出噹的一聲！

「呼」又是一聲，高戰跨出第二步。

霎時，嗚嗚一聲怪響，尖銳得令人耳膜欲裂，滿林中宛如染上了一層黃色的輕霧。昔日的勾漏一怪發出了枯木功！

高戰比閃電還快地反過身來，轟然暴震，先天氣功已然發出……

也不知過了多久，像是宇宙改了樣子一般，地上合抱的巨木折斷了兩棵，殘枝斷幹後，高戰依舊昂然挺立！

「翠木，領他們出去吧——」

雖然只是十月，然而秦嶺上已成了冰天雪地。

「唏噓噓」，馬兒長嘶，人立著停了下來。

兩個矯捷的人影跳了下來，落在尺厚的雪地上，一絲足印也沒有。

「大哥，發現了什麼嗎？」

「菁兒，輕聲些兒。」

不消說，這是辛捷夫婦了。

張菁把頭湊到辛捷耳旁，低聲道：「大哥，是不是發現了那用絕頂陰柔掌力殺人的——」

她見辛捷翻著眼，有點心不在焉的樣子，不禁住了口，悄聲問：「怎麼啦？」

辛捷笑了笑道：「妳身上的味道真好聞。」

菁兒嗔道：「你這人真是的，也不分輕重緩急——」

辛捷道：「瞧，那邊！」說著伸手猛然一摟菁兒，身形已貼著銀白色的地面飛了出去。

他這「暗香掠影」的輕身功夫真到了爐火純青的地步，帶著一個人，也只在雪地上留下極淺的一點腳印。

兩人一齊伏在一個大雪堆後，菁兒隨著辛捷悄悄抬起頭來，往下面一看——

只見一個獵人模樣的壯漢被三個衣衫破舊的古怪老翁圍在中間，那三個老頭子聲勢洶洶，像是要群毆那獵漢一般。

張菁看了一陣，不覺奇道：「大哥，這有什麼古怪？」

辛捷搖了搖手，凝神注視。

只聽那三個老者其中之一怒吼道：「小子你是有意跟蹤咱們的了？」

那獵人打扮的似乎一怔，一時沒有答話，那對面的老翁暴叫道：「媽的，你不理我？」手起一拳打出，竟然蕩起一股幽風，那獵人哼都沒有哼就死跌地上。

辛捷在那老者怒罵之時，暗叫一聲不好，卻不料那老翁說幹就幹，待要相救，已自不及。他不禁驚訝萬分地忖道：「這三個老翁功力之深，實在駭人，方才那一具死屍必也是他們下的手了，卻不知這三老頭怎的這等無恥，那獵漢分明是不會武藝的人，瞧他們的樣子還想群毆，從來沒有聽說過有這三號人物——」

那老翁打死獵漢之後，似乎十分欣喜，手舞足蹈地大叫：「過癮！」

另外二個老翁也拍手道：「有趣。」

辛捷看得大怒，卻聽另一老翁道：「大哥和二哥都已發了利市，下一個該我了。」

另二人齊道：「正是。」

辛捷轉頭對菁兒道：「也沒見過這等野蠻嗜殺之人——」

張菁見他目光凜然，知道他就要出手，心中想到那三老翁驚人的功力，不禁輕叫：「大哥——」

辛捷搶著道：「菁兒，妳爲我掠陣！」

張菁見他說得截鐵斷釘，一句話硬嚥了回去。

只見辛捷呼地站起身來，提氣大叫道：「兀那三個老兒，與我站住。」

那三個老翁正互相搭著肩膀要去，聞言一齊轉過身來，仍是搭著肩膀，左邊一個瞧見辛捷，喜道：「哈，輪到我了。」

也不見三人用勁，身子忽然呼的一聲就飛了過來，一齊落在辛捷前面。

辛捷不禁暗中一寒，暗道：「這三人功力之高，只怕不在昔日『恆河三佛』之下——」

但是辛捷天生的性子，愈到這種時候愈是不肯絲毫退縮，他振奮地長嘯一聲，呼地一聲從雪坡上落了下來，手臂一圈，「叮」一聲，寒光一匝，梅香劍已到了手中！

「好呵，是個會家子。」

辛捷瞧這三人衣著破舊不說，而且形式極爲怪異，倒像前朝百年前的衣衫樣式，而且三人白鬍泛黃，長得極是相像，分不出到底有多少年紀。

辛捷傲然前跨了一步，霎時眼前一花，那三人突地一動，成了品字形把辛捷圍在中央。

辛捷揚劍大笑道：「三個濫殺無辜的老賊，你們一起上吧。」

對面的那個呵呵大笑，對左面的道：「二哥，他想激我們，哈哈——」

那其他兩人一齊大笑起來，而且笑得直不起腰，辛捷還沒有動手，倒先被弄得迷糊起來了。

對面那老人停住笑聲，正色道：「小子，你莫要激咱們，咱兄弟三人碰上一人也是三個一起上，碰上一百個也是三個一起上，絕不含糊，不過今天算你小子運氣，輪到我發利市，所以由我一個人動手，其實對你也是一樣，反正都是死就是了。」

辛捷不發一言，把十成功力聚集全身，大喝一聲「看劍」！

雪堆後面的菁兒從那「看劍」兩字中聽出丈夫當真是從所未有的緊張，她不禁緊捏著拳頭，偷偷伸出頭向下注視。

辛捷知道今日之戰凶多吉少，一上手就是虬枝劍式中最厲害的殺手，他功力深厚，劍尖發出的劍氣使他的梅香寶劍平白多了三尺長的威力！

那老翁一上手便是搶攻，想在三招兩式之內解決辛捷，豈知辛捷也是一上手就拚力搶攻，霎時兩人一觸即變，瞬時換了七招！

那老翁似乎驚奇不已，辛捷每發一招，他便咦一聲，一口氣咦了七聲，兩人各自退了半步。

那身後的兩個老兒齊叫道：「老三丟人！」

老翁大吼一聲，右掌橫切，右掌卻往內一旋，辛捷單劍左右雙飛，正是「梅開三度」之式。

豈料他劍招才出，那老翁橫裡的旋勁竟發出一種古怪無比的柔勁，使得他的劍式硬生生像是無處落手的樣子，而右面那股橫切之勁，卻從意想不到的地位硬攻進來！

辛捷又驚又怒，暗罵：「這老兒好橫。」

手中招式猛變，已化斜削之勢為直刺之勢，他鼓足真力一劍疾彈而出，竟像欲同歸於盡的樣子，那老兒吃了一驚，連忙收招。

辛捷暗道：「看你橫還是我橫，嘿——這種招式我可是從天魔金欹那兒學來的。」

雪堆後的張菁見辛捷施出這般不要命的招式，已急得雙淚直流，但卻又不敢發聲，雙手各抓一把白雪，一捏緊之下，早已融化成水。

那老翁怔了一怔，大喜叫道：「好小子，這樣打才有意思。」

只見他雙掌齊飛，攻勢綿綿不絕，辛捷奮力削出三劍，心中不禁大為駭然——

原來對方掌力中發出一股古怪之極的陰柔之力，強如辛捷的劍式，竟然如覺在濃厚的膠液中攪動，黏滯窒礙，難以施展！

十多年前，辛捷在恆河三佛首徒密陀寶樹的「白駝寒心」掌風中，一劍來去自如。終於擊退了不可一世的「婆羅六奇」。這十年來，辛捷功力大非昔比，劍術之強，實可擠身宇內三大高手之一，而眼前這古怪的老兒，竟令他發不出威力來！

辛捷咬緊牙關，猛然提貫真氣，梅香劍發出尖銳刺耳的嘶聲，但是霎時又被那說不出的力道困住。

張菁在雪堆的坡後，真是又急又怕，她從來沒有看到辛捷如此慘過，她不敢希求得勝，只求——

「嘶」「嘶」怪聲又起，辛捷對準老翁所發的勁頭一劍刺出，霎時漫天都現梅香劍尖的影子！

那老頭兒驚呼了一聲，退後兩步。

原來辛捷陡然施出了「大衍十式」中的搶攻絕招「物換星移」！

辛捷也輕靈地倒退了三步，雙目盯著對方！

那老傢伙向另外兩個老兒看了一眼，臉上的神色像是在說：「瞧不出這麼厲害。」

辛捷見他心有旁鶩，大叱一聲，梅香劍如出海潛龍，從左向右跳動著畫過一個半圓，這乃是由虬枝劍法的絕招「乍驚梅面」變爲大衍十式「方生不息」的絕佳攻勢！

昔年辛捷把虬枝劍式和大衍十式溶於一爐，再配上神妙絕世的詰摩步法，成了武林一絕，此時辛捷經過十多年的精心浸淫，那配合之間尤其精妙無方，連東海無極島主見了也認爲若論招式，天下劍術招式只怕再難有超出辛捷的了。

辛捷的梅香劍從「乍驚梅面」灑然變爲「方生不息」，霎時劍氣重重，金風刃氣蕩出丈外方圓！

那老兒忽然面色凜重起來，雙掌一錯，陡然施出一套古怪無比的掌法和辛捷搶攻起來。

辛捷運足全力，一連幾招全是大衍十式的絕學，那老兒的掌法雖然怪異無比，但卻從來沒有碰上過這等精深廣博的劍式，十招一過，辛捷劍氣陡盛，似乎搶得攻勢！

只聽辛捷暴叱一聲，一反安詳瀟灑之態，劍走偏鋒，如閃電般疾刺而出！

辛捷在這搶回攻勢的一剎那間，猛然施出狠絕天下的「冷梅拂面」。

那老翁也大叫一聲，猛然撤回攻招，左右兩手一指發出一股旋風，身形倒跨三步！

辛捷正待乘機猛攻，那老兒卻大叫一聲：「等一下，等一下再打。」

辛捷不覺一怔，只見那老兒一招手，倒退了五步，另外兩個老兒立刻跟了上去，三人搭肩膀，細聲商量起來。

辛捷見三個白頭擠在一起，不時點頭晃腦的，不覺又是好氣，又是好笑。

忽然身後一絲極微的破風聲，辛捷瞧也不瞧地反手一抓，卻是一片枯葉，他低頭一看，枯葉上用針尖刺劃著一行字，正是張菁刺的：「大哥，打不過咱們快逃。」

辛捷反身對著雪坡叮然彈出一劍，劍尖光閃霍霍地構成一朵工整的梅花，算是答覆。

忽地呼嘯一響，那三個怪老兒又像閃電般縱了回來，仍是把辛捷圍在中央，那和辛捷交手的老兒道：「本來我們決定由我發利市，但是我瞧你方才的幾招有點古怪，是以決定由咱們三個一齊上，你可要留神了。」

辛捷從來沒有聽說過用這種不通的理由以眾凌寡的，他一震長劍，大笑道：「我早就說你們一齊上省得我麻煩——」

那老兒叫道：「不對，是省得我麻煩。」

辛捷不禁又笑又氣，心道：「哪裡跑來這三個老瘋子，功夫又高得古怪——」

但他手上可毫不示弱，大叫一聲：「上吧。」連演三招絕學，分攻三人！

那三個老兒果然是群毆眾打慣了的，呼嘯一聲，各自拍出一掌，同時往左一旋！

辛捷咬緊牙關，把全身功力集聚劍尖，一連十多劍攻出，大顯神通，竟然在三股陰柔之勁中以攻還攻。

但是雪坡後面的張菁可急慘了，她深知辛捷的性子，那三個瘋老兒功力委實深不可測，只要辛捷這一陣銳氣一過，立刻就得危險，但是她若此時上前助戰，只怕更令辛捷分散注意力，得不償失。

她本聰明無比，但是這時卻是愈急愈慌，淚珠兒湧在大眼睛中，把她的視覺都弄模糊了，她只覺全身血液彷佛都湧上了大腦，手腳反倒冰涼，那辛捷的嘶嘶劍嘯似乎已由刺耳變爲淒厲了，她的眼前忽然出現了那具雪地中的屍體，通體完整無傷，內臟卻是寸寸碎裂，那屍體的面孔忽然變了，竟然……竟然變成英俊的辛捷——

她大叫一聲，用力抹去了眼眶中的淚水，仔細一瞧，只見辛捷還好端端地在奮力拚殺著，只是他出劍愈來愈慢，每出一式，頭上蒸氣猛冒，菁兒不禁伸出小手按了按胸口。

辛捷正在吃緊的當兒，被菁兒這一聲驚，當下手一慢，而刺出的一劍一窒，雖只是微微一些兒，但是對手是何等高手，那老兒雙指如螯，一伸便把劍身鉗個正著！

辛捷大急，他乃身經百戰之大俠，臨危不亂，不搶正敵，先攻側敵，刷刷飛出兩腳，左右攻出。

哪知另外兩人並不乘機下殺手，反倒一抱手退了開去，大笑叫道：「大哥，瞧你的『螳螂功』了。」

辛捷無後顧之憂，大喝一聲，奮起神力，猛然奪劍！

哪知那「老大」就如一張薄葉般貼在劍上，跟著辛捷的勢子飛了起來，雙指仍然牢牢鉗住劍身。

辛捷連施奇招，要想摔落，但都無濟於事，猛覺手上一震一麻，對手竟懸空發出陰柔絕技，藉著劍身傳了上來！

辛捷知道生死在此一瞬，雙目精光暴射，數十年性命交修的內家真力猛然發出！

辛捷昔日在小戢島上「歸元四象古陣」中初逢大戢島主平凡上人，平凡上人以「醍醐灌頂」的絕頂內功把一甲子的內力打入辛捷穴道，這十多年來辛捷雖然奔波行俠，其實內力有增無減，這時猛然間發出，端的非同小可！

但是辛捷陡然之間臉色大變，原來他奮力一發的內力竟然無法遏阻那老兒的陰柔綿綿之勁——

他知道現在只剩下兩條路可走了，不是棄劍，就是死！

死他雖不太願意，但是要他棄劍，那是更不願意的。

名滿天下的梅香寶劍在雪光下閃閃發亮，辛捷全身的衣衫如波紋一般猛然抖動著——最後關頭了！

陡然之間，張菁大叫道：「大哥，棄劍！」

她的聲音含著無比的驚恐和痛苦，但是對於辛捷卻有無以形容的力量，辛捷只覺心頭宛如千斤一擊，木然地在這最後關頭撤開了手！

那老翁倒夾著梅香劍，一字一字地道：「小子，少林寺的靈空和尚還在人間麼？他是你什麼人？」

辛捷心中猛然一震，暗道：「這三人武功簡直駭世驚俗，不知尋靈空大師作甚，嗯，他說靈空大師，必然是不知靈空大師早已改名為平凡上人的事，我該不該告訴他？」

忽然他又想到：「平凡上人常說靈空大師已死，雖然他是表示不願提起往事的意思，但是我倒正好騙他們一下——」

當下喝道：「什麼靈空不靈空大師，我可不知道！」

那三個老兒互望一眼，那「老大」尖聲道：「不會錯的，這小子的劍法一定是從那死靈空和尚的『布達三式』蛻化出來的——嘿——」

那「老二」道：「咱們的老規矩——」

「老大」點頭道：「嗯，凡是接得下咱們百招的，就不得爲難他，好，小子，你武藝真不錯，劍還給你！」

「叮」一聲，他把劍平平彈向辛捷，辛捷茫然一伸手接住。

老大又道：「哼，小子你不說，咱們照著老規矩不能難爲你，可是咱們自會到少林寺去問，嘿，走罷。」

那「老三」道：「下次碰上的，還是該由我發利市。」

三個老兒搭著肩膀哼著山歌走了，呼的一下就縱出八九丈。

辛捷握著寶劍，雙目仰望著灰色的天空，菁兒握著他的手，柔聲道：「大哥，咱們回去罷！」

辛捷不答，只是茫然望著天空，像一尊石像一樣，連握劍的手都不曾抖動一下，菁兒看著不禁嚇得流下淚來。

雪又開始飄了。

小塊的雪花飄在辛捷的眉鼻上，辛捷直如未覺，張菁輕輕抱著辛捷的臂膊——

「大哥——」

辛捷把劍子插入劍鞘，低頭道：「菁兒，妳到大戢島去，尋平凡上人，問他三個老兒的來歷，還有——要告訴大師，這三個老兒要尋靈空大師，也許這三人是大師以前的仇人——」

張菁本以爲辛捷爲此敗而難過，不料辛捷根本不曾想到勝敗的事，忙道：「那麼你呢？」

辛捷道：「妳不是聽得這三個瘋老兒要去少林寺麼？吳大哥要想出家，大概正在少林寺中帶髮修行，武林之秀孫倚重大約也不曾離寺，我要立刻趕去，咱們三人合作，大約總有希望阻遏一下——」

張菁輕聲道：「那麼，大哥，咱們要分離了？」

辛捷撫著她的秀髮道：「傻姑娘，這是關係著整個武林蒼生的大事啊——」

「大哥——」

「菁兒，快，遲了要來不及了——」

十　情海波折

黃昏，濟南城外東郊。

整個東邊的天際卻是暗紅色，是降雪前密佈的彤雪？北風呼嘯著，原野上一片淒涼肅殺。

天色愈來愈紅，一股股黑煙直沖起來，那不是彤雲，是一場空前的大火！風助火威，愈燒範圍愈大。

火光沖天，兩個青年向火場疾奔而去，身形之輕快迅速，已是江湖上一流人物的身手。

兩人跑近火場，但見濃煙燻人，眼睛卻睜不開來。

「師兄，這是哪家莊院，蓋得如此氣派？」一個青年問道。

「如此大院倒是少見，這火雖大，要燒光莊院只怕也得一兩個時辰。」另一青年道。

這二人正是高戰及李鵬兒兄弟。

「師兄……咳，」一股濃煙隨風吹來，高戰被燻得連聲咳嗽，他連忙一閉氣，向後倒縱兩步。

「不知火場中還有沒有活人待救？」高戰問道。

李鵬兒道：「這放火的人好生毒辣，師弟咱們沒聽見半聲呼救之聲，屋裡的人定是被他先行打死，再放火燒的。」

高戰點點頭，忽見一幢半倒的牆上印著四個大字，高戰對李鵬兒道：「師兄你看。」

李鵬兒轉身一看，只見上面刻著四個字：「逆我者死！」

高戰怒道：「恐怕又是天煞星君幹的，只有他才能做出這等絕戶之事，不過他此時正在華山與師父大戰，怎會有功夫在此作惡呢？」

李鵬兒仔細瞧了瞧，沉聲道：「師弟，只怕不是天煞星君幹的，你瞧瞧這牆上的字是怎麼刻的？」

高戰上前一看，只見那四個字深劃半寸，筆走龍蛇，當下，恍然道：「師兄，這是手指劃的。」

李鵬兒點頭道：「正是，用手指在這青印磚上刻字已是萬難，更嚇人的還是——」

高戰忽然驚呼道：「師兄，這是什麼功夫如此厲害？」

原來他觸手一摸，那刻字四周的磚牆紛紛屑落，那牆表面完好無損，其實內部已成粉了。

李鵬兒道：「師弟你不記得師父說過，天下有一種功夫專剋剛猛勁力的？」

高戰叫道：「啊！是了，是了！那是腐石陰功。」

李鵬兒道：「此種功夫極是陰毒，師父說已失傳幾十年了，這人是誰？怎麼師父從來沒有提起過。」

高戰道：「師兄，此地已燒成這個樣子，咱們趕來太遲，既然不能救人，就走罷。」

李鵬兒點點頭，高戰道：「師兄您要去找金叔叔，咱們就此別過。」

李鵬兒沉吟不語，高戰又道：「等到師兄重開丐幫大會，登上幫主大位時，小弟自會趕來湊個熱鬧。」

李鵬兒一執高戰雙手，誠懇道：「師弟，你功夫比做師兄的強得多，他日師兄整頓丐幫，還需師弟多多輔助才好。」

高戰正色道：「師兄要有事，小弟雖在萬里之外，也必連夜趕到。」

李鵬兒道：「多謝師弟，自此地一別，師弟遠走川南去看辛叔叔，咱們哥兒倆至少有半年不得見面，我再送你一程。」

高戰見他滿臉依然不捨之情，心知師兄是至性之人，當下也不推辭，兩人並肩奔向濟南城，一直到了城門口，這才互道珍重而別。

且說高戰進了城看看天色不早，就落店安寢，他睡在床上，心中很是紛亂，他想起姬蕾——那可愛的女孩，就住在濟南，也不知到底要不要去看她。

他連日趕路，雖說內功深湛，也覺有些疲乏，胡思亂想一陣，便呼呼睡去。

次晨高戰醒來，推開窗戶聽到街上人聲喧嘩，他正想出門瞧瞧，小二端了一盆水進來，高戰見他臉色沉重，並無半絲笑意，心中頗感奇怪，便問道：「小二，街上亂噪噪的是什麼事呀？」

小二哥把水盆一放，憤然道：「客官，你老說目下這個世上還有天道嗎？難道好人真是做不得嗎？哼！我小王就信這邪門兒。」

高戰聽他罵了半天，也沒說出原因，不由感到好笑，又問道：「到底是什麼事呀？」

小王道：「客官您老是外鄉人，自然不知道咱們這裡的事情，咱們這濟南城東郊外住著一個天大的善人，那真是咱們窮小子的救星，每逢饑年天災，總是他老人家發糧救濟，客官，說來您恐怕不信，這位善人不但家產富饒，而且更是一個會家子，武藝高強得緊。」

高戰心中一動，追問道：「這位善人叫什麼呀？」

小王道：「咱們受了冤屈及大爺們的欺侮，也總是他老人家替咱們出氣，客官，你看看，這樣的好人竟不得好報，全家遭人殺害，整個莊院被人一把火燒得精光，城裡的窮人都知道了，大家趕著去看看善後，想替他老人家報仇。」

高戰急問道：「小二哥，我請問你說的是誰？」

小二見他突然惶急起來，心中不解，便答道：「他老人家是濟南大豪。」

高戰臉色大變，顫聲道：「什麼，你說……是濟……南大……豪？」

小二哥點點頭，悲憤的道：「他老人家一生爲善，全家竟然活活被人燒死，像他老人家這般功夫還不是敵人對手，咱們這群受過他大恩的人，又有什麼辦法去替他老人家報仇呢？唉，老天爺——」

高戰一時之間如雷轟頂，腦中一片冰涼，什麼也不能想，小二哥見他神色甚是怪異，如癡如呆，便高聲道：「客官您怎樣啦？你認識濟南大豪嗎？」

高戰定定神，揮手叫小二離開，小二碰了個釘子，快快退出屋子。

高戰木然的走到窗前，仰首直視著蒼穹，北國的天空又高又藍，白雲飄著——

他忽然覺得自己像是向無邊的深淵下沉——永無休止的下沉，一陣劇烈的疼痛襲過他的心房，他麻木的捧著心，彷彿感覺到一種深邃的悲哀正撕裂他的心。

「那惡魔……那惡魔。」他喃喃說道，臉上閃起一片殺機，「小蕾，我一定要替妳報仇。妳放心，大哥從來不騙人的。」

驀然，他衝出了屋子，向城外跑去。

火場上到處都是斷垣殘牆，一片淒涼，成群的窮人面帶悲憤的憑弔著這殘景，高戰走近火場中心，只見東一具西一具屍體，都被燒得焦黑，面貌分辨不清。

「想不到上次一別竟成永訣，要是我知道那是最後一次見面，我怎麼樣也不會離開妳的，小蕾。」高戰默默想著，心酸不能自抑。

他只覺眼眶發熱，滾珠欲墜，心想留在此地，觸景生情，悲哀得什麼都不能想，倒不如離去。

他轉身欲走，忽見身後不遠人群中站著一個少女，面孔也好生熟悉，他仔細瞧了幾眼，發現少女身旁不遠處，立著一個青年漢子，正在東張西望，卻是天煞星君徒兒。

「這廝竟然沒有死，我最好閃開，免得又引起爭端。」高戰心中盤算，便從人叢中溜走。

他此時功力大進，無堅不摧的先天氣功已然練就，那天煞星君徒兒如何是他敵手，只是他天性淡泊善良，雖在哀怒之下，並不願意惹起打鬥。

他一邊走一邊偷眼注意那二人，只見那少女被人擠得無法走近火場，那青年只顧自己前進，對於少女似乎絲毫不關心。

高戰想起上次在洛陽碰到這對人，男的又粗野又無禮，女的卻是溫柔可親，而且對於天煞星君徒兒似乎十分傾心，處處護他讓他，心想這種粗漢有此福氣還不知珍惜，真是太不知足了。

他回到客店，復仇的怒火又焚燒起來，他想：「這殺姬蕾全家的人，功夫之高已達不可思議的地步，我就是碰上了，仗著先天氣功也怕不是對手，還是去找辛叔叔去。」

他自幼習上乘內功，是以大痛之下，猶能定神思索，當下便不再滯留，背起包袱就想啓程，忽然客舍大門一開，走進天煞星君徒兒和那少女來。

高戰連忙閃身進屋，那兩人要了兩間連著的屋子，恰好貼著高戰的房間，那少女放下自己行李，就走進天煞星君徒弟的屋裡去。

高戰不想露面與他們相碰，等到少女走進去後，便輕輕推開房門，正在此時，忽聞隔壁爭吵之聲大起，心下好奇，不由停了停去聆聽。

那少女柔聲埋怨道：「大哥，你放下正事不做，從洛陽一直追到此地，連人家正面都沒見過，要讓師父知道了，一定會大發脾氣的。」

天煞星君徒兒粗聲道：「妳少管閒事，妳不願跟我走，儘管走開，妳去告師父，我也不怕。」

少女被他搶白得無話可說，半晌才低聲道：「大哥，你的心思我明白，可是人家姑娘正眼都不瞧你一眼，你又何必……何必……這樣癡心哩！」

她說到最後，聲音有些顫慄，似乎淒苦至極。

天煞星君徒兒心事被戳穿，暴然道：「妳再瞎說我可要不客氣啦！我見她身旁帶著那風雷水火寶珠，正好可以吸盡我身上未盡之蛇毒，這才鍥而不捨地追她，迫她交出。」

高戰心中一驚，忖道：「風雷水火寶珠那日在雁蕩大俠壽宴上，賈俠當著在天下英雄贈給辛叔叔了，怎樣會落在一個姑娘之手，這倒奇了。」

他關心辛叔叔，於是放下包袱，凝神聽去。

那少女沉吟良久，低聲道：「大哥，我從小就和你在一塊兒玩，一塊兒長大，你心中的事我自然知道，我沒爹娘，師父和你都待我很好，大哥，你別騙我，你身中蛇毒早就被師父內力逼出，你瞧我不起我也不怪你，只是師父耗盡心血就是想培養你成為武林盟主，你為一個姑娘卻拋下正事。那丐幫新幫主李鵬兒聽說已經藝成出師，金大護法遍邀天下武林同道，準備重整丐幫，在洛陽開大會，大哥，你不在這時去阻止他們行動，將來想領導丐幫只怕就困難了。」

高戰聽到他想統治丐幫，不禁大怒，只聽見天煞星君徒兒道：「金老大有什麼了不得，上次被師父輕輕一揮手，便打得死多活少，要不是將來還可以利用他號召丐幫弟子，老早就把他宰了。李鵬兒又怎樣，我準備等他們開丐幫大會時，當著天下英雄面前把他打敗，這樣他總沒臉再做幫主了吧，師妹，妳看這計較如何？」

少女道：「這計較固然不錯，可是你當真有把握打敗他麼？他師父風柏楊的厲害，你是知道的。」

天煞星君徒兒聽她提起自己受辱之事，心中大感不耐，出言阻止道：「風老鬼再厲害也打不過師父，這次華山比鬥，嘿嘿，風老鬼只怕老命難保。師妹，妳知不知道師父近五年來練的五毒掌成功了，只要運足內力一迫，毒氣從指端透出，任你內功高強，也抵受不住華山至陰的蜈蚣，嶺南人面蜘蛛，海南赤蛛，東海勾魂草，西域赤煉蛇五種絕毒動植物的毒素襲擊呀！」

高戰聽得心驚膽寒，想到情如父子的師父身處危境，再也忍耐不住，便想趕赴華山，但轉念一想，師父先天氣功造詣已達到爐火純青的地步，應該是百毒不侵，寒暑無恙的地步，而且此時即使趕去，已過了師父與天煞星君比武時間。正自沉吟，那少女柔聲道：「大哥，只要你能名揚四海，我就高興了，我……我什麼都不要，到處流浪飄泊也滿意了。」

她說得一往情深，高戰心中一動，同情之心油然而生，那少女接著道：「我知道……我知道你很討厭我，大哥，你不管怎樣待我，我……我！永遠……永遠都不會怨你。」

天煞星君徒兒連連道：「好啦，好啦，妳去休息休息吧！都是妳亂講，什麼妳看見那女子向濟南路上跑來，咱們追了兩天，連人影都沒見。我就依妳，明天到洛陽丐幫大寨去瞧瞧虛實，如果碰到李鵬兒就先給他一個下馬威。」

忽然窗外冷嗤一聲道：「閣下盡向女子逞威，又豈是丈夫行徑？」天煞星君徒弟天性魯莽，也不顧自己是住在客舍，一運勁擊碎窗子，飛身而出，那少女不放心，也跟著跳出。

天煞星君徒弟一看，只見天井邊站著一個卅左右青年，臉上稚氣猶存，長得甚是挺拔。當下喝道：「你看這小子，要到大爺這來撒野，也得打聽打聽大爺是什麼人。」

那青年不屑的說道：「在下老早打聽清楚，閣下是專門欺凌弱小婦女的人，哈哈！」

天煞星君徒兒正待發作，他身旁少女高聲罵道：「喂，你別瞎說，我看你自己才是這等人。」

她天性溫柔，雖是憤怒罵人，也絲毫不見惡毒，那青年深深看了她一眼，低頭默然不語。

高戰心中大奇，暗道：「怎麼師兄來啦。」便上前躲在牆角觀看。

此時店中住客都聞聲出來看熱鬧，那青年朗聲道：「在下正是閣下口口聲聲欲折辱的李鵬兒，此地人多不便，今晚初更在城外楓林恭候大駕。」

天煞星君徒弟聞言大驚，想到別人站在窗外，自己竟然沒有發覺，還在肆無忌憚的亂罵一通，不禁大感惱怒，怪聲道：「李鵬兒，原來是你，好啊，老爺正要找你，你就送上門來，好得很，好得很。」

李鵬兒向他一揖，眼睛不由自主的又瞟那少女，那少女懵然不覺，她見師兄全然沒有名門風度，愈說愈是粗魯，不禁輕輕扯了他一下衣角，示意住口。

高戰在牆角看見師兄臨走時眼光充滿了迷惘之色，似乎心不在焉，他大感奇怪，連忙戒備，恐怕天煞星君的徒弟突然出手襲擊師兄。

吃過晚飯，高戰把短戟插在背後，看看天色尚未初更，心想：「我不如先到楓林去，藏身樹中暫不露面爲妙，如果敵方人多，我再出來不遲，免得那廝說師兄不講信用，約人參戰。」

他一出城門，便施展平沙落雁的身法，向楓樹林撲去，找著一枝大椏枝，棲身其上，舉目眺望，但見炊煙裊裊，原野上暮色蒼芒，已是上燈的時分了。

當月亮爬上了樹梢的時候，一條黑影穿進林中，高戰看他的身法知道是師兄李鵬兒，只見他來回走了幾步，心神好像不寧，最後靠在一棵大樹下，自言自語道：「這廝武功不弱，待會我一上來就運起先天氣功，用狂飆拳對付他，好先聲奪人。」

他像是等得不耐煩了，劈然一掌，擊向一株碗口粗細的楓樹，那楓樹並無半點搖動，咔嚓一聲，齊腰而斷。

高戰暗讚：「好掌法。」忽見來路上奔來兩人，雙雙入林，正是天煞星君的兩個徒兒。那天煞星君的男弟子道：「姓李的，咱們應約而來，就請閣下劃下道來，以便快快解決。」

高戰見他雖則驕氣凌人，但言語已不像早上那樣粗暴無禮，心知是那個少女勸導之功，不由瞧了少女一眼，只見月色透過林子，淡淡照在她臉上，那嬌小秀美的模樣，倒有幾分像自己心上人姬蕾。想到姬蕾年紀輕輕，就離開這世上，自己日後永遠見不著她了，不禁心中一酸，大感哀傷。

李鵬兒沉聲道：「打架要女人作幫手，在下倒是第一次見到。」

天煞星君徒弟怒道：「誰要女人作幫手了，師妹，妳站得遠遠的，千萬不要插手。」

高戰聽師兄口舌尖利，一反平日厚道的性格，心中正自琢磨其中原因，李鵬兒冷然道：「請教閣下大名。」

天煞星君徒兒道：「在下文倫，這是我師妹張麗彤。」

李鵬兒道：「令師打傷我丐幫護法金老大，家師邊塞大俠已去找他了結這段樑子，閣下口口聲聲辱罵在下及敝幫弟兄，在下倒要請教。」

文倫冷笑道：「閣下是什麼人，竟敢冒充前代幫主傳人。」

李鵬兒沉聲道：「廢話少說，在下得罪了。」

他退後一步，一提真氣，佈滿全身，衣衫都像灌足了氣，自然膨脹起來。

高戰心想：「練這先天氣功雖然只有十層大關，可是練到第十層後，功力深淺還是大有分別，像師兄和我一運功立刻真氣佈滿，雖然聲勢駭人，但比起師父那種全身不見痕跡的地步，還差得遠哩！」

他正沉思間，李鵬兒已然動手，只見他狂飆拳法摻入先天氣功，端的威風凜凜，剛猛至極，那天煞星君徒兒文倫，倒退連連，守住對方攻勢。

李鵬兒見對方雖然被自己迫得無還手之力，可是緊守門戶，居然臨危不敗，不由暗讚天煞星君果然不愧一代梟雄，調教的徒兒也如此了得。

文倫連退三步，驀然大喝一聲，一招「橫江擊槳」，向李鵬兒雙拳擊去，李鵬兒兩拳一沉，化拳為掌向文倫胸前要穴拂去。

文倫側身閃過，飛起一腳直踢李鵬兒腰間，李鵬兒身形一轉，避過攻擊，不退反進，狂飆拳法已施得最精妙之處，一時之間，風聲大起，真如狂風來臨一般。

文倫以師門絕藝大力金剛掌，暗夾琵琶指的陰毒點穴手法，沉著應戰，李鵬兒見久戰他不下，心中微急，先天氣功又加重了幾成，那少女見文倫連施險招，已走下風，睜大著烏黑的眼睛，注視著場中爭鬥，關切之情溢於臉上。

高戰待在樹上，看到兩人打得甚是猛烈，他知師兄決不致於落敗，但對於文倫功夫，也暗中讚賞不已，他忖道：「那日我什麼功夫都不會，竟把這廝打下懸崖，真只怪這廝粗心托大，否則後果真不敢想像。」

此時場中形勢一變，文倫不再閃避，也運起內力，硬打硬碰，李鵬兒突然身形一滯，雙拳一上一下擊向文倫面門小腹，這正是關外天池絕學飆拳法中精妙招式「盤弓射鵰」。

文倫偏頭縮腹，飛快的還了一掌，李鵬兒讚聲好功夫，攻擊綿綿而去，「盤弓射鵰」才使完，「疾風鳴弓」、「月異星邪」，兩招緊向文倫全身迫去，文倫但覺全身都罩在敵人拳勢之內，心知已臨危境，當下奮起全力，一招「霸王扛鼎」，直擊李鵬兒下額，想求兩敗俱傷。

李鵬兒冷笑一聲，伸手半式突變，扣住文倫來擊右手脈門，文倫但覺半邊一麻，勁力全消，他此時猶圖作困獸之鬥，一言不發，左拳揚起，想擊李鵬兒太陽穴，李鵬兒伸手五指連彈，打中他左脅穴道。

正在此時，文倫師妹疾縱過來，高聲焦急道：「莫傷我師兄。」她語聲未畢，身形已近，雙袖拂向李鵬兒面前，李鵬兒想不到一個女孩子竟然如此了得，只得鬆開雙手，倒退一步道：

「好俊的雙燕飛功夫。」

張麗彤童心未泯，聽人讚她，心中很是得意，氣先消了一半，對李鵬兒道：「你快把他穴道解開，氣血受阻過久會受內傷的，我師兄內傷初癒，功力尚未完全恢復，否則，哼，你未必打得過他。」

李鵬兒見她對倒在地下的師兄，關注至極，臉上洋溢著萬般憐惜，他突然發覺那模樣神情十切熟悉，那已是很久很久的事了，可是他記得很清楚——一時間他彷彿又重看到那年冬天，當母親臨終的一刻對他注視的目光。

李鵬兒忖道：「只要有人這樣憐惜我，就是死去一千次一萬次，又有什麼關係呢？」

張麗彤忽道：「你怎麼不理我？你快治好他，我們不必再打啦。」

李鵬兒輕嘆一聲，拍開文倫穴道。文倫翻起身來，口中咒罵不停，又要上前找李鵬兒放對，張麗彤連忙柔聲勸慰。

文倫羞怒難當，竟然怪起他師妹來，惡狠狠瞪了她兩眼，李鵬兒大感憤怒，便道：「喂，要打就打，亂找人發脾氣也不濟事呀！」

高戰在樹中暗暗叫奇，忖道：「師兄的脾氣和我倒差不多，處處讓人一步，怎麼今日大大改變，竟會這樣容易生氣。」

文倫不顧一切衝過去，站在旁的張麗彤忽然尖聲急道：「師兄，你後面，你後面。」

文倫轉身一抓，但聞風聲一響，撲了個空，文倫感到一股寒意直冒上來，連發怒也給忘了，想到以自己之功力，竟然讓別人悄悄走到身後全然不覺，這個臉可丟大啦。

李鵬兒也是大吃一驚，心想自己和文倫相距不過五尺左右，這林中光線並不太黑，可是此人能瞞過兩個人耳目，立身文倫身後，這怪人的輕功，簡直有如鬼魅，恐怕連自己師父邊塞大俠也辦不到。

三人相顧駭然，樹上的高戰也只覺人影一閃，什麼也看不清楚。

李鵬兒高聲道：「何方高人請出來一見，晚輩李鵬兒和一位朋友在此比試功夫，別無他意。」

他中氣充足，聲音傳得老遠，寒風吹來斷斷續續的回音，此起彼落。

等了半天，並不見人出來，張麗彤一拉文倫的手，對李鵬兒道：「閣下身手不凡，咱們將來在丐幫大會，再來領教。」

李鵬兒拱手道：「姑娘師兄妹好俊功夫，在下隨時恭候大駕。」

文倫傲然笑了一聲，牽著他師妹走了，李鵬兒目送那嬌美纖小背影一直走向林中，心中空洞洞的，像是遺失了什麼，一種直覺告訴他，那將是永久的遺失了。

重整丐幫名揚天下的意願，在一刻間對他已不再是那麼熱烈和迫切，他看看天色，忽然失聲自語道：「呀，已經二更了，金叔叔約我去見丐幫長老，我得趕快去了。唉，我一見到那姑娘，心中迷惘得很，什麼都不能想。」

他展開上乘輕功飄出林外，雖然那輕盈的步法，已經可以給人一種忘卻重量的感覺，然而他卻感到在心靈深處的負荷，是那樣的沉重。

高戰恍然大悟，跳下樹來，心想：「原來師兄愛上了那姑娘，難怪先前文倫對他師妹無禮，師兄便暴怒起來。那張姑娘看來對文倫這廝癡情至極，師兄真是作繭自縛。唉，師兄啊！」

高戰轉念一想，自嘲的笑了笑：「我這先替別人擔憂的脾氣始終改不了，其實我自己呢？日後的日子還長得很啊。我先去找辛叔叔，請他出來去除殺害姬蕾全家的仇人，我也可以順便討教一下劍法。」

他盤算已定，驀然後面一個溫和可親的聲音喊道：「喂，娃兒，你過來。」

高戰回頭一看，身後不遠站著一個老和尚，頭上稀稀的蓄著幾根白髮，兩道又疏又長的壽眉，已然變成米黃色，臉上紅潤異常，根本就看不出真實年齡，高戰只覺得這老僧有一種令人一見生敬的神色，當下恭恭敬敬行了一禮道：「老前輩，不知有何吩咐。」

那老僧道：「你剛才躲在樹上，能夠坐得穩穩地連樹枝都不動一下，功力很不錯呀！」

高戰吃了一驚，失口道：「前輩，您……您……怎知道？」

老僧哈哈笑道：「你這點小詭計，怎能瞞過我老人家這雙法眼，嘿，我老人家有件事要托你去辦。」

高戰恍然叫道：「啊，剛才在天煞星君徒兒身後的人，就是老前輩您老人家了。」

老僧讚道：「像你這樣聰明的好娃兒，我老人家問你，你到底願不願意替我辦事？」

高戰連道：「你老前輩有什麼事，只要晚輩力所能及，一定不敢推辭。」

老僧神秘地道：「你這娃兒真乖，只要辦妥我老人家的事，包你有意想不到的好處。」

高戰問道：「老前輩究竟是什麼事？」

老僧道：「莫慌，莫慌，我老人家知道你叫高戰，是風柏楊的徒兒對麼？」

高戰驚得合不攏口，忖道：「這老人家真是神通廣大，怎麼連我師承姓名都知道了。」

老僧忽然正色道：「我老人家瞧你功夫還不錯，這才找你去跑腿。姓高的娃兒，你在江湖上行走，有一個姓辛的，外號叫什麼梅香……什麼梅香神劍的，可知道嗎？」

高戰連忙應道：「晚輩正要去找辛叔叔。」

老僧喜道：「好極了，好極了，我老人家運道不錯，你這就兼程趕去告訴辛捷那娃兒，就說我老人家已經想起那三個魔頭的來歷！」

高戰插口問道：「哪三個魔頭？」

老僧搖手道：「你且莫管，這事說來話長，連你師父也未必知道，你趕去找到辛捷，叫他向中原武林道傳四句話，如果遇到這三個魔頭，只要說出這四句話，定可保住性命。」

高戰不敢多問，點頭答是，老僧接著道：「這句話是『靈空尙存，舊債未清，鯤鳳鯢雉，何必相爭』，任何人只要照這話說出，那魔頭們定自持身分，不會與小輩爲難了。」

高戰忽道：「老前輩，那魔頭是否會腐石陰功？」

老僧奇道：「對呵，你怎麼知道？」

高戰道：「昨夜有人燒了城東郊所莊院，就用腐石功留下字跡，我想可能就是老前輩所說的魔頭。」

老僧揮手道：「娃兒趕快走啊，辦完事後，你到大戢島來找我老人家，包管有你想不到的好處。」

高戰驚叫道：「平凡上人，老前輩原來就是平凡上人。」

老僧瞇著眼，呵呵笑道：「你這娃兒，年紀雖輕，見識倒是很廣，走吧！」

高戰行禮告別，平凡上人搓搓雙手，閃入黑暗中，口中喃喃自語道：「這娃兒將來成就絕不在辛捷之下。」

忽然黑影一閃，平凡上人何等功力，早就瞧得清清楚楚，喝道：「女娃兒，快出來，妳嚷著要我老人家替妳找那姓高的小娃，好不容易找著了，妳又跑開。」

那女孩應聲而出，哭著道：「平凡上人，我……爹爹……媽媽他們被人……被人殺了，房子也被燒光啦。」

平凡上人腦筋一轉，了然於胸，便道：「是不是有人留下字來？」

那女孩哭著點頭，平凡上人沉吟不語，女孩哭了一陣，再也支持不住，昏倒地上。

平凡上人慌忙上前推宮過血，半晌那女孩叫了一聲，醒轉過來，又哀哀痛哭起來。平凡上人一生不喜和女子打交道，可是對這女孩似乎真是投緣，以他詼諧天性，悠遊物外，何曾作過勸慰別人之事，此時硬著頭皮，反來覆去的只是叫那女孩別哭。

那女孩哭了一陣，忽然站起身來，叫道：「爹，媽，不孝的女兒跟您來了。」說罷手中匕首朝胸口刺去，平凡上人虛空一指，女孩手中匕首脫手而飛，平凡上人連道：「使不得，使不得。」

那女孩自殺不成，又哭起來，平凡上人被她哭得心煩，以他平日脾氣真想撒手一走了事，可是不知怎的，竟然有些不忍。

原來那女孩正是姬蕾，她離家巧避殺身之禍，遇上平凡上人之經過，這且暫時按下。

姬蕾哭得筋疲力竭，胸中反倒舒暢一點，她一抬頭，只見平凡上人不見蹤跡，不由大感害怕，高聲叫道：「平凡上人，你在哪裡？」

平凡上人從樹梢飄下，臉色沉沉地道：「妳還敢不敢哭，再哭我老人家真走了。」

姬蕾真怕平凡上人離去，強忍奪眶而出的淚珠，顫道：「不哭，不哭。」

平凡上人道：「這才是好娃兒，我老人家最討厭別人在我面前哭哭啼啼。」

姬蕾悽然道：「上人，我爹爹媽媽死得好慘，您老人家一定要幫我，打死那老魔頭。」

平凡上人點頭不語，心內忖道：「妳這娃兒說得好輕鬆，百年前我用計困住三個魔頭，只道他們早已歸天，不意竟能推開那塊萬斤大石，脫困而出，就以我目下功力，此事怕也不能辦到。」

且說高戰奉了平凡上人之命，直往沙龍坪奔去，他一路上日夜趕路，半個月後趕到四川境內，已是臘月底，年關將近，道上全是返鄉過年之人。

他翻山越嶺，或行棧道，或走索橋，蜀道難行，自古如此，可是景色秀麗，山高水激，高戰邊行邊賞，胸襟大為開朗，心想自己最初的志願是遊歷天下，將來總要想法完成。

這日走到川南，問了鄉人往沙龍坪之路，心中忽然想起林氏姊妹，暗忖：「我這一年多沒有想過她倆，她們爹爹臨終托我照顧，真是慚愧，一點兒沒管她們。」

他想到此，腳步不由加快，穿過梅林，遠遠見金童辛平正在指手劃腳興高采烈的談著，在他身旁正是林玉那小姑娘，一年不見，又長高不少。

高戰輕步走近，朗聲道：「平弟，玉妹，你們看誰來了。」

金童辛平和林玉雙雙轉身，一見高戰笑容可掬的站在身後，兩人歡叫一聲，辛平跑上前拉著高戰的手，林玉飛快跑進去叫她姐姐了。

辛平道：「高大哥，你武藝學成了嗎？」

高戰笑道：「平弟，你兩眼神光外溢，功力定然又增長不少，也難怪，以你爹爹媽媽那樣功夫，教出來的弟子自然是驚世駭俗了。」

辛平天性好勝，聽得很是入耳，便也道：「高大哥，爹爹說你內力深厚，我再得四、五年才辦得到，你是來看我們的嗎？」

高戰道：「我有事要找辛叔叔。」

辛平道：「爹爹還沒有回來，你有事去和我媽說，高大哥，你和我們一塊過年，大家熱鬧。」

高戰正想開口，林氏姐妹已經走出，林汶掩不住臉上欣喜之色，叫了一聲高大哥，就走近高戰身邊。

林玉扮個鬼臉，對高戰道：「高大哥，你再不來看我們，姐姐就要到江湖上去找你啦。」

林汶連聲叱責，偷眼一看高戰，又見他神色感激，表情十分誠懇，心中不由暗喜。

林玉向辛平悄悄施個眼色道：「辛平，咱們去橋頭看梅公公下棋去。」

辛平不解林玉用意，心想大家好不容易聚在一起，怎麼又要走開，但是林玉連施眼色，他無奈之下只有和她兩人一起走進梅林。

林汶臉上一紅，知道這鬼精靈妹子的用意，心中頗為感激，看了高戰幾眼，低聲道：「高大哥你這一年多在關外練武，身子長得很健壯，我，我很高興。」

她原有許多話要說，可是一見著高戰英俊如昔，竟然歡喜得一句話都說不出。

高戰柔聲：「汶姊，妳瘦了些，我想妳一定是思念過去的父母，我這一年多，天天忙著練武，師父對我期望很高，只有硬著頭皮去學。」

林汶道：「你武功學成了，是不是要像辛伯伯一樣，終年到頭到處遊俠呢？」

高戰點點頭，心想：「只有這樣，只有為鋤暴安良的事忙得連什麼都不暇思索，這樣我才可能快活一些，否則我將會像吳大叔一樣，讓悲哀來慢慢腐蝕我的心。」

林汶悽聲道：「我……我不會武功，將來你，你陪不陪我？」

她聲音愈說愈低，臉上紅雲密佈，高戰抬頭只見她眼中盡是纏綿悽苦之色，心下不由一凜，忖道：「我全部感情已經交給姬蕾，雖然她死了，可是這我並不能收回，我不再配接受一份純潔的感情，因為——我再沒有什麼好付出了。我得想法子讓她明白。」

他想開口說明，可是，他想到小時林汶呵護自己之情，此舉實在大大傷她之心，是以好生為難，不忍啓口。

「汶兒，這位定是高賢侄了。」

不知什麼時候，張菁從側門走出，高戰連忙拜了一拜，說道：「小侄正是高戰，奉大戢島主平凡上人之命，有要緊事件相告。」

張菁驚訝地道：「是不是有關重現江湖的三個老魔的事？」

高戰道：「正是，平凡上人他叫小侄告訴辛叔叔，他老人家已經想起那三人來歷。」

張菁插口問道：「你在哪裡碰到他老人家。」

高戰道：「濟南附近。」

張菁道：「上人親自出馬，這事當真棘手，那三個魔頭本領的確大得緊，高賢侄，上人還有什麼話吩咐嗎？」

高戰當下便把平凡上人所告的那四句話說了出來，張菁凝神想了一會，口中喃喃念著「靈空尚存，舊債未清，鯤鳳鯢雉，何必相爭」那四句話，彷彿若有所悟。

高戰問道：「嬸嬸妳懂得其中意思麼？」

張菁搖頭道：「我也猜不準，不過平凡上人是少林逃禪僧人，青年時在少林中法名正是靈空，他這幾句意思就是那三個魔頭有本事就去找他，不必尋武林後輩的晦氣，這樣看來，這三個魔頭倒是上人的仇家了。」

高戰答道：「小侄也是這麼想，辛叔叔竟然不在家中，就請嬸嬸將辛叔叔令信交給小侄，小侄去通知中原武林。」

張菁想了想道：「目下只有這樣了，不過辛叔叔行遍全國，從來都是一人一劍，或者是和嬸嬸一起，並無任何令信，這個怎生是好？」

正在這時，辛平林玉回來了，他倆都不懂圍棋，看了一會，都覺很是氣悶，辛平也不管林玉是否願意，拖著她一同回家。

辛平見母親好生爲難，忽然靈機一動，叫道：「媽媽，妳寫封信，我和高大哥一齊到秦中去找終南一鶴魯伯伯，他是北五省的俠義道盟主，請他再正式通知大家，不是很方便嗎？」

林玉讚道：「辛平這主意兒不壞。」

辛平甚是得意，等待張菁答應，張菁想想別無他法，便去寫了封信，交給高戰道：「高賢侄你騎辛平的黑龍駒，趕到漢中避秦山莊去，找到終南一鶴魯道生魯大俠，把這封信交給他，就馬上趕回來，咱們還等你過年。」

高戰點頭稱是，金童辛平嚷道：「媽，我也要跟高大哥一塊去。」

張菁叱道：「你跟去幹嗎？你這小鬼只會闖禍惹事，這事有關武林整個命運，非同小可，你去如果誤了大事，叫你爹如何向天下英雄交待。」

辛平不服道：「媽媽，平兒幾時闖過禍，我一定要跟高大哥去的。」

高戰見他急得滿臉通紅，心想辛平甚是機靈慧巧之人，武功也很了得，一起同行，遇上意外，未嘗不是一個好幫手，便對張菁道：「嬸嬸，就讓平弟和我一塊去好了，那黑龍駒我瞧神俊無比，坐兩個人是不成問題的。」

辛平高聲道：「是啊，是啊。」

張菁無奈，只得應允。辛平撮口嘯了一聲，只見遠遠塵頭起處，一匹黑光閃爍，毛色如緞的駿馬如飛跑來，到了眾人身旁戛然而止，伸著頭不住和辛平廝磨親熱，辛平摸著馬背對牠道：「龍兒，龍兒，高大哥和我要趕到漢中去，你可要跑得快些，莫要在客人面前丟臉。」

張菁見愛子長得和自己差不多高，可是一向嬌生慣養，對於世事真是一竅不通，一味天真頑皮，不知何時才得長大懂事。

高戰辛平雙雙翻身上馬，那龍駒長嘶一聲，聲音清脆至極，透著無限歡悅，好像抑鬱於區區之沙龍坪，很久不能施展才華，此時有機會放足一奔，真是暢快之事。

兩人向張菁及林氏姐妹一揮手，辛平一拍馬頸，那馬四蹄翻飛，一轉眼間，已跑出梅林。高戰只見梅樹不住向後倒退，耳畔風聲颯然，真如凌虛御風，但卻平穩至極，漸漸的，愈行愈快，愈行愈遠，他彷彿聽到林氏姐妹呼喚快快歸來。

十一　萬籟俱寂

且說張菁目送高戰辛平離去，心中突然有點忐忑不安，想到一家人本來每年只有過年的時候，大家才能相聚一起歡然共度，不意今年分散各方，那光景實在有點兒悽慘。丈夫辛捷遠在少林寺，不知三個老魔有沒有上嵩山尋平凡上人，雖則她明知辛捷、吳凌風大哥和武林之秀孫倚重聯手，普天之下除了東海三仙能夠取勝外，只怕再少敵手，只是想到那三個老魔功力之深，真是不寒而慄，兩道彎彎的秀眉不由得皺得更緊了。

她想：「我如果去少林寺，倒反要累大哥分心照顧，而且大哥必然不喜，只盼平凡上人和爹爹早早出手。」

她回頭一看身後林氏姊妹，只見林汶眼睛裡盡是淚水，呆立在寒風中，無限深情地望著梅林的遠方——雖然，除了片片如雪的梅花外，什麼都看不到。

張菁心中暗道：「難怪古人有『悔教夫婿覓封侯』的詩句。」忽然她又想起了兒時在無極島上，九阿姨（繆九娘）終日似瘋非瘋的歌唱，那是——

塵世間，名利何物，到頭來鏡花水月，縹緲白雲；但是生死相許處，塵世間，唯有真情才是真，唯有情，才是真。

「名利算得了什麼？可是自古以來不知迷醉了多少人，像大哥那樣豁達之人上次和老魔打時，就差點寧願身死，不肯棄劍，盛名之累，也不曉得害了幾許英雄。」她默默地想著，看看林汶林玉兩姊妹猶自不捨的凝神而望，似乎是她們兩顆心也隨著高戰和辛平走遠了。

張菁不禁喃喃念道：「唯有情，才是真，唯有情，才是真。」一時之間，她壯志漸漸消磨了，她叫道：「汶兒，玉兒，咱們進屋去吧！」

和悅的聲音隨著北風，凝而不散，張菁此時的內功已到了不露痕跡的地步，那聲音傳入了林家姐妹的耳中，和慈母的呼喚一般兒親切，林汶林玉相對一望，被凍紅的臉頰更紅了，感激和惜別的淚珠，悄悄的直掛了下來，此時此地，雖是寒冬，然而大地上空氣卻是溫暖的，因爲——那充滿了愛。

且說高戰辛平合騎黑龍駒如飛跑去，一路上兩人不便交談，因爲馬行太速，而且寒風正凜，一張口就得灌口西北風，高戰輕輕扶在辛平肩上，但見辛平挺得筆直，雖則不用韁繩，可是做得四平八穩，隱約間已有一代大俠的風神，高戰心想：「好幸福的孩子，我簡直想不出這世上還有什麼東西是他缺少的。」

跑了一個時辰，穿進一片小鎮，高戰怕馬跑得太快踢傷了人，便拍拍金童肩膀示意他束馬慢行，辛平回頭微微一笑，拍了黑背馬頭三下，黑龍駒果然放慢步子，但不時回轉頭來對高戰、辛平溜來溜去。

高戰理會得黑龍駒的意思，從前他的老友「老黃」不服他的命令時也是這樣的，他注視著那雙赤紅的馬眼，於是立刻又想起了「老黃」——那忠實的老牛，當他把老黃賣給牛販時，老黃絕望的眼神又彷彿到了面前，一時之間，他覺得十分淒慘，活像是失掉了一切，他不由自主地扶緊了辛平，默默想道：「我命運是這麼險惡麼？凡是和我有感情的，甚至是一頭老牛，也都是遭到悲慘的命運，爹爹媽媽是永遠看不到了，小蕾也別了，這噩運看來是永遠無法擺脫。」他輕輕嘆著，轉思又想道：「動物除了不會說話，也有一份真摯的情感，而且也許永遠不會是虛偽的吧！」

忽然黑龍駒清嘯一聲，驚破高戰沉思，他突然感到一種騰雲駕霧的感覺，低頭一看，原來黑龍駒大發神威，凌空躍過了小溪。

薄暮冥冥，漸漸地馬兒走進了山道，步法放緩，辛平高聲道：「大哥，再趕幾十里就是魯伯伯家啦，咱們大概初更時分便可趕到，把那件事告訴魯伯伯，吃頓晚飯，立刻起程趕回，不要等天亮，就回家了。」

高戰道：「不用這麼急呀，這馬已跑了快大半天了，如果再連夜趕回，恐怕這可遇不可求的千里馬要活生生累倒了。」

辛平得意一笑道：「大哥你也太小看龍兒了，這來回幾百里在龍兒眼裡原算不了什麼。」

他摸摸馬鬃過：「龍兒，你說是麼?」黑龍駒長鳴一聲，似乎在替主人作證，高戰覺得好笑，心境開朗一些。

兩人又行了半個時辰，此時天已全黑，但見漫天繁星，月色朦朧，山道愈來愈險，得得蹄聲中又轉了個彎。

前面地勢豁然而開是一片柏樹林子，遠遠燈火明滅，林外寒山冽風，更顯得孤燈之昏暗。辛平道：「前面就是魯伯伯住的地方了，咱們快趕去。」他一夾兩腿，座騎似箭一般疾射而去。高戰暗暗讚道：「這馬兒果然絲毫不見倦意，與師父那匹關外第一駿馬飛雲騅真可並駕齊驅，只是那飛雲騅馬齒已長，這黑龍駒年事尚幼，日後只怕宇內再難找出如此駿馬。」

一出林，忽見一條黑影從前面木籬閃出，辛平以爲是秦嶺一鶴魯道生，趕緊催馬上去，那黑影如一溜輕煙隱入林中，高戰問道：「那是魯大俠吧?」

金童辛平搖頭道：「不是，不是，魯伯伯是華山派高手，那黑影輕身功夫不是華山派的。」

高戰點點頭，兩人騎近木籬，高戰翻身下馬，上前叩門。辛平等待不及，高聲叫道：「魯伯伯，有要緊的事情，請快開門。」

門裡一個沉厚聲音應道：「是辛平嗎？」語音方停，身形已近大門，高戰抬頭一看，只見一個三十旬五六左右清矍中年當門而立，心知必是威震西北的秦嶺一鶴魯道生，當下一揖道：「晚輩高戰拜見前輩魯大俠。」

魯道生見高戰眼神奕奕，站著凝若泰山，竟似有幾十年內功似的，可是年紀不過二十左右，心中不禁大是奇怪，便也還了一揖道：「這位兄弟年紀輕輕，已得內家真傳，到達『五心歸一』的地步，真是叫人好生歎服。」

高戰連聲謙虛道：「魯大俠，您千萬別這樣稱呼，晚輩奉辛嬸嬸之命有要事相告。」

魯道生一驚，隨即平和地道：「咱們進屋再談。」

金童辛平笑道：「是啊，我們老遠跑來，連飯都沒吃。」

秦嶺一鶴魯道生連忙引著辛、高兩人進了屋，那屋子是用木板釘成，外貌雖然甚爲粗糙，裡面卻是一塵不染，佈置得清雅異常，當中掛了一幅中堂，上面寫著「鶴唳青雲」四字，筆走龍蛇，蒼勁挺拔之氣奔於紙上，高戰仔細一看，竟是梅香神劍辛捷寫的。

原來這秦嶺一鶴魯道生是近年來北方崛起的英雄，一身華山功夫很是了得。華山百餘年前當明朝中葉之時，第十五代弟子師兄弟二人爲了爭奪掌門人大位而火拚，終於兩敗俱傷，死於華山幽谷之中，自此以後，華山武功精要內家秘笈也跟著失傳，華山派在江湖上竟然不能佔一席之地，直傳到這魯道生，他立志恢復祖師爺昔日雄風，遍走華山尋找祖師父遺骸所在，想要循線找到那本內家秘笈。

總算他的苦心沒有白費，在一處人跡罕至的山谷下，找到第十五代祖師較功的山洞，在兩堆枯骨旁，尋著華山派歷代武功精華所在的內家秘笈，魯道生大喜若狂，當下恭恭敬敬把祖師爺埋了，就在那洞中練起功來。

這樣練了五年，魯道生功力大進，比起華山其他弟子不知高出多少倍，就是他師父也大不如他。他把內家秘笈練完，有一天他正想離開山洞，把秘笈交給他師父——華山派掌門人，好光大華山派門戶，在整理行囊時，無意磨落一大塊壁上青苔，發現壁上竟然記載了一大篇文字。

魯道生好奇心起，仔細一讀，直樂得在地上連翻觔斗，原來壁上所載的是當年兩位祖師拚鬥得筋疲力盡時，兩人均知是內傷沉重，生意絕望，想到爲了虛名竟然同室操戈，華山一派恐怕從此中斷，兩人不禁大感彷惶無計。

在這臨死的一刻，師兄弟倆靈台間但覺一片空明，心中又慚又悔，做師兄的想到師弟從小就和自己在一塊學藝，一切都由自己照顧，昔日是多麼友愛，做師弟的想到師兄對自己的諸般好處，自己竟然想爭奪師兄應得的位置，真是禽獸不如。兩人不約而同抬眼一望，昔日友情又復活了，淚珠不知在什麼時候流了下來，做師兄悄悄伸出熱情的手，緊握在他師弟的手上。

兩人自知生意已絕，臨死之前能夠和好如初，心內很覺坦然，做師兄的突然閃起一個念頭，他此時已經不能講話，便鼓足最後真力運起一指禪，在牆上寫出華山劍法的唯一破綻處，待到寫完，已然燈燼油竭，手指還伸在空中，便離開了他師弟。

做師弟的凝目看著師兄的動作，他心中明白師兄的用意，他一向好勝，此時猶然未改，便也若思另一招的破綻，但是想來想去總是想不出，而且氣力愈來愈不成了。他嘆口氣，心想這最後一次就讓師兄勝吧！忽然他眼前一晃，一隻大蜘蛛蕩著一根絲去追擊一隻甲蟲，眼看已經越過目標，那蜘蛛突然在空中打了一個轉，正落在甲蟲身上，大嚼起來。他當時只覺眼前一亮，彌補另一招華山劍術的方法已然想通，當下不敢怠慢，也用指刻在牆上，並把這經過也寫下來，希望有朝一日能有華山弟子發現。

魯道生當下就照著牆上所寫，把一套華山劍術練得天衣無縫，凌厲無比。華山派自開派以來，一直與少林、武當、崆峒、峨嵋並駕齊驅，歷代弟子對於劍術上獨有造詣都記載在內家秘笈之上，招式端的精妙，層出不窮，此時兩大絕頂高手以同門絕藝生死相拚，終於發覺其中最不易發覺的破綻，若非如此，如果與別派的高手較量，別人固然難以找出破綻，自己也必定以非爲是，這魯道生能得到一部再無缺陷的劍法，真可謂造化不淺了。

魯道生下了華山，一直在西北一帶行俠，辛捷出道甚早，此時已是聞名天下的大俠，對於魯道生的功夫及人品甚是仰慕，於是結爲至交。辛捷還親自寫了「鶴唳青雲」四字送給他，讚他行爲清高，功夫深不可測。魯道生捧此自是滿懷得志，卜居秦嶺之陽，數年之後，秦嶺一鶴名滿西北，儼然已爲北五省俠義道之盟主了。

魯道生待高戰辛平坐定，便啓口問道：「到底是什麼要緊的事，連辛大俠都應付不了，憑我這塊料怎樣行呀！」

終南一鶴魯道生因辛捷成名已久，自己年齡雖長他幾歲，可是一直以晚輩自居，辛捷多次向他說起兄弟相稱，可是他對辛捷敬仰異常，在外人面前一向還是尊稱辛捷「大俠」，從不稱兄道弟。

高戰正待回答，辛平搶著反問道：「魯伯伯，北方最近發生了什麼大事？」

魯道生略一沉吟道：「聽說山東濟南大豪給人宰了！不過濟南大豪名頭雖大，那是全憑他急公仗義，武功也不見得怎樣高明。」

高戰心中一酸，一時間又想起了姬蕾，胸中大是慘然。

辛平想了想道：「魯伯伯，我爹爹功夫怎樣？」

魯道生正色道：「辛大俠年歲雖只三十出頭，照理說最多只有二十餘年修爲，內力尙不能到達登峰造極地步，可是辛大俠是人中之龍，天縱之才，他的成就自不能以常情來推測，據他平日有時指點我的過招身法看來，內力比起修爲一甲子的前輩，並無半點遜色。」

辛平很是得意，便道：「您是說現今江湖上再難找到爹爹那樣的高手了？」

秦嶺一鶴肯定的點點頭，辛平懊喪地道：「爹爹被人打敗了，你知道嗎？」

此言一出，魯道生固然大吃一驚，就連高戰也不敢相信，他想到辛捷在雁蕩大俠壽宴時，出手擊敗功力深不可測的天煞星君，真是神威凜凜，恐怕比自己師父風柏楊也不多讓，不料天下還有如此高手，能將辛叔叔打敗，想來一定是平凡上人所說的那三個魔頭了。

秦嶺一鶴沉聲問道：「是什麼人？你爹爹怎樣了？」

辛平見他神色緊張至極，知他擔心父親有何意外，當下連忙說明道：「爹爹現在在少林寺，想要合武林之秀孫倚重叔叔和吳凌風叔叔之力，去擋一擋那三個老魔的來勢。」

秦嶺一鶴長吁一口氣，放下心來，原來他一聽到辛捷被人擊敗，想到他那寧折不屈的性兒，真是心急如焚，只怕有甚意外，也沒想到如果辛捷遭到什麼危險，辛平怎能言笑如常哩！

魯道生道：「有三個人？」

辛平道：「這三個老魔是昔年平凡上人的仇家，他們尋上人不著，所以遍找同道晦氣。」

高戰接口道：「那濟南大豪也是這三人殺的，平凡上人也知道這事了，他吩咐晚輩去請辛叔叔告訴武林同道一個法子，可以避免那三個老魔找麻煩，恰巧辛叔叔遠在嵩山，是以辛嬸嬸就交代晚輩與平弟來報告您。」

當下高戰便把平凡上人所吩咐的都說了出來，秦嶺一鶴沉吟不決，半晌道：「適才你們來時，剛好山東金刀李來找我助拳，那龍門毒丐傾全力欲制老李於死地，我已答應就趕去與毒丐周旋，只是目前這事非同小可，事關武林氣數，萬萬遲延不得，這倒教人為難了。」

高戰急問道：「你說的可是昔日關外方家牧場場主，白山劍客方平的岳父金刀李麼？」

魯道生點點頭，高戰突然毅然道：「前輩不必爲難，晚輩這就趕去山東，晚輩功夫雖則不成，但那毒丐只要不是三頭六臂的人，我想總有辦法對付的。」

原來高戰忽然想起師父說過方家牧場方平場主之孤女投奔她外祖父金刀李，自己昔時孤身入關時，曾蒙她父女照顧贈糧，此時她家破人亡，卻又將遭難，當下再也忍耐不住，便欲立刻赴援。

秦嶺一鶴大喜道：「老弟肯去助拳那是再好沒有的了，老弟兩眼神光充足，分明是內家高手，你這去比我這勞什子秦嶺一鶴去更有效哩！」

高戰謙然道：「那龍門毒丐是怎樣人物，晚輩一概不知，還須請魯大俠多多指點。」

魯道生嘆口氣道：「這惡叫化本事倒也並不怎樣了不起，只是他善養毒物，而且爲人睚眦必報，手段狠辣至極，聽說他近年來培養了一種異種蜈蚣，能夠飛撲咬人，而且毒性甚烈，不易解救，老弟此去千萬留意他背後所背大葫蘆，一上手便出殺手迫得他無暇抽空去解葫蘆，放出『飛天蜈蚣』。」

高戰點頭稱是，秦嶺一鶴又道：「此事甚爲急迫，高老弟明日一早就請動身到山東去，辛平你也趕緊回去，告訴你媽媽說我已奉命去轉告西北武林同道。」

辛平不樂，他很想跟著高戰一塊去湊熱鬧，顯顯身手。高戰勸道：「平弟你要看熱鬧，將來有的是機會，這次如果你也跟著去的話，辛嬸嬸見我們不回來，只道發生了什麼意外哩！」

金童辛平無奈，只得答應了，吃過晚飯也不再逗留，怏怏向兩人告別，滿心不高興，騎著駿馬趕回沙龍坪。

且說，次晨高戰天一亮便動身啓程，他想快快趕到山東，便避開正道，專揀山路捷徑而行。他此時對於北方路徑已經很熟悉，輕身功夫也突飛猛進，空山無人，他放足飛奔，遇到地勢險惡之處，都是一躍而過，朔風撲面，高戰精神抖擻，胸中豪邁之氣大增，那相思的苦煩，漸漸離了他的心房。

直到中午，他已行了百里左右，便揀一處清泉處，吃了頓乾糧，盤坐泉邊，運起先天內功的內視之法，恢復疲乏，過了一會，真氣從全身各個穴道轉了一周，高戰只覺小腹丹田之處一股暖氣直往上升，心知功力又有精進，一躍而起。

突然一陣笛聲輕飄飄地順風傳來，高戰聽了片刻，覺得悅耳之極，當下好奇心起，心想這等荒僻之林，居然還有人隱居，倒真是件怪事。

那音樂漸漸高亮，而且間雜著幾聲清亮的鳥鳴，真是又脆又勻，高戰不禁頰醞笑意，宛如置身春日原野，但見風光明媚，鳥語花香，萬物欣然以向榮。

突然，一個高昂音節，彷彿沖天流星，直達霄漢，接著便寂然無聲。高戰一驚之下，定一定神，暗自忖道：「這音樂怎的如此好聽，簡直令人想放棄一切要緊的事，而去凝神聽它。」轉念又想道：「我的定力也太差了一些，如果和敵人交手之時，聽到這音樂，一定會放下一切來聽，豈不是任人宰割麼？」

他本想循聲去識奏樂的人，可是要事在身，略一定神，正往離林而去，那音樂又幽幽的奏了起來。

高戰一怔，隨即聽出這是一曲「迎賓曲」，他師父邊塞大俠風柏楊對於樂理造詣甚深，高戰天性好學，在跟師父學習先天氣功時，各種曲調和樂器也曾研究過一番，此刻聽起來是平常不過的「迎賓曲」，可是音調取捨之間，與自己平日熟悉的調子，大大迴異，聲音中透出無限歡樂，似乎是驀見多年好友。

高戰收起好奇心，向前走了數步，那樂音忽然調子一轉，聲音淒淒切切，已非方才行雲流水一般順暢，似乎是焦急賓客又將離去，雖然還是一首「迎賓曲」，可是已然沒有半點好友相逢的歡樂，音調愈來愈低，最後只剩嗚嗚之音，彷彿那奏樂的人絕望至極，竟忍不住哭泣起來。

高戰不由大爲心動，心想此人寂寞至極，好友又走，我倒去安慰安慰他。此念一起終於忍不住，心一橫便循聲前尋，走不多遠，只見樹林當中，一塊枯草地上，則坐著一個十五六歲的少年，正微笑著向他點頭。

高戰一抬頭，發覺四周樹上停滿了禽鳥，有烏鴉，喜鵲，老鷹，枯黃的草上則站滿了動物，小白兔、花鹿和長嘴的狐狸，奇怪的是那專吃白兔的狐狸，此時一隻隻和馴地躺著，仰著牠們的那顆充滿奸詐念頭的腦袋，呆呆的看著那少年。

那少年口邊放著一根短笛，還在不停吹著，肩上停著一隻金黃色的大鳥，長得有點像八哥的模樣，不住用嘴啄毛，神情甚為驕傲，俯視下面那群動物。

高戰瞧著這幅情景，真是又驚又好笑，暗忖：「天下竟有如此怪事，這少年的音樂魔力真大，連世上最狡猾的狐狸都乖乖地聽他吹奏。」

他不由注視的看了少年兩眼，但覺那少年儒巾儒服，長得非常俊秀，心想金童辛平長得雖俊，只怕也不見得能俊過這少年書生。

那少年忽然把短笛移開口邊，收進袖中，站起身向高戰招招手，欣然一笑，高戰只覺有如百花盛放，好看至極。

少年道：「喂，我老早就看到你啦，你一個人坐在那裡好像老和尚打坐一樣，所以不敢驚動你。」

高戰心中一驚，暗忖：「我運起先天功內視之法，這方圓十丈之內，就是枯葉落地，也必驚覺，這少年難道輕功如此高強？」

少年見高戰滿臉驚異之色，十分得意的道：「喂，你別多疑，我老早就在林中呀，我躲在這，你自然看不見，我卻可以從這東西中把你看得一清二楚。」

他說著從懷中取出一個鐵製圓筒來，交給高戰道：「喂，你看看，那邊那棵大樹，是不是就在你的眼前。」

高戰依言看去，十幾丈外的景物，果然就如在眼前一般，高戰驚異得口都合不攏來，連聲問道：「這是什麼東西？」

那少年道：「這叫做千里鏡，整個天……下……只有我爹爹有兩架，我覺得它很好玩，就偷了出來。」

高戰道：「真是千里鏡，我聽師父說過西藏密宗僧人，有一種叫水晶球的東西，行起法來可以觀視周圓數百丈，可是比起這玩意來，可真差得多啦。」

那少年點點頭道：「我本來想多邀些朋友來，等你打完坐再請你來玩，誰知道現在冬天，好看的鳥兒都飛走啦，會唱歌的小黃鶯也飛光了，請了半天，只請來這些難看的東西，只有小白兔比較可愛一點。」

高戰見他說得天真，大生親切之感，便問道：「你吹笛吹得好極了，不但是人聽了深深感動，你瞧這般扁毛畜牲也都聽得懂哩，是誰教你的呀？」

那少年道：「這是雪山白婆婆教的，她只教我幾曲失傳了的古曲，後來我聽得膩了，便把自己所見所聽的都慢慢吹了進去，到了後來，心裡想的事也能吹進調子裡去。」

高戰大爲佩服，讚道：「你真聰明。」

少年笑了笑，臉上顯出兩個深深的酒窩，又道：「我用笛子招來這許多寶貝，只道你也會循聲而來，便吹一曲『迎賓曲』來引導你，想不到你反向外走，我心裡一急，吹出的調子也悲哀的很，這些老鷹呀，小白兔呀，喜鵲呀都受不了啦，如果你再不來，我繼續吹下去，這些動物都恐怕會悲哀的死去，我也會……也會哭……」

他說到此，臉上有些羞愧，高戰見他頰上猶有淚痕，心中暗道：「這少年天真得很，喜怒哀樂都形於色。」

少年問道：「你是不是有要緊的事情，我們便一塊走吧，也許我可以幫你一點忙也說不定。」

高戰搖頭道：「我這事很緊急危險，你跟去沒有好處，我們得馬上別過。」

那少年嘴一嘟，他肩上的金色大鳥也呱呱的叫著，似乎對於高戰輕看他主人很感不滿。

高戰大悟，忖道：「原來適才音樂中夾著鳥鳴，就是這頭大鳥，不知是何處所產靈禽，嗚聲如此清亮！」

那少年沉吟一會道：「好，我不跟你去就是，喂，我想起來了，你叫什麼呀，咱們相交一場，總該通個姓名。」

高戰道：「我叫高戰。」

少年道：「我叫金英，你比我大，我就叫你高大哥可好？」

高戰喜道：「那太好了，有你這樣一個聰明的弟弟，真是高興極啦，啊，對了，我還有一個弟弟，他和你年齡差不多，將來他見著你，一定會喜歡得不得了。」

少年也是欣喜非常，時露笑意，高戰道：「英弟，我得走了，你告訴我住在那兒，我將來事完之後好來看你。」

少年忽然神色黯然，高戰暗忖這少年感情如此豐富，日後只怕苦惱的事多得很，少年道：「我就在這林中等你，你一定要來呀。」

高戰點頭答應，那少年把懷中那只千里鏡取出，交給高戰道：「高大哥，你把這個拿去，我知道你此去必定是和別人交手，這千里鏡對你或許有些好處，可以窺查壞人的埋伏，而且，而且你見著這鏡子，便會如同見著我一般，這樣便不會忘記來看我啦。」

高戰見他愈說愈低，神氣很是悲哀，心想：「我如不要他這鏡子，只怕要傷他心，這人年紀雖小，倒是性情中人，對於一個初次見面的人，竟然依戀如斯。」

少年又道：「高大哥，你走吧，我在這兒等你，如果你一輩子不來看我，我就等一輩子。」

他說到最後，聲音雖低，可是堅定至極。高戰心中大奇，心想：「這人怎對我如此好法。」他看看少年臉上儘是愁苦之色，不由大生憐愛，拍著他肩道：「英弟，你別傷心，大哥就會來看你。」

那金色大禽飛離少年右肩，好讓高戰扶執。

高戰也滿懷依戀地和少年告別，他知再一耽擱，非得壞事不可，便拋除雜思，拚命趕路。

走了十來天，進入魯省邊界，向魯南沂州連夜趕去，又走了幾天，這才進了沂州城，算算日子，離開秦嶺已經十五天，心想今夜便是龍門惡丐尋仇之日，當下不敢延遲，便向路人詢問金刀李的住所，那金刀李老在沂州設場授徒已久，而且仗義疏財，是以大大有名。

高戰找到金刀李的院子，便敲門求見，等了半晌，大門啞然而開，一個高大姑娘秀眉微皺道：「金刀李老師父有要事，今天不能會客。」

高戰見她英氣畢露，眉目依希有點像昔日關外所遇白山劍客方平，心中一震，不由盯著她看了兩眼，那姑娘雙眉皺得更緊了，不悅道：「壯士有什麼事請明天再來，如果……如果李老師父能夠解決今夜之事，明兒你要求什麼，他都會答應的。」

她說話時鼻子上聳，說到後來聲音竟然顫抖，高戰從她聲音中忽然找出了昔日的影子，那十多年前，騎著小小胭脂馬，小辮子一晃一晃的頑皮姑娘的模樣，站在身前的這個高大女郎臉上還保留幾分，他正想開口，那姑娘見高戰瞪著眼看她，心內一惱，便把門關上了。

忽然一個念頭閃過高戰腦海，他唇角帶著笑意，慢慢走開了。

「是她，是她，十多年啦，真像一個夢一樣，彼此都不相識，再相逢的時候，就如初相逢一樣地陌生。」高戰默默想著：「就算是一生又有幾個十多年啊！」

他走遠了，臉上笑意漸濃，心下盤算已定。

月白如水，寒光照林。

初更時分，一條黑影翻過了金刀李的後園高牆，輕盈的閃身在一叢竹林中。

不多久，從圍牆上又跳進四條黑彤，忽然屋中一個蒼勁的聲音道：「好朋友都來齊了嗎？老夫久待了。」

那四人之中，站在最前的沉聲道：「姓李的，快快滾出來，老子給你半個月時間準備後事，此刻應該老早安排就緒死而無憾了吧！」

那屋內老者哈哈一笑道：「龍門五傑一向砣不離秤，怎麼今兒少了一個。」

此話的確正中那四人隱痛，四人齊聲喝道：「老鬼再不出來，莫怪我兄弟打將進來。」

忽然兩聲怒叱，從屋頂上躍下兩個青年，一男一女，手執長劍，那男的罵道：「龍門五傑惡貫滿盈，今日叫你見見少爺們的功夫。」

正在此時，那先前在屋中的老者，也竄了出來，對那雙青年男女怒道：「谷兒穎兒怎麼不聽我話，快去陪你師母外婆去，這裡的事千萬不得過問。」

那青年悲聲道：「祖師爺，他們四個人呀，讓我與穎妹一塊兒和他們拚吧。」

老者怒目而視，叱道：「好哇，我還沒有死，你們就敢不聽我話了，快快走吧，爲師也不見得今夜毀在這幾個朋友之手哩！」

龍門五傑中老大毒丐魚鯤不耐道：「姓李的，別婆婆媽媽了，快劃下道兒來。」

原來這老者正是金刀李徵，他明知今夜之事不能善罷，非得見真章不可，是以遣開自家小徒孫，不料徒孫和外孫女清早就埋伏在屋上，而且忽然顯身向龍門五傑索戰，真是初生之犢不畏虎，自己所仰仗的大幫手秦嶺一鶴魯道生遲遲不來，今夜只怕凶多吉少了

他沉吟片刻，知道小徒孫鄭君谷那執拗的脾氣，此時要他離師獨逃，那是萬萬不可能的事，當下一領金刀，刀上金環叮叮作響，金刀李凝目注視著刀上發出的淡淡光彩，一時間豪氣陡生，少年時痛飲高歌的情景都又出現眼前，於是他邁開大步，一抖那會過無數高人的金刀對一雙青年男女道：「谷兒，穎兒退在一旁，看爲師的會會大名鼎鼎的龍門五傑。」

毒丐魚鯤冷嗤一聲道：「卅年前，我兄弟與你這老賊無怨無仇，你竟專找我兄弟麻煩，仗著八卦刀法，何曾將我兄弟放在眼內，俗語道：『光棍不擋財路』，老兒你卻專壞我們財路，當時我們五兄弟功夫未成，忍辱退出湖海，想不到幾十年後，老兒竟也不跑江湖，閉門納起福來，哈哈！」

魚鯤獰然長笑，神態得意至極，似乎金刀李徵已如網中之魚，掌握自己手中。

鄭君谷見見師父被毒丐冷嘲熱諷，他年輕氣盛，忍耐不住，正想破口怒罵，金刀李沉聲道：「朋友廢話少說，就請動手吧！」

毒丐魚鯤冷然道：「龍門五傑對敵一向聯手，老兒年老力衰，就給你佔個便宜，破例由老子一個人來取你性命。」

魚鯤身後一個道裝中年插口道：「李老兒，秦嶺一鶴，魯道生來了！」

金刀李徵聞言大喜，一回頭但見黑壓壓一片，根本不見人影，心中正自奇怪，那道裝漢子狂笑道：「李老兒，姓魯的來是來了，只是見到我兄弟又嚇得夾著尾巴滾啦！」

金刀李一怔，立刻明白是龍門五傑老三逍遙道人許真的詭計，心內暗自罵自己道：「我真是愈老愈糊塗啦，這廝鳥分明忌憚魯老弟，而來探探口風的，我竟然相信他的鬼話，這一來可露底了。」

原來龍門五傑丐、僧、道、農、士，是五個結義綠林，年輕時橫行大河兩岸，手辣心黑，勢力又大，端的霸道非常，後來在六盤山與金刀李一場大戰，那時金刀李外號還是叫「無雙八卦刀」，這無雙八卦刀李徵連顯絕招，金光閃耀中，龍門五傑都掛了彩，從此丐僧道農士退出大河南北，卜居龍門瀑布，廿年後，各人都練就一套陰毒厲害絕技，這才重入湖海，此時北方大俠魯道生已然成名，五傑先後暗中試探過秦嶺一鶴的功力，都鎩羽而歸，是以對秦嶺一鶴甚是忌憚。龍門五傑知道金刀李與魯道生師門華山派淵源甚深，而且與魯道生本人是出了名的忘年交，因此逍遙道人用言語騙出了金刀李底細，當下大喜過望。

逍遙道人許真道：「大哥快料理了這老兒，咱們還有事哩。」

那另外一僧一俗，也齊聲催毒丐快快動手宰掉金刀李。金刀李徵涵養功夫很深，凝神注視敵人，並未露出憤怒。

毒丐魚鯤喝聲道好，從腰際拔出兩根鐵棒，身子一拔，便如一頭大鳥一般向金刀李頭部點去。金刀李足下不丁不八，紫金八卦刀向上一封，金光連閃，在一刹那間已挽了三個刀花，把面門及頭部護得嚴密至極。

毒丐身在空中，只見敵人遍體金光，並無半點破綻之處，心中暗忖八卦刀果然名不虛傳，一吐真氣，暴然下落，手中鐵棒左上右下，連攻三招。

金刀李退了一步，金刀一封身子一閃，避過了對方向上攻擊的招式，忽然寶刀一反，刀背崩向毒丐襲向下盤的短棒，叮噹一聲，刀上小環一齊抖動，聲威很是威猛，毒丐只覺手一麻，兵器幾乎把持不住。當下大爲羞怒，冷哼了半聲，攻勢緩緩遞出。

金刀老李徵心中也自駭然，暗忖這廝功力精進如此，竟可以輕兵器抗拒自己這招「反背擊鼓」而不脫手，看來這卅年這龍門五傑果真下了苦功。

其實毒丐魚鯤武功固然增高，金刀李他本人一生只練外功，在這垂暮之年，自是氣血漸衰，當然不能和昔日相比了。

毒丐見敵人毫無敗相，心想如果連這行將就木的老兒都奈何不得，如何能在五傑中稱長，當下氣納丹田，身形東移西走，手中鑌鐵短棒漫天飛舞，金刀李只覺周圍白灰灰的全是敵人兵器和影子，一時之間他參悟不透敵人究竟是何身法，但知身陷危陣，一個疏忽便得喪命棒下，當下不及思索，八卦紫金刀緩緩向周圍波動地揮了一圈，施出了生平僅用過數次的八卦刀救命三絕招的頭一招「雲山蒼蒼」。

此招一出，毒丐魚鯤感到一股極大壓力直通過來，對方身前似乎有一道牆一般，擋住自己進手招式，他略吃一驚，抽回雙棒，護住全身，只聽見金刀老李徵開聲吐氣，金刀忽上忽下，刀影紛飛，也施出八卦刀法中連環救命三招中第二招「江水茫茫」。

毒丐魚鯤不敢怠慢，瞧準來勢，一振右臂，貫起一口真氣，就往金刀李刀背崩去，金刀李一反刀背，快若閃電的以刀鋒直撩過去，咔嚓一聲，削去毒丐一條鐵棒頭，原來他這紫金刀是家傳之寶，是紫金砂和白煉精鋼鑄成，功能削鐵如泥。

魚鯤又羞又怒，哼了一聲，身形一滯，突然滴溜溜繞著金刀李打圈子，金刀李凝神接招，嚴守門戶，兩人一來一往，打得十分熱鬧。

打了百餘招，毒丐正當盛年，竟是愈戰愈猛，金刀李年紀已邁，刀法已不如起初凌厲，毒丐招式中力道愈見沉重，金刀李奮力招架，只是所守圈子愈來愈小，紫金寶刀竟然漸被毒丐封住。

那龍門五傑另外三人，僧、道、農指指點點好不得意，金刀李徵的徒孫鄭君谷焦急萬分，一邊注視四方，看看救星秦嶺一鶴來沒有，一方面又得注意師祖一遇危招，立刻捨命拯救，他身旁那個高大女郎，正是金刀李的外孫女，關外方家牧場場主白山劍客方平之獨生女方穎穎，此刻也執劍瞪著大眼睛看著朗朗的天際，神情呆若木雞，好像正在深思一個難題。

突然一驚暴喝，方穎穎心內一驚，就如被人當胸擊了一下，她幾乎不敢往場中去看，待到一定神，只見外祖父身子不住向後倒退，寶刀已然脫手，那毒丐縱聲獰笑，兩棒跟著遞到，她驚呼一聲，忽覺身旁一陣風聲，原來鄭君谷已經仗劍出手，擋住毒丐攻擊。

方穎穎立刻加入戰局，那毒丐何等功力，不數招就把她迫得團團亂轉。金刀李鬢眉皆張，臉色慘然，龍門五傑僧、道、農已站在他身後，防他逃走，他長嘆一聲，正待喝退徒孫外孫女，忽見方穎穎已遇險招，毒丐一根鐵棒已點近方穎穎眉心。

金刀李眼見搶救不及，當時急痛攻心，閉眼不忍再看，驀然叮的一聲，他一睜眼只見毒丐右手短棒脫手飛向天空，毒丐倒竄一步，轉身向後看去，一條黑影從竹林穿去，身形疾若流星，十數丈之距離，只點地二下就到面前，眾人都不禁向那人看去，只見那人眉清目秀，是個廿左右俊雅少年。

毒丐叫道：「小子，你是有意來挑這根樑了。」

那少年點點頭道：「龍門五傑，以眾凌寡，以少欺長，豈是好漢行徑，在下路見不平，自然要伸手管啦。」

毒丐暴跳如雷，也不說話便一拳搗去，那少年待他欺身已近，腳下一滑，眾人連看都沒有清，他便閃到毒丐身後，一手按著毒丐魚鯤後心要穴。

毒丐一時輕敵，一出手便叫來人制住，他三個拜弟僧、道、農見兄長性命操於敵人之手，敵人掌勁一吐，毒丐便得心脈破碎而死，當下不敢妄動，呆呆望著來人。

十二　雪山神禽

那少年微笑不語，逍遙道人一向詭計多端，此時也鬧得束手無策，沉吟一會，硬著頭皮對少年道：「我兄弟來清算舊時樑子，不知何處冒犯少俠，尚祈告知。」

他見少年雖幼，功夫深不可測，必是大有來歷之人，是以言語甚爲謙卑。那少年笑道：「四位不念從前李老前輩不殺之德，反而想致他老人家死地，小弟倒想見識見識龍門五傑究竟是何等人？」

逍遙道人身旁那個肥大和尚似乎按捺不住，張口欲罵，他後面那個莊稼漢裝束的人一拉他肥大僧袍，示意息怒。

逍遙道人道：「姓李的既是閣下好朋友，咱們衝著閣下，今日之事就算了結也罷。」

逍遙道人心思細密，智慮老到，此時己方完全落於下風，乾脆故示大方，日後再來尋仇，再說此人一身功夫，自己兄弟之中可說無人能敵。

少年道：「如此正好，各位如有不服，只管找小弟就是。」

他鬆手一送，毒丐魚鯤倒退數步，他見事情如此輕易解決，心中不願給毒丐太過難甚，逍遙道人正想扶，毒丐一挺身站定，原來那少年心地厚道，一送之力竟然還含著向後放的勁道，是以毒丐才免於跌倒。

龍門毒丐魚鯤舉目一看，見眾人都似笑非笑看著他，當下羞愧難當，伸手向後抓去，少年大吃一驚，右掌向前輕輕一按！毒丐見對方毫無聲息的一掌遞到胸前，不由大嚇，連忙雙手平推，護住前胸，兩人又動起手來。

方穎穎瞪著少年看來看去，她身旁鄭君谷有些不樂，搭訕了幾句，方穎穎都似沒有聽見，忽然方穎穎失聲道：「呀，是他，是他，他姓高呀！」

鄭君谷不樂問道：「妳是說那少年姓高，妳認得他麼？」

方穎穎點點頭道：「也許認得的！」

鄭君谷見她很是神秘，和往前明朗爽直的脾氣大大不同，眼角喜悅透出，心中一緊，暗暗叫苦，忖道：「穎穎莫要愛上這小子了。」

此時場中毒丐和少年幾招過後，強弱立分，那少年輕描淡寫的打著，每招都蘊藏著極強內力，只把毒丐迫得險象橫生，滿面冷汗直流。

逍遙道人高聲喊道：「且慢！」

少年勢子一緩，毒丐跳出圈外，方穎穎叫道：「喂，你是不是姓高呀？」

少年只向她微笑著點點頭，登時她有如迷途遊子，忽然投入親人懷抱一般，熱淚控制不住，直流下來，哭道：「高大哥，高大哥……」她原來想告訴少年她父親已死，只是激動得半句話也說不出。

鄭君谷見這情景，只覺心內一涼，嗔然道：「穎妹，別打擾他心思，他還要和這四個惡賊拚鬥哩！」

方穎穎果然止住哭泣，少年不時向她微笑，表示安慰，鄭君谷見師妹臉上喜色洋溢，兩頰紅得甚是可愛，含情脈脈的瞟著少年，他心中有如刀絞，這表情正是他日夕希望師妹對他瞧的，他等了很久很久，今天終於看到了，只是那是對另外一個人——

那少年正是高戰，他隱身竹林，原想等到金刀李遇險再出來，這樣也可看看龍門毒丐本領到底怎樣，他見金刀李起初並未落下風，是以略略疏忽，腦中只是想破解毒丐背後大葫蘆「飛天蜈蚣」，及對付龍門五傑聯手的法子，想了半天也想不出，正在此時，金刀李寶刀被毒丐封掉，方穎穎又遇險招，高戰見時機已迫，揚手打出一石子，擊落毒丐鐵棒，這才施展「平沙落雁」輕功，凌空飛出。

高戰對逍遙道人道：「不知閣下有何指教？」

逍遙道人道：「我師兄龍門毒丐，長醉酒僧，師弟壺口歸農，天稽秀士加上我這不成材的邋遢道人一共是五塊料，從來對敵同出同進，不管敵人是一千一萬也好，是一個人也好，今日幸會閣下，實是生平未見高人，天稽師弟有要事牽身，不能參與盛會，閣下只要能將我師兄弟四人一舉擊敗，那麼不但金刀李這段樑子就此擱下，而且……而且嘛……」

金刀李聽他們竟然想聯手對付這少年，心中大怒，不待他說完，便道：「無恥之輩，慣會以多欺少，少俠莫要著了賊子道兒。」

高戰心中暗笑，忖道：「這道士說了半天，就是爲了想聯手和我打，其實要聯手只管上來就是，我正想試試我功夫進展到何地步，何須找一大堆歪理，真是死要面子。」

逍遙道人面色鐵青對金刀李道：「老兒你要參加也可以呀！」

高戰一擺手道：「道長說得甚是，如果在下輸了，就任憑閣下處置，但若在下勝個一招半式，今日此事就請揭過。」

他行走江湖數月，說話處事較前大爲老練，這番話他自己甚感滿意，不由得意的笑了。

金刀李見少年一口答應，他不便阻止，但卻暗暗叫苦，心想龍門五傑任一個已甚難惹，何況四人聯手，這少年功夫再高，只怕也難抵擋，說不得如果情勢危急，只有把這條老命也拚進去了。

高戰想要速戰速決，喝聲「看招」，便向壺口歸農面門擊去，壺口歸農雙掌一張一合，竟然直上來，高戰心想試試他功力也好，運了七成內功，壺口歸農感到自己發出力道完全被擋了回來，連忙運勁雙足，想要立住不退，以免丟人現眼，只是對方力道源源不絕，再也支持不住，無奈之下，後退數步，這才化解，高戰心中暗道：「這人打扮得土裡土氣，倒看不出有此神力，龍門五傑中，功夫恐怕數他最高。」

當下丐、僧、道、農站定四個方位，一齊向高戰發掌襲擊，高戰運起先天氣功護身，展開狂飆拳法，勁道七分發，三分收，周旋四人之中，游刃有餘，神態大是瀟脫。

金刀李老懷大安，暗道：「原來是風大俠徒兒，怪道如此了得，這狂飆拳在中原已卅多年不見，日後只怕又要揚威關內了。」

方穎穎看得眉飛色舞，心神俱醉，鄭君谷自哀自憐，天上月光如鏡，他看著，心中也在想著：「如果能到月亮上去，那麼人世間一切的煩惱不會再有了吧！」

雙方戰了卅多合，高戰出師以來，初逢強敵，精神陡長，狂飆拳是天池鎮派之寶，龍門四傑又豈能識得，四人只有各自嚴守自己門戶，待到一有機會便聯手反攻，高戰邊戰邊注意毒丐，防他突放毒蜈蚣。

又走了數招，高戰一掌拍向壺口歸農右肩，他這一長身，背後故意露出破綻，逍遙道人大喜，運盡生平之力猛擊高戰後心，高戰突然打個轉，雙掌疾往前推，沾上了逍遙道人雙掌，高戰一運真力，勁力緩緩發出，他這一招叫「風吹弱柳」，是風柏楊大俠自己所創，其勢虛虛實實，令人捉摸不定。

逍遙道人只覺對方內力從雙臂透上來，心知要糟，又不能開口呼援，壺口歸農見狀連忙舉掌搭在逍遙道人肩上，發出內力助他抗敵。

高戰聞聲閃過背後毒丐和醉僧的攻式，連頭也不曾回過一下，醉僧見逍遙道人、壺口歸農已顯不支之態，他知道較內功，棋差一著便得受重傷，他一向重義氣，一拉毒丐，雙雙搭手壺口歸農左右肩上，高戰只覺對方力道大增，他臉上微帶笑容，功力也自發出九成。

如此堅持片刻，毒丐心念一轉，右掌拚命一使力，身形倒竄丈餘，他知高戰一時之間也不易取勝脫身，解開背上葫蘆，迎風一揮，嗡嗡之聲大作，漫天金色蜈蚣向高戰等飛來。

高戰心中大悔，心想自己爲了試探內功深淺和敵人對掌，竟然著了道兒，眼前並無破解之法，只有自保再說，於是猛一運力，震開三人，轉身向後連縱數次，和已經後退的金刀李等人會合。

那飛天蜈蚣是產於華山之陰異種，專門吸噬人畜之血爲食，飛行極速，高戰才一停足，飛天蜈蚣也至當頭，一股腐屍之氣衝鼻而來，高戰一嘔心，連忙止住呼吸，看看身旁方穎穎及鄭君谷已然搖搖欲墜，知道已中了金蜈蚣之毒。

高戰怒叱一聲，呼呼兩掌向上擊去，只見周圍氣流旋轉得十分厲害，竟然發出嗚嗚之聲，敢情是無堅不摧的先天氣功發出了。

上面飛天蜈蚣因爲氣流激轉，無法飛翔，只隨著氣流上下浮沉，隊形漸漸呈混亂，毒丐取出一個竹哨，嗚嗚的吹了幾聲，聲音淒厲至極，那飛天蜈蚣聞聲又首尾相連，排得整整齊齊，向下攻擊。

「呼」高戰又發出一掌，這先天氣功對於毫不受力的毒蚣，竟是無可奈何，飛天蜈蚣受著哨音操縱，只要一有空隙，立刻便鑽進氣圈，金刀李揮動大刀，把四人背後護住，那偷隙而入的蜈蚣，只要一近入圈影，馬上身首兩處，落在地上。

漸漸地上蜈蚣屍體增多，腐臭之氣愈濃，方鄭兩人支持不住，雙雙坐地調息，金刀李胸中一悶一個踉蹌，寶刀幾乎握持不住，心知毒已侵入，他一看高戰，臉上汗珠已顯，猶自一掌掌向上抗拒著。

金刀李叫道：「高老弟，咱們認栽吧，魚化子，你快把蜈蚣收開，老夫任你等處置便是。」敢情方穎穎已告訴他這少年姓高。

毒丐冷笑連連，他好不容易將高戰這高手困住，心中早就算好，藉此良機一網打盡，如何肯撤走蜈蚣。

金刀李是出了名的直性漢子，眼見高戰為了自己的事，陷此危境，當下忍耐不住，便對高戰道：「高老弟，你快走，這裡的事你不要管了，我祖孫三人命喪龍門四傑之手，倒也心安理得，如果老弟有什麼損害，老夫死難瞑目。」

高戰向他笑笑，只是眼角透著一絲淒涼的味道，心想：「你勸我臨危逃走，我高戰豈是這等人，大丈夫頭斷則可，為朋友雙肋插刀亦可，如果說是捨友獨逃，遇窮困禍患而相棄，這卻萬萬不能。」

一陣凜然之色閃過他的臉頰，隆隼代表著正直，深眶顯露了智慧，高戰迎風而立，莊嚴得有如一尊石像，此時他早已把生死置於度外，抱著「生固欣然死亦榮」的無畏精神了。

金刀李看了他一眼，忽然想通一件事，心中不由暗罵該死，他想：「我剛才勸他自個兒逃走，這不是等於罵他嗎？但瞧他並沒生氣，這少年不但武功驚人，而且氣度也自不凡，假使能夠得脫今日之危，老夫要好好和他結交結交。」

高戰一掌推出，忽覺頭腦微暈，心知真力快要消耗殆盡，想到師父一心想由自己光大關外天池派門戶，不意一時大意命喪於此，真是懊喪至極，但轉念又想到死了之後，倒說不定可以和姬蕾相會，神仙之說雖然虛無飄渺，但一個人在絕望之時，未始不是唯一的安慰。

他這一胡思亂想，發出功力自然減弱，飛天蜈蚣慢慢向下逼進，嗡嗡聲有如千萬蛟蚋鳴叫，刺人耳目，方穎穎睜目一看，情勢大大不妙，她一驚後隨即坦然，心想：「和高大哥死在一塊兒也好，黃泉路上有他相陪，也定然不會覺得寂寞可怕了。」

高戰發出力道愈見衰弱，他想了很多，林汶幽怨含嗔的眼光又浮起了，他心想：「如果我死了，林汶姐姐這一輩子再也不會快樂的，啊，對了，還有那路上林中結識的英弟，我不是答應去看他嗎？他說如果我一輩子不去看他，他就一輩子等著，高戰啊，你不能就此死的，這樣英弟豈不是要等一輩子？」

他勇氣百倍，鼓起最後內力，猛向空中擊了幾掌，向金刀李打了個招呼，一人扶著一個，向後跑去。

龍門四傑站得遠遠的，因爲除了毒丐外，其他三大也受不住飛天蜈蚣氣息。逍遙道人見高戰逃走，蜈蚣又被高戰擊起氣圈包圍，不能追擊，當下大叫道：「不好，咱們快追。」

毒丐魯鯤揮手止住，他一吹竹哨，尖聲直衝霄漢，那漫天金蜈蚣，果然受竹哨所催，爭先恐後向前飛去，高戰等人跑得雖快，但那蜈蚣端的是異種，飛行一瞬千里，不一會又臨高戰等人頭頂。

方穎穎叫道：「完啦——」

就在千鈞一髮時，驀然從竹林中飛起一隻大鳥，月光之下，只見牠遍體羽毛，如披金甲，神態威猛，「嘎」「嘎」清亮的鳴了兩聲，高戰覺得聲音甚是熟悉，抬頭一看，猛然記起這鳥就是途中所遇少年肩上靈禽。

高戰心想：「難道英弟來了，這裡情勢危險——」

他正想到此，忽然方穎穎歡聲叫道：「高大哥，看啊，那鳥兒真厲害得緊！」

高戰一看，只見那金色大鳥飛入飛天蜈蚣群中，長啄在空中一點一點，一個個蜈蚣像落雨一般掉將下來，那蜈蚣似乎遇著剋星，威風盡喪，任憑金鳥施威。金鳥飛來飛去，蜈蚣四下逃散，任憑毒丐哨聲如嚎，也不收效果。

那金色大鳥對於四下逃走的飛天蜈蚣看都不看一眼，待到消滅完中央蜈蚣，這才展動雙翼，向四周掃蕩，飛天蜈蚣飛行雖快，但金鳥更快，不到一盞茶功夫，遍地都是蜈蚣屍體，那龍門四傑驚得呆若木雞，毒丐眼見費了五年心血培育而成的毒物，在一刻之間便被金鳥啄得乾乾淨淨，真是欲哭無淚。

逍遙道人忽地想起一人，向三人一說，四人臉色大變，齊齊沒命逃走。

方穎穎童心未泯，見金鳥大展威風，只喜得眉開眼笑，金刀李一生也沒見過如此怪事，心想世上物物相剋，飛天蜈蚣何等厲害，可是對這金鳥卻服服貼貼，任其宰割，不敢反抗。

鄭君谷忽道：「那四個奸賊走啦。」

高戰其實早就發覺，他心存厚道，心想這四人多半不敢再來，便任由他們走了。

高戰道：「龍門四傑今夜慘敗而回，仗以橫行的毒物又被消滅，日後再也不敢來尋仇了。」

金刀老點點頭，暗讚這少年厚道，那金鳥啄除蜈蚣完畢，兩翅一收，竟然落在高戰肩上。

方穎穎是北國兒女，長得雖然高大，其實還未滿十八歲，看到這情景如何不喜，當下歡叫一聲，伸手去摸金鳥，金鳥一反鳥頭，作勢欲啄，只嚇得方穎穎慌忙縮手，口中連道：「這鳥兒好凶。」她愈看愈愛，畢竟忍耐不住，趁著那鳥不注意，偷偷撫摸了一下。

那金鳥不住用鳥啄拉高戰衣襟，高戰明白牠意思，便向金刀李說道：「這是我一個朋友養的靈禽，牠在叫我去見那朋友哩！」

方穎穎喜道：「我也去！」那金鳥回頭看了方穎穎一眼，似乎怪她多事。

高戰道：「好啦，穎妹就跟我去吧！」

鄭君谷很不高興，但礙著師祖面前不敢開口，心中暗暗罵道：「什麼穎妹的，穎妹是你叫得的麼？」

高戰、方穎穎跟著金鳥走到高戰適才隱身的竹林，高戰心想：「英弟真是神通廣大，竟知我是到這裡來，剛才我一出竹林，他恐怕就躲進來了。」

那鳥忽然停在一枝粗如海碗的竹尖上，高戰上前一瞧，只見竹皮被人用小刀括去一大片，上面用極細的針歪歪斜斜的刻了一大篇。

方穎穎、高戰湊湊細看，此時月白如水，竹林中並不太昏暗，字跡雖細也瞧得清楚，只見上面寫著：「高大哥，你一走，我就忍不住也跟了去，那五個壞蛋我在路上碰到過，給他們吃了一些苦頭。白婆婆找我有要緊的事，所以我得馬上就走。這金鳥是雪山所產的金色雪雉，是各種毒蟲毒蛇剋星，事畢後，就請大哥把牠放回，牠自己會來找我。高大哥，你武功真好，我很高興，你也不必來找我，我事完後自會來尋你。」

高戰看完刻在竹上之字，心中悵然若有所失，方穎穎想起一件事，問道：「高大哥，你怎麼知道我叫方穎穎。」

高戰笑道：「我聽見妳公公喊妳什麼穎兒，穎兒，也就跟著喊啦，其實我也不知道是哪個字哩！」

方穎穎抿嘴一笑，道：「昨天我開門一見你，就好像見到一個很是親近的人，只是左想右想也想不出，後來你出來替外公解圍，我見你一笑，這才想了起來，高大哥，你還是跟從前小時候一樣，笑的時候總愛聳聳鼻子。」

高戰道：「我見妳凶得很，害怕極了，嚇得轉頭就溜。」

方穎穎開懷大笑，忽然低聲道：「說真的，我常常想你，可是總把你還是想成從前那小孩模樣，所以一見面倒認不出了。」

高戰見她湊近自己低聲說話，只覺吐氣如蘭，心內一怔，腳步加快，走出竹林。

高戰對金刀李道：「晚輩姓高名戰，是奉秦嶺一鶴魯大俠之命，來和前輩一同對付那四個人的。」

金刀李哈哈笑道：「我說魯老弟一向做事老成，怎麼會說好的事，突然變卦，原來他請老弟來助拳，說實話，就是魯老弟親臨，功力與你也只在伯仲之間。」

方穎穎插口問道：「你師父是誰，怎樣這等厲害？」

金刀李接口道：「令師風大俠可好，十多年前老夫在錦州見過令師一面，那時他聲勢如日中天，連敗長白三熊，與安嶺大小雙怪。想不到十多年後，又見故人高徒英風颯颯，真是叫人快慰得緊。」

高戰恭身答道：「家師目下恐怕正在關內。」

金刀李奇道：「令師生平一向甚少入關，可是近年來常聽江湖朋友說起，令師俠蹤竟及江南一帶，這倒令人不解。」

高戰便略略把師父二赴無恨生之約之事說出，金刀李聽得悠然神往，拍腿說道：「東海三仙無恨生威震華夏，也只有令師才配和他一爭長短。」

高戰忽問方穎穎道：「方伯伯是不是被天煞星君害的？」

方穎穎聽他提起傷心慘事，想起全家除自己之外在一夜之間被那魔頭殺光，眼眶一紅，淚如雨下。

金刀李是目眥皆裂，高戰連忙道：「老前輩、穎妹快別傷心，家師此次就是爲方伯伯的事，和天煞星君約在華山比武，以便清算舊賬。」

金刀李虎目中閃著淚光，高戰見他鬢髯皆白，立在那裡猶自有如鐵塔一般，甚是威猛，心想他年輕時大名滿天下，實是良有以也。

方穎穎傷心哭著，鄭君谷乘機柔聲安慰，高戰暗暗一笑，心想穎妹有此體貼的師兄照顧，很幸福吧！

金刀李忽道：「天煞星君的功夫端的強極，令師爲敝婿之事千里奔波，真是令人好生不安。」

高戰知他擔心師父，便道：「李老前輩只管放心，家師先天氣功已然練至寒暑百毒不侵不害的地步，那天煞星君功夫晚輩也見識過，要傷家師那是萬萬不能。」

金刀李連連點頭，高戰便向金刀李說明秦嶺一鶴不能來的原因，金刀李憂心不已。

次晨高戰想起與平凡上人之約，便對金刀李告辭，方穎穎想盡方法挽留他，最後竟是哭了起來，高戰無奈，答應留下三天，方穎穎歡天喜地，磨著高戰陪她到城郊遊山玩水，鄭君谷不捨，也跟在一起閒蕩。

第二天下午，高戰推說不適，不願外遊，其實是他發覺鄭君谷與方穎穎之間的關係，那鄭君谷是個誠樸少年，癡愛著方穎穎，可是方穎穎似乎不喜歡理會於他，反而處處向自己表示好感。

冬日的太陽，溫暖得令人想抱著不放，假石山後坐著一個少女，淡淡陽光的影子照著她一頭秀髮，微風吹得她衣裙飄曳。

她面前放著一個小籃子，正在聚精會神的剝著風乾栗子，身後那個少年正有一句沒一句的扯著。

她輕輕咬一口，然後熟練的用纖細白勻的手指剝開殼子，把黃澄的栗肉一個個放入籃中。

輕盈的微笑不知從何時又悄悄地佈在她臉上，雖然輕微得幾乎讓人覺察不到，然而卻有一種青春的歡樂氣氛流露出來，剝栗子難道是這麼好玩的麼？

她身旁那少年似乎忍耐不住了，冷笑一聲道：「哼，妳別以爲我不知道妳的心思，妳這樣小心的剝栗子，還不是想討那小子的好，送給他吃。」

少女臉色一紅，彷彿心事被人戳穿，但立刻倔強的道：「我要請誰吃你可管不著，告訴你吧，這些栗子正是要請高大哥吃的，你別想碰一下。」

少年被激得臉色通紅，不知所云，良久，他才黯然的道：「妳要請誰吃，我自然管不住。」

他一步步走開了，四周的空氣冷得像寒冰——至少他感覺是如此，暖暖的冬陽，溫暖著大地，卻溫暖不了他破碎的心。

少女仍然剝著栗子，過了一會，剝完後裝了滿滿一小籃，她站起挺了一下久曲的腰，深深的歎了口氣，像從一個美夢中驚醒一樣，幸福的微笑還掛在頰邊。

她可不知道一顆赤誠的心被她傷害了，爲她破碎了，她整理一下被風吹亂的頭髮，踏著輕快的步子，走向屋裡去。

她一進屋，從一棵大樹後，又走出一個雅俊少年，他雙眉凝注，口中喃喃地道：「高戰啊，高戰，汶姐對你的情意，你此生只怕都無法報答，千萬不能在此再惹下情債了。」

一陣清風，吹動一塊絮雲，天色一暗，太陽鑽進了雲層。

「穎妹，穎妹，我永遠記得妳，感激妳，如果妳有什麼要我出力，就是千山萬水，就是赴湯蹈火，我也一定替妳完成的，只是，只是我不能接受妳的感情。」高戰心中默默說道：「因爲我的感情已經枯寂了，是麼？已經隨著另一個女孩子的消失而消失了，別了，別了，穎妹，妳別傷心。」

「啪」的一聲，他手中捧著的一卷書落在地上，他振筆留書，像來時一樣地突然，沒有向任何一個人告別，悄悄地走了。滿懷傷感的走了——

濁浪排空，朔風怒號，陰沉沉的天。

大戢島這挺立在東海外的孤島，被薄薄的一層霧罩蓋著，更顯出它的神秘。

這孤島地勢甚是怪異，後島是一片黃沙，寸草不生，一派大漠風光，前島卻是平原土壤，林木茂盛，而且地氣奇暖，一些熱帶植物也蔓生著，中央橫著一座山脈，山地靠海處，長著幾棵高逾十丈的大樹，粗可十數人合抱，橫枝突出海面老遠。

在一棵最大的樹的兩根橫枝中央，安置著一間用木板釘成的小屋，製作得非常粗糙不雅，可是釘得卻十分堅固，東南西北四方都還開了個大小不一，高低不平的窗子，門前還有幾梯木階，直通大樹中央。

大樹上每隔幾尺就釘著一根木樁，作爲下樹的梯子，那木樁根根都是小碗粗細，齊頭斷去，整整齊齊，甚至比刀砍得更整齊，原來竟是被人用掌力震斷的。

木屋正下方埋著一根和樹差不多高的大竹子，屋中的人如果有急事來不及下梯子，就可順著竹子滑下，從這裡可以看出，造屋的人雖則手藝不夠純熟，可是設想得倒還十分周到。

浪頭愈來愈高，放眼一望，白茫茫的一片浪花衝向海岸岩石，一個接著一個，似乎永無歇止。

在那小小木屋的窗口旁，倚著一個秀麗的姑娘，她無聊地把一粒粒小石子投入千丈巨濤中。

小石子落下了，沒有一點聲音，也不曾激起一點水花，立刻被怒濤吞沒，於是她的心也像小石子一樣激盪不已。

這姑娘正是隨平凡上人回大戢島的姬蕾，她每天都在希望高戰來大戢島，可是又痛恨他的負心無情，所以心中很是矛盾。

「女娃兒，快下來吃飯啊！」一個輕微但清晰的聲音傳來，姬蕾知是平凡上人叫喚，連忙順竹子滑下，幾步就跑到山坡下的屋子去。

平凡上人臉色一板，怒道：「女娃兒，妳要我帶妳到這大戢島前說的是什麼？」

姬蕾一怔，立刻明白他發怒的原因，笑道：「我說平凡上人，您老人家一個人在孤島上也很寂寞，我就陪著您，替您老人家燒飯喲，煮菜掃地喲，服侍得您老人家包管滿意。」

平凡上人面色鐵青，連聲道：「妳沒忘記就好，可是現在呢，是妳在服侍我老人家，還是我老人家服侍妳，妳自己想想，連吃飯也得由我親自動手了。」

姬蕾吐吐舌頭，裝得害怕的樣子道：「平凡上人，真對不住您老人家，蕾兒下次再也不敢了。」

平凡上人見好收場，臉色稍霽道：「妳快去作碗櫻桃湯，下次再這樣，可莫怪我老人家無情，要攆妳出島。」

姬蕾知他想吃自己拿手好菜櫻桃湯，是以借題發揮，心中不由暗暗好笑，連忙洗手下廚，用心的煮了一碗，煮得色香味俱全，平凡上人讚不絕口。

姬蕾忽然問道：「上人，我沒有來以前，您老人家每天自己弄飯嗎？」

平凡上人滿面羞愧地道：「是啊，我老人家什麼都成，就是對弄飯卻是永遠做不好，當我初到這島上的時候，那是多少年前的事，讓我想想看——」

平凡上人摸著又寬又光的額門，口中不停地數算著，忽然「啊」了一聲道：「那是二甲子以前的事了，喂，女娃兒，妳那時可沒生下來，妳爹爹也沒生，就是妳祖爹爹只怕也還是個小娃，哈哈！女娃兒，妳說久不久？」

姬蕾一吐舌道：「真久，真久，上人您到底有幾歲？」

平凡上人搖搖頭道：「我老人家也記不清楚了，喂，妳別打岔，那時候，我初來此島，島上長滿了水果，像芭蕉、荔枝和南瓜呀，滿地都是。我老人家大樂，餓了就採下來吃，一點不用費力，真是舒服透了。於是我老人家每天除了睡覺吃飯外，就是練武。」

姬蕾忍不住插口道：「您老人家武功高到不能再高，還要練什麼呢？」

平凡上人很是得意，說道：「那時比現在還差的遠哩！如果有現在這般，自然是不用練了」

姬蕾問道：「後來怎樣了？」

平凡上人道：「後來過了十幾年，果子愈結愈少，我老人家也不知道是什麼原因，既然靠吃水果再也吃不飽，我老人家沒有辦法，只有自己弄飯了。」

姬蕾笑道：「您每年只是採摘，也不施肥，果子自然少了，上人，我對栽花植樹倒還懂得一些，明兒有空，我去整理一下果樹，包管明年棵棵樹長滿果實。上人，您可沒吃過我種的蘋果，真是又紅又大又甜又脆，在濟南我家後院……後院……」她說到此，不禁又想到父母，聲音哽咽了。

平凡上人喜道：「女娃兒，妳說得真對，我老人家後來也知道是沒有施肥的緣故，這島在我老人家沒來之前，是海鳥群的休息地，遍地鳥糞，果兒肥料足，自然長得好，可是我一來到，每天對海練內功，聲如雷鳴，海鳥都嚇走了。」

平凡上人突見姬蕾悽然欲涕，奇道：「怎樣好好的又要哭啦？」

姬蕾不答，平凡上人自作聰明地道：「我老人家曉得，妳在想姓高的娃兒。」

姬蕾啐道：「誰想他哩！上人您別瞎說，趕明兒我燒些枯枝腐木，再和著野生豆子埋在果樹下，也是一樣有效。」

平凡上人連連點頭稱是，對姬蕾道：「妳這女娃真乖，妳沒有來之前，我老人家經常幾天只喝幾杯水，省得弄出來的東西自己看著都生氣。」

姬蕾笑道：「這樣倒省事。」

平凡上人道：「是啊，如果不是怕麻煩，我老人家好好的大方丈不當，一個人跑到這孤島幹嗎？」

姬蕾問道：「什麼方丈？」

平凡上人見自己失口，忙道：「下午天氣只怕會好轉了，妳瞧海鳥已經向遠處飛了。姓高的娃兒會來也說不一定。」

姬蕾默然，心想：「如果他今天來，這樣大的風浪，只怕非常危險。」

平凡上人吃完了飯，擦擦嘴，走進屋去，姬蕾心中寂寞空虛，呆呆坐在那裡，也不知坐了多久，忽然平凡上人在內喝叫，姬蕾嚇得三步兩步跑到樹旁，沿梯而上。原來她一時忘情，又觸犯了平凡上人的臭規矩。

原來平凡上人年輕時，也是個翩翩少年，天性落拓豪邁，女孩子見著他無不被他那種漫不在乎的瀟灑風度所傾倒，可是他璞玉未鑿，對愛情之事，一向混混沌沌，一知半解，結果他心中愛著而以爲和他要好的女孩，竟然對他並無依戀，反而是終日和他吵鬧賭氣的表妹，爲了救他而死去，於是上人腦中更是混沌，對於女孩子的心理，永遠也不明白，一賭氣就出家爲僧，在少林寺中修行。

自此以後，平凡上人見了女子如見蛇蠍，發誓不再與任何女子打交道，但是他逃禪海外，就在大戢島不遠的海上，有個小戢島，島主是東海三仙中排名第二的慧大師，老是想法和他較量爲難，平凡上人幾次險些吃虧認輸，他雖修爲垂二甲子，可是嗔心仍不能盡除，大怒之下，立下一條規矩，就是大戢島不准任何女人踏入居住。

是以即使上次張菁來報告他消息時，也不能多留半刻，這次他出島有事找辛捷，碰到姬蕾正在困難中，也是姬蕾與平凡上人有緣，平凡上人竟一反常例，出手驚走纏她的人，姬蕾見他武功深不可測，而且模樣也甚是親切，便對上人十分依戀，幾句花言巧語，只說得平凡上人對她大起知己之感，爲她尋找高戰。

好不容易找著高戰，姬蕾又藉故溜開，卻發現家園被毀，父母及師兄弟都被殺死，當時真是痛不欲生，平凡上人心中很喜歡她，自是不忍棄她不顧，無奈之下，只有帶她回大戢島。平凡上人又不能破誓，只好花了無窮心力，替她在樹上做了間屋。

那屋子安在突出海面的樹枝上，算是不在大戢島範圍之內，他這作法無異掩耳盜鈴，只是平凡上人堅持如此，姬蕾不能不答應。兩人約好，每天三餐姬蕾可以下來作飯，其他時間一概不准下樹，吃完就得上去，不得多事逗留。平凡上人還鄭重其事宣佈，這是目下暫且從權之舉，並非長久如此。

姬蕾怏怏上樹，一陣北風吹起，天氣變得很冷，漸漸晴朗起來，姬蕾心想上人說得不錯，這海洋氣候變化真快，下午多半會天晴的。

海鳥成雙成對地隨波而起伏，姬蕾茫茫看著，心中很是悽苦，忽然遠遠現出帆影，姬蕾立刻緊張起來，她焦急的期望著，默然想道：「只要是他，那我也不再生他氣了。」

帆影漸漸清晰，是向西往大陸行駛的，姬蕾頗感失望，口中喃喃道：「這是今天第一艘，時間還早呢，說不定第二艘就是高大哥。」

北風把她內身吹得像冰一樣冷，漸漸地，她心也開始冷起來，因為天色慢慢地黯淡了。

「這是第十艘了，」遠遠處又有帆影，姬蕾數著手旁計算的小石子，心中暗暗道：「如果再不是，那麼大哥今天是不會來了。」

帆影愈來愈近了，姬蕾伸長頭仔細的看，那船實在太小，張著一張三角帆布，乘風破浪的前進著，船頭站著一個人，身形挺立著，似乎對於洶湧的浪花，並不看在眼內。

首先映入姬蕾眼中的是那張堅毅誠懇俊秀的面孔，那面孔曾使她如癡如狂過，此時陡然又出現在眼前，姬蕾激動得眼淚雙流，一時之間她簡直不知道如何是好。

那小船靠岸了，船頭上跳下一個少年，不用說正是高戰。他把小船繫好，便舉步向島中走去，姬蕾在樹上見高戰神色之間似乎有重憂，全身衣衫都濕透了，樣子十分狼狽，姬蕾心中一軟，柔情頓生，高聲叫道：「高大哥，我在這裡。」

高戰只覺有如雷殛，他一轉身，身子像閃電一般循聲撲去，兩手一合，忽然雙手一緊，原來抱著了大樹，一怔之下，失望至極，委頓倒地。

原來他一聽到姬蕾喚聲，腦子昏昏亂亂，什麼也不能想，只下意識循聲抱去，想要撲捉住那聲音。

姬蕾見他失魂落魄，憐愛之心大起，心想他看來並不似全無情義之人，當下又叫道：「高大哥，我在樹上呀！」

高戰腦筋一清，抬頭一看，長日凝思，深霄夢迴的意中人，倚著窗似怒似嗔的看著自己，高戰只覺眼前一陣模糊，淚光在眼眶中閃爍，他自己也分不出此時是歡喜多還是悲苦多，是感激多還是驚訝多。

他不加思索，足下一運力，便向樹上縱去，落在一個突出木棒上再借勢上竄，不消幾個起落，已到木屋階梯之前，他衝進屋情不自禁握著姬蕾的雙腕，結結巴巴地道：「到底是怎麼，怎麼回事啊，妳……妳！怎麼……」

他原想問姬蕾怎麼沒有死，忽然一想豈有如此問法，便住口不說了。

姬蕾見他英風如昔，比一年多前長得更是英朗，眼中包含著無限誠懇親切和憐愛，那就和親人的眼光一樣感人，姬蕾突然覺得她和高戰已經親近得很，天下沒有任何人，沒有任何力量再能分開他們了，於是怨恨一消，再也矜持不起，倒在高戰懷中哀哀地哭了起來。

高戰只覺一陣甜香直衝鼻脾，他初嘗情味，心裡又是高興，又是羞澀慚愧，只怔怔的拍著姬蕾的肩，柔聲安慰她，叫她別再哭。

姬蕾果然收淚，高戰還是抱著她，姬蕾臉一紅，輕輕掙脫，高戰一驚，心中很是慚愧，訕訕問道：「蕾妹，妳怎麼會到大戢島來？」

姬蕾道：「我出門遊玩，結果碰到一個壞蛋，那壞蛋死皮賴臉的跟著我不肯走，我又打他不過，恰好碰著平凡上人，他老人家把壞蛋嚇跑了，我就跟他來到大戢島。」

高戰問道：「那壞蛋叫什麼？下次碰著我可要好好教訓他一頓。」

姬蕾道：「他是天煞星君的徒弟，叫什麼……什麼文倫的。」

高戰哦了一聲道：「原來是他，他不久以前在山東濟南城郊被我師兄李鵬兒打敗了，和他師妹一起逃跑啦。」

姬蕾恨恨地道：「大哥，這個人真不要臉，下次你遇上他，替我好好打他一頓。」

高戰點頭不語，姬蕾道：「你不替我打麼？」

高戰笑道：「我又沒說過不替妳打呀！」

姬蕾忽道：「你快去見平凡上人去，他老人家一定也知道你來了，再不去，惹得他老人家亂發脾氣就麻煩了。」

高戰道：「咱們一塊去。」

姬蕾臉一紅道：「不行，不行，平凡上人規定我除了吃飯和替他整理一切的時間外，無事不能踏到大戢島土地上去。」

高戰奇道：「這樣啊！」

姬蕾不好意思道：「上人很討厭女子，大哥，你瞧，你站的岩石周圍有沒有異樣？」

高戰一看，只見樹屋四周許多大塊的岩石，有的碎裂成一塊塊，有的竟成石粉，分明是被人用極高掌力震碎的。

高戰道：「這是上人擊碎的，平凡上人何等功力，這區區碎石掌力，在他老人家看來，真是容易不過之事，這有什麼奇怪？」

姬蕾道：「你知道什麼，平凡上人為了建這木屋，真是花了不少心力，他老人家有時不耐煩，做著做著就發脾氣，兩手亂打，這周圍的岩石都被他打碎了。後來總算做好，他費這大心力就是不願我住在大戢島範圍之內。因為他老人家發過重誓，不准任何女子住在此島哩！」

高戰不禁好笑，說道：「上人脾氣看來古怪，其實慈祥無比，看他拿石頭出氣，只怕對自己訂的規矩也很感不便哩！」

姬蕾點頭道：「上人對我真是再好不過，以他老人家那詼諧的個性，竟然三天三夜忙個不休，替我在這樹上釘房子，還教我許多功夫，大哥，對了，您替上人跑腿，待會央他傳你幾手絕招兒，保你受用不盡。」

高戰正色道：「我替上人跑腿是應該做的，怎麼敢要求他老人家什麼，蕾妹，倒是妳別貪玩，多多學點本事，好將來報仇。」

他說到此，突然發覺漏了口，慌忙想用話帶過，姬蕾悽然道：「你知道了？我爹爹媽媽都死啦。」

高戰連道：「妳千萬別再傷心了，妳的仇人也是平凡上人的對頭，有他老人家作主，還怕誰不成。」

忽然身後一個溫和的聲音道：「小娃子，你心地很是不錯，你替我老人家辦的事可都辦妥了嗎？」

高戰慌忙下樹，對平凡上人恭身答道：「晚輩照前輩吩咐去找辛叔叔，沒想到辛叔叔不在家中。」

平凡上人急問道：「那三個老魔呢？你在路上沒有再碰到過？」

高戰道：「沒有碰到，晚輩和辛嬸嬸一商量，就去找秦嶺一鶴魯大俠，請他替上人傳話。」

平凡上人讚道：「乖娃兒，做得好，辛捷那娃兒到哪兒去了。」

高戰道：「辛叔叔到少林寺去啦，他聽說那三個老魔要上少林寺去尋上人晦氣哩！是以趕到少林去會合武林之秀孫大叔，和太極派大俠吳凌風叔叔，想要憑三人之力阻止老魔頭們。」

平凡上人臉色突變凜重，想了一會道：「辛捷，吳凌風，孫倚重，不行，不行，只怕還是擋不住，娃兒，咱們這就趕去，助他們一臂之力。」

姬蕾眼看高戰又要走，心中非常不願，忙道：「上人，我也要去。」

平凡上人和聲道：「妳功夫太差，留在島上比較好，妳替我老人家整理好果樹，我老人家回來包妳有好處。喂！姓高的娃兒，咱們走啊！」

高戰只得向姬蕾告辭，那樹高十丈餘，一上一下說話很不方便，平凡上人視若無睹，突然哦了一聲，叫高戰稍待，轉身先往屋中走去。

高戰想要安慰姬蕾，不知說什麼好，忽然觸手摸著懷中千里鏡，便竄上樹道：「蕾妹，我有一件物事要送給妳，妳一定會喜歡的。」說著把千里鏡交給姬蕾，說明了用法，姬蕾也是孩子心性，果然立刻止悲，興致勃勃的看著千里鏡，只見遠遠海面一切都如就在眼底，只樂得大叫起來。

姬蕾道：「大哥，這玩意真好，你下次來時，我老遠就可看到你啦，也不用眼巴巴的望，連脖子也望酸了。」

高戰見她笑靨如花，不由看得癡了，姬蕾忽道：「高大哥，上次上人不是答應過你要給你好處嗎？你千萬別當傻瓜，只管向他老人家請教就是。」

高戰笑道：「我今天能夠在此看到妳，這不是上人答應給我的好處嗎？對於我而言，難道天下還有什麼更大的好處，比和妳重逢更來得大嗎？」

他說得很是誠懇，姬蕾大感安慰，口中卻裝著不喜道：「你別不知好人心，我是爲你好喲，你難道不想成爲武林高手，受人尊敬嗎？」

高戰道：「自從我以爲妳遭到不幸，就覺得武功再高也沒有什麼意思，連自己……自己的朋友也保不住，可是現在不同了，蕾妹，不瞞妳說，我很是羨慕像辛叔叔那樣遊俠天下，名震武林哩。所以妳不說，我也得向上人請教！」

姬蕾柔聲道：「大哥，我對你當真是這般重要麼？」

高戰誠懇點點頭，姬蕾正想說話，平凡上人已如大雁一般飛渡而來。

姬蕾問道：「上人，您去幹嗎？」

平凡上人一伸手，從僧袍下拔出一根長劍，上面已然起鏽，沉聲說道：「我老人家去拿劍會敵！」

姬蕾奇道：「這劍已經鏽鈍啦。」

平凡上人道：「這劍是萬曆年中之物，自是鏽了，我老人家已百年不用兵器，想不到還有用到這勞什子長劍的一天！」

請續看《長干行》（二）

國家圖書館出版品預行編目資料

長干行／上官鼎作. -- 初版. --臺北市：
風雲時代, 2009.09
冊； 公分

ISBN: 978-986-146-576-0（第1冊：平裝）. --
ISBN: 978-986-146-577-7（第2冊：平裝）. --
ISBN: 978-986-146-578-4（第3冊：平裝）. --
ISBN: 978-986-146-579-1（第4冊：平裝）. --

857.9　　98009960

風雲武俠經典 08

書名　**長干行(一) 英雄鑄情**

作　者　上官鼎
封面原圖　明人入蹕圖（原圖爲國立故宮博物館典藏）
封面影像處理　蕭麗恩

發行人　陳曉林
出版所　風雲時代出版股份有限公司
地　址　105 台北市民生東路五段 178 號 7 樓之 3
風雲書網　http://www.eastbooks.com.tw
官方部落格　http://eastbooks.pixnet.net/blog
E-mail　h7560949@ms15.hinet.net
服務專線　(02)27560949
傳　真　(02)27653799
郵撥帳號　12043291

執行主編　劉宇青
封面設計　風雲編輯小組

法律顧問　永然法律事務所　李永然律師
　　　　　北辰著作權事務所　蕭雄淋律師

出版日期　2009年10月
訂價　240 元

總經銷　成信文化事業股份有限公司
地　址　台北縣新店市中正路四維巷二弄2號4樓
電　話　(02)22192080

ISBN　978-986-146-576-0

行政院新聞局局版台業字第 3595 號
營利事業統一編號 22759935